世界の瞬間——チェーホフの詩学と進化論

高田映介

世界の瞬間

——チェーホフの詩学と進化論

水声社

目次

凡例

一、以下の著作からの引用に際しては、本文中に巻数（チェーホフのみ。アラビア数字）と頁数（アラビア数字）をコロンでつなぎ、［　］内に示す。例……[1: 100]。書簡は巻数の前にП. を加える。例……[П. 1: 100]。訳は、記載の邦訳を参考に（カターエフを除く）、筆者が訳出した。

アントン・チェーホフ……*Чехов А. П.* Полное собрание сочинений и писем в 30 томах. М., 1974-1983.（邦訳は、『チェーホフ全集（一―十六）』（神西清、池田健太郎ほか訳）中央公論社、一九七六―一九七七年。）

ヴラジーミル・カターエフ（編）……Спутники Чехова. Под ред. В. Б. Катаева. М., 1982.

チャールズ・ダーウィン……Darwin, Charles. *The Origin of Species by means of natural selection or the preservation of favoured races in the struggle for life* (Great Britain: Penguin Books, 1968),（邦訳は、『種の起源　上下』（渡辺政隆訳）光文社、二〇一五年、総八五九頁。）

一、外国語文献からの引用の翻訳は筆者による。

一、邦訳のある文献のうち、註に邦訳のみ挙げたものからの引用については、邦訳をそのまま使用した。訳者によって訳語にゆれが認められた場合にも、筆者による統一を図ることはしなかった。

一、引用文中の［　］は筆者による補足、または省略である。引用文中のゴチック体および斜体による強調はすべて原文による。

一、本文中の傍点強調はすべて筆者による。

一、文学作品名に付した年号は発表年による。

一、オンライン文献について、ＵＲＬはすべて二〇二〇年二月二十一日時点で有効。

序論　「万能酸」のそのあとに

一八八三年、チェーホフがモスクワ大学医学部をまだ卒業もしていなかった頃、故郷タガンローグのかつての知り合いが彼に書き送った。〈あなたは今もう医者になっておられるかと。そして別の環境、別の地位におられるでしょうから、私たちはもうあなたに不釣り合いでしょうね〉[П. 1: 340]。チェーホフは「似合わぬ、不釣り合いだ（не под масть）」という表現に含まれる«масть»（主として馬の「毛色」という意味がある）の語を用いて、こんな風に答えた。〈まさか、僕がもう家畜風情になりおおせたとお思いですか？　いいや、待ってください、まだ早い〔……〕それに将来も僕は人々を毛色で分けたりはしないつもりです〉[П. 1: 50]。

当人の意志はともかく、〈民族の運命を憂うる国民作家たちは〔……〕醜悪な現実をありのままに描いて暴露し、不平等と虚偽と不正に抗議することから文学の道へ入った〉と池田健太郎が言うような、〈文学が倫理に接木《つぎき》され〉ているという〈ロシア文学の特殊性と特徴[1]〉のために、「色分け」はその後も彼についで回った。〈僕が恐れるのは、行と行の間に傾向を探す人たち、きまって僕を自由主義者か保守主義者かと見なしたがる人たちです。僕は自由主義者でもなければ保守主義者でも、漸進主義者でも、修道僧でも、無頓着主義者でもありません。僕は自由な芸術家でありたい、——ただそれだけです〉[II. 3: 11]。このようなチェーホフの意思は、しばしば「傾向のなさ」や「思想の欠如」と捉えられ、批判にさらされた。

「傾向のなさ」「思想の欠如」は、見方を変えれば、自分についてあまり語りたがらなかったチェーホフがほとんど唯一明確にした芸術上の態度でもあった。たとえば彼は一八八八年の五月にスヴォーリンに宛てて次のように書いている。〈僕には、神やペシミズムといった問題を解決せねばならないのは小説家ではないという気がします。小説家の仕事は、誰が、どんなふうに、いかなる環境のもとで神あるいはペシミズムについて話したか、また考えたかを描くだけです〉[II. 2: 280]。約五カ月後、同様の内容をより踏み込んだかたちで、彼は再びスヴォーリンに書き送った。〈あなたが芸術家に意識的な態度を要求なさるのは正しい。けれどもあなたは、**問題の解決**と**問題の正しい提起**とを混同しておられる。芸術家に必要なのは後者だけです〉[II. 3: 46]。問題を評定する、あるいは解決することは差し控え、「観察者」に徹する——これは彼の新しさ、詩学の特徴として今では広く受け入れられているし、そこに疑義を呈する余地はないかのようにも思われる。もっとも、われわれはそれが正しいか／正しくないかを問題にしたいわけではない。というよりも、おそらく、それは正しい。正しいだけでなく、重宝でもある。よく言われる二つのチェーホフ像を例に挙げよう。ひとつは、〈万物をのぞみなく、冷ややかに眺めている[2]〉チェーホフで、もうひとつは〈人間の喜劇をも悲劇をもあるがままに見た。それのどん底までも解剖し、しかもそれを常に愛を以って書いた[3]〉チェーホフである。前者と後者のチェーホフ像は相反しているのにも関わらず、〈眺め〉〈あるがままに見〉〈解剖〉する、客観的なまなざしは問題もなく共通している。だが、このように異なる解釈を惹起するまなざしとは実際何なのか、テクストのどのような仕掛けが客観を可能にしているのか、それを明らかにする試みはここではすでに放棄されている。

文学的客観性が了解済みのものとなった今だからこそ、チェーホフの詩学を解釈するにあたって、この前提に今一度立ち戻り、見つめなおしてみることに意味があるのではないか。本論の企図はこの点に存している。だがこれはやりにくい作業でもある。というのは、くり返すが、解決抜きに〈観察し、選択し、洞察し、構成する〉[II.3:45]のは正しくチェーホフの詩学の基本綱領であって、ある意味自明のことでもあるからだ。「あたりまえ」のことを語り直すために、どのような視座に立つと良いだろう。われわれの考えでは、チェーホフの世界観、作品の構造、語りの仕組みを養い、形作った不可欠のものとして、科学——とりわけ、ダーウィンの進化論に注目することが有効である。

このテーマはいささか風変わりに響くかもしれないし、もしかすると、科学の知見を安易に文学研究に応用しようと試みるものとの疑いをもたれるかもしれない。しかしながら、チェーホフの優れた翻訳を数多く手がけた神西清は、すでに「チェーホフ序説」の中で、〈進化論がチェーホフの生活にどれほど強い支配力を振るったかは別問題として、少くもそれへの信念が彼のうちに根づよく巣くっていた〉[4]ことを指摘していた。上に挙げた「自由な芸術家でありたい」という〈宣言〉は、チェーホフが〈自然科学的唯物論者〉である限りにおいて、〈狂言〉〈偏執〉〈成心〉〈盲従〉を退け、〈冷静な客観の自由〉と〈公平な立会人たる権利〉求めるゆえに、当然生じてくるのである[5]。神西は〈この素朴ないし可憐な宣言、あるいは願望〉から〈ペシミストの像〉も〈オプチミストの像〉も引き出されうるが、それは本質的な問題ではなく、問題は〈不断の覚醒状態に置かれた人間〉に特有の「非情」にあるのだとして、次のように述べていた。

非情は勿論プラスの値ではないと同時に、マイナスの値でもない。それはゼロであり無であり空虚であり真空状態であり、もう一つ言い換えれば、主客両体の完全喪失である。有る袖を振らないのが不人情であり冷酷であるなら、もともと袖も壁もない非情はそれとは全く異質のものだ。けっきょく純粋に無色透明な心的状態とでも言わなければなるまい。〔……〕さらにこの孤独者は、なかんずく一切のエクスタシスおよび狂気から切断されているゆえに、必然的に永遠の覚醒状態にありつづける運命をもつ。〔……〕そこでどういうことになるか。人間的機能のうち、一たい何がチェーホフに残されているのか。おそらくは一対の眼だけではないのか。絶対の透明の中に置かれた絶対に覚醒せる、いわば照尺ゼロの凝視だけではないのか。[6]

われわれは、この言葉の前半にある、「非情」は〈プラス〉でも〈マイナス〉でもないという点に同意する。しかし、「非情」を最終的にチェーホフ個人の資質と捉えた点で、後半の部分に反論することができる。チェーホフが「非情」なのではない（あるいは「非情」な人であったかもしれないが、それは本論で直接関心をもつところではない）。また、単に科学が「非情」だと言うのも違う（そもそも学問としての科学には倫理を決定する力も責務もない）。そうではなく、「非情」は、十九世紀に〈科学の猛襲の前に理想の王座がぐらつきだして以来〉[7]始まった、複雑で不安な生そのものに関わる問題だったとわれわれは考える。チェーホフは一人きりで〈絶対の透明〉の中に居たのではなく、同時代の人々の中で、目の前で生成し、変化し、進歩し、停滞し、消滅もする世界に対峙していた。そしておそらく、彼の〈凝視〉は〈照尺ゼロ〉ではなく、世界を近くからも遠くからも見ることができるような視点の移動をもって成されたはずだ。

それについて本文で論じていくにあたり、まずは、チェーホフの言う「文学の客観性の問題」に、明らかに科学の客観性が接続されていたことを指摘したいと思う。一八八七年、男を惑わす妖女スサンナを描いた短編『泥沼』を批判して、〈堆肥〉の中から〈真珠〉を見つけ出すべきだと批判したキセリョーワ夫人に、彼が反論した言葉に目を向けよう。

世界は「ろくでなしの男女で一杯である」、それは真実です。〔……〕とすれば、ろくでなしの山の中から「真珠」を掘りだすのが文学の義務だと考えることは、つまり文学そのものを否定することです。芸術的文学とは、実際にあるがままの人生を描くからこそ、芸術的と呼ばれるのです。その使命は、無条件で誠実な真実です。〔……〕〈真珠〉がよいものだ、ということには僕も賛成します。でも文学者は菓子屋でも、化粧品屋でも、お笑い芸人でもない、自らの義務と良心の意識によって契約づけられた人間なのです。〔……〕化学者にとっては、この地上に不潔なものは何ひとつありません。文学者も、化学者と同様に客観的でなければならない。生活的な主観を捨てて、堆肥も風景画にあってりっぱな役割を演ずることを知り、また邪悪な情熱も善良な情熱と同様に人生に固有のものであることを知らねばなりません。

[II. 2: 11-12]

化学者は「綺麗なもの」と「不潔なもの」をあらかじめ区別することなく、あるがままの現実を調べる。文学者も同じように、どのような形象やテーマを描くべきか主観的に選択するのではなく、〈邪悪〉な事柄も〈善良〉な事柄も等しく扱うべきだとチェーホフは言うのである。

ここでチェーホフは特に「化学」を例に述べているが、彼の頭の中には化学だけでなく医学までも含めた広い自然科学のことがあったと考えるほうが良いようだ。というのも、一八九九年、かつての学友ロッソリーモがモスクワ大学医学部卒業者のアルバムに載せるための略歴を求めた際に、チェーホフはこのように明言しているからである。

医学の近くにいたおかげで、おそらく僕は多くのあやまちを避けることができたのだと思います。自然科学を、科学的な方法を知っていたことで、僕はいつも危険に対して気を配ることができた。できる限り書くものを科学的な事態と一致させようと努めてきたし、そうでないようなときは、むしろ何も書かないようにしてきました……科学に対して否定的な態度をとる作家には、僕は属していない。すべてを自分自身の悟性から創りだす作家には、なろうとも思いません。(8)

自然科学や科学的な方法を否定し、〈すべてを自分自身の悟性から創りだす〉ことも、人生の甘く優しい面、美しい面、面白おかしい面といった〈真珠〉だけを選り抜くことも、どちらも〈実際にあるがまま〉の現実を描くことに反するとすれば、キセリョーワへの反論から十年以上を経たこの手紙で、チェーホフは再びあるべき文学者の姿を語っているとも読める。晩年に至るまで一貫して、チェーホフは文学的客観性を科学との類縁において語っていたのである。

注目すべきは、キセリョーワへの返事で彼が用いた、〈文学者は〔……〕自らの義務と良心の意識によって契約づけられた人間〉であるという一文だ。文学者が科学者と同じくあるべきならば、文学者の「良心」もまた科学者のそれと同様のものということになるはずだ。だが、科学の「良心」とはどのようなものだろうか。それは、一般的・倫理的意味での「良心」とは少しく異なる。なぜなら、ドイツの物理学者マックス・プランクが言ったように、科学とは〈あらゆる人間の個性から、一般にあらゆる知力の個性から〉〈擬人的要素から〉独立であろうとする定常不変の努力にほかならないからだ。[9] 現代思想家の吉川浩満はそのことを〈科学は人間を研究しないということではない。科学はなんでも研究対象にする。ただその方法は、対象が人間であろうとなかろうと、研究者の感覚や主観から離れて、さらには人間の身体的諸制限からも離れて、汎用性のある知識を生みだそうとするということだ〔……〕科学はそうした諸制限を逃れて物事を把握する知識と技術を開発することによって、私たちが客観性とか確実性と呼ぶ美徳をそなえることになった〉[10]と述べている。科学の「良心」が〈汎用性のある知識を生みだ〉すために〈研究者の感覚や主観から離れ〉る点にあるとすれば、まさにそのようにして作られた、最大の科学理論があった。それが、ダーウィンの唱えた進化理論である。

　ダーウィンの進化論は、その根幹に非目的論的で目標や予定表をもたない「自然淘汰」のプロセスを置く。ダーウィンの考えにしたがえば、目のように複雑な器官でさえ、ある状況でのあり合わせの条件から偶然に発達してきたものにすぎない。このような考え方は明らかに人間の通常の思考回路に反している。ペイリーが「荒野の時計」の比喩で、小石ならばいざ知らず、時計のように複雑で見事な道具には〈それをつくった存在《もの》がいたに相違な〉く、〈この構成を差配し、この用途を匠んだ《デザインした》一人もしくはそれ以上の匠《たく》みがいつか、どこかにたしかにいたのに違いない〉[11]と語ったように、複雑で見事な器官は、それほど複雑で見事なのだからたまたま出来上がったはずはなく、あえてそう造られたのだという風に合目的的に考えるのがわれわれの普通だからだ。しかしダーウィンは、ラマルクやスペンサーなど自らの〈感覚や主観〉に即して発展的な進化の理論を構築した他の多くの進化論者と違い、自らの科学的「良心」を貫いた。「人間」から離れ創造説の主流にも逆らって、神のような先在している精神に訴えることを必要としない一種のアルゴリズムのプロセスとして進化を語ることによって、ダーウィンの進化論は科学にはかりしれないほど多くをもたらし、科学以外の分野にも際限なく広がって行くことのできる巨大な知の総体となったのである。

しかし一方で、進化論は、公表以来つねにほとんどダーウィンの進化論（ダーウィニズム）ではなく、ピーター・J・ボウラーが言うところの〈非ダーウィン革命〉[12]、すなわち発展的進化論（development evolutionism）や優生学的な社会ダーウィニズムと混同されていたし、そうした状況は今日なお続いている[13]。ダーウィンの進化論が傑出したかたちで十九世紀の世界に衝撃を与えたわけは、純粋に自然科学的プロセスである自然淘汰によって生命の多様性を説明するその学問的方法が文化の中に持ちこまれた時に、選ばれしものとしての特権的立場から人間を追いやり、自然から慈悲深さを奪い、神の意志も何らの目標も計画も存在しない荒涼とした世界を人々に想像させたからに他ならない。ダーウィニズムの大きな特徴は、〈人間から隔たった理論装置[14]〉でありながら、理論が稼働する領域が〈私たちにあまりに近しく親しい〉地点に広がっている点に存している[15]。

このような進化論の特徴を、チェーホフの詩学の解釈に有効な相関テクスト、一種のツールとして用いてみたい。チェーホフと〈イギリスの偉大な自然科学者との関係[16]〉について、これまでにも指摘はなされてきた。ただそうした指摘は、全体としてチェーホフとダーウィンの間の精神的共鳴を強調する点にとどまってきたように思う。しかしすでに見たように、チェーホフにとり科学と文学はきわめて近いところに存在していたのだから、本書では彼の個人的資質ではなく創作に関わる問題として進化論を捉える。

チェーホフが自らの作品世界を構築していく中で、十九世紀の世界像に大きなパラダイムの転換をもたらした同時代的な現象としての進化論の核心に接近していったのは理由のあることであり、その点から統一的に彼の詩学を描き出してみようというのが本書のねらいである。

本書の構成

以下本書は、二つの章から成る第一部と三つの章から成る第二部と結論から構成される。第一部では、進化論はいかなるものであったのか、チェーホフはそれとどのように関わったのかを、理論の特質と十九世紀後半のロシアの時代的傾向との並行性に注目して分析する。第一章でまず、世界や歴史の合目的性・合法則性への信頼が失われた時代の、ひとつの大きなパラダイム転換としてのダーウィニズムを確認する。理論のもつ非目的論的・非人間中心主義的性質ゆえに、ダーウィニズムはいつも論争の的となってきた。ロシアにおいても、ダーウィン受容はわずかな例外を除き「非ダーウィン」的なものに終始した。一因はイギリスとロシアの文化的・社会的・地理的条件がかけ離れていたことにあり、それは科学界の反応に顕著だった。進化論をめぐるより本質的な反応は文学者の間に見出される。神が与えた人間精神の特別さを信じるドストエフスキーはダーウィニズムを拒絶した。トルストイは適者生存の理論を理解したが、生命の原理は確実に在るが不可知であるという彼の思考は生命の歴史を偶発的なものとして記述するダーウィニズムとは決して相容れず、進化論を棄却した。これに対し、ダーウィンの『種の起源』および『人間の由来』と着想や構成の点で似通う面の多い、チェーホフの学術論文構想「性の権威史」を分析することで、チェーホフが自然淘汰のプロセスを正当に理解し、ダーウィンの進化論の非人間中心主義的・非目的論的世界観を的確に把握していたことが明らかにされる。

だが、人間の高い精神や共通の目標に対する信の喪失は、思想上・文学上の指導者もすでに失っていた、灰色の八〇年代ロシアの全体的傾向でもあった。第二章で、文芸誌から大衆的新聞・雑誌へと、媒体変化が急速に進んだメディア革命の観点からそのことが明らかにされる。この時期の文学に支配的だった、簡潔性、失敗を強調するストーリー、偉大ではない普通の人物像等の特徴を、初期のチェーホフは同世代の作家達と共有していた。注目すべきは、急速に進んだメディアの大衆化と視覚化が、一八四〇―五〇年代にロシアで流行し、未熟なロシア社会にナショナリズムを作り出す手段と見なされた「生理学的スケッチ」を、即物的ジャンルとして八〇年代に回帰させたことだ。「生理学的スケッチ」の起こりであるフランスの「生理学もの」とロシアの各時代における「生理学的スケッチ」は、その表現と目的をそれぞれ異にしていたにも関わらず、文学によって社会を解明し時代の空虚を埋める答えを示す意図を密かに共有していた。これに対し、観相学的記述を拒否した『青髭ラウールの手紙』などから、文学は科学と同様己の無知を認める所に成り立ち、空虚を空虚のままに残し置くものと考えた点で、チェーホフは他と違っていたことを指摘する。

第二部は、以上を踏まえてチェーホフの人物造形の手法、物語展開の構造、そして時空間の特徴について具体的に分析を進めていく。第三章では、チェーホフに特有のパロディの性質を第二章との関連において明らかにした上で、作中で人物像が変化する場合に注目し、特に『決闘』における人物像の変化とその顛末が生物個体の潜在的可能性と限界性とパラレルに響き合うことを論じる。第四章では物語の内容・構造そして語りの点から、再びこのような人物像の変化を検討する。『生まれ故郷で』や『イオーヌィチ』といった作品を素材に、物語の筋はしかるべく積み重なっていくように展開する一方で、つねに「未完成性」「断片性」「言い残し」を結末に残すようなチェーホフ的な「開かれた結末」が生じる過程を、進化論の根底にある偶発性の観点からテクスト構造上の問題として指摘する。第五章では、バフチンが定義したような「空間の中で凝縮され可視的になる」時間と「強化されて時間の動きにひきこまれる」空間とが相互に関係する〈時空間[17]〉表象の有り様として、チェーホフの時間と空間の特徴を探求する。さらに、『小犬を連れた奥さん』の有名なオレアンダの場面に見られるような、特徴的な自然描写の意味にも時間と空間の観点から迫る。結論では、各章の総括を行いつつ、この序論で提示した問題関心に引き寄せて、チェーホフの「観察するまなざし」について、それが彼の詩学の中で演じている役割について述べる。

先の部分で文学的客観性が包括的であると述べたことにも似て、進化論も汎用性に富み、文化の奥深くに入り込み、今ではそれについて改めて考えることさえめずらしいということは、われわれには興味深い符号のように思われる。アメリカの哲学者・認知科学者のダニエル・デネットは、どのようなものでも浸食できる空想上の液体＝〈万能酸〉と進化論を呼び、〈ダーウィンの思想が、眼に見えるものの一切の核心にまでくい込むことのできる一つの普遍的な溶剤もしくは解決であることは、間違いない。問題は、その後に何が残るかだ[18]〉と述べた。これと同じことが、以下の議論におけるわれわれの基本的な態度となるだろう。

I

「信」なき時代と進化論

第一章　進化論、その特徴と受容

アダム・フィリップスは〈十九世紀後半のヨーロッパという新世界は、神がいなくてもよい世界であり、神の目的に近づいていた世界ではなかった〉と述べつつ、次のように指摘している。

神による生の認可がないとしたら、怒りを静めたり好印象を与えるべき神の存在がいないとしたら、人は、生き続けるための糧としていかなる自己正当化の物語を語れるのだろう。これこそ、ダーウィンとフロイトが生まれ落ちた十九世紀という時代の、信仰の危機だった。〔……〕ダーウィンとフロイトの著作を読むと、科学的な知識に根ざした生き方へと自分たちを転換させようと苦闘する、宗教的伝統とそれへの敏感さを見てとれる。(1)

本章が注目するのは、マンデリシュタームの言葉を借りて言えば、このような〈危機的な世紀〉に〈世界観のための闘技場〉(2)であるような自然科学、ダーウィンの進化論である。ブロックハウス・エフロン百科辞典の次のような記述に目を向けよう。〈ダーウィンの名は一人の学者の範囲に収まらない知名度を獲得した。彼の理論は、概して、学問の歴史に前代未聞の衝撃をもたらした〉[3]。ここにつけ加えるならば、ダーウィニズムが衝撃をもたらしたのは学問領域に対してだけではなく、文学の領域に対してでもあり、あらゆる世界に対してだった。狭義の生物学的議論としてのダーウィニズムと、社会生活の各分野への応用と拡張、双方を内包する言説の制度としての進化論の可能性を模索する観点からその「衝撃」の実態と定着の過程に迫ったジリアン・ビアは、次のように指摘している。〈進化の考えに支配された文化のなかで生きているからこそ、われわれが日ごろ行う世界の「読み」に、この思想の創造的力がどう働いているのか認識することは難しい〉[4]。今では自明のもののようになってしまった「物の見方」がロシアの受け取り手に呼び起した抵抗や賛同の様々な反応を見直し、中でも作家たち――もちろん、最大の関心はチェーホフに払われる――が、個々の関心のありかにしたがって、ダーウィンの理論に示した態度を指摘することがねらいである。

まず、ダーウィンの進化論はそれ以前の進化論とどの点において決定的に異なるのかを明らかにし、理論が擁する非目的論的性格と、人間の一般的な目的論的思考との間にずれを生ぜしめずにはいない本性を浮き彫りにする。その上で、『種の起源』着想の一因となったマルサスの人口論とも関連する形で、ロシアにおけるダーウィン受容の流れを追う。科学の領域においてはわずかな例外を除き受容の実態は発展的進化観に基づく「非ダーウィン」的なものに終始したこと、文学界においては特にトルストイが理論の核心に迫ったが、歴史を理解すること・記述することへの態度の違いの点でダーウィニズムを否定したことなどを明らかにする。最後に、未完に終わったチェーホフの学術論文「性の権威史」とダーウィンの『種の起源』および『人間の由来』が着想や構成の点で似通うことを分析し、ダーウィニズムについてのチェーホフの理解には独自の性格が見られることを指摘したい。

1　進化論という物語り

進化現象についての諸理論はダーウィン以前にも存在していた。強調しておきたいのは、ハックスレーが認める通り、そもそも進化とは〈子どもをその子自身の誕生の目撃者としてさし出せない〉のと同じく〈裏付けとなる証拠を探すことはまったく絶望的〉な現象であるということだ[5]。生物種の長大な時間にわたる動きや変化を説明しつつ、彼らの歴史を「語る」という点で進化論もまたひとつの「物語り」であると指摘できる。後の議論にもかかわってくるので、たとえばラマルクがどのように生命の由来を語ったかを見てみよう。〈自然は總ての種の動物を逐次に發生させ、且つ最も不完全な卽ち最も單純なものから始めて、最も完全なものでその仕事を完了し、段階的にそれらの體制を複雑となした[6]〉とラマルクは考えた。この説は一見、下等なものから高等なものへとつながる、古くからある〈存在の連鎖[7]〉の階梯と同じもののように思われる。しかしながら、河田雅圭の重要な指摘と図解を紹介したい（**図1、図2**）。

人間
サル
四足獣
⋮
魚類
⋮
爬虫類
⋮
昆虫類
⋮
樹木
⋮
土
水
大気
エーテル物質
（点線部分は途中を省略してある）

図１　存在の連鎖

これは〔……〕存在の連鎖と類似した考えであるが、存在の連鎖のように一本の系列で連なっているのではなく、枝分かれした系列をラマルクは考えていた。しかしラマルクは、この枝分かれの系列が、一つの共通の祖先から分岐しながら、現在の多様な生物に変化していったと考えたのではない。彼は、生物は常に単純なものから高等なものへ変化していくと考えており、現在複雑な構造をもつ生物はより昔に生じ、単純な生物はごく最近生じたため、まだ複雑なものに変化していないのだととらえていた。言い換えれば、彼は生物は一つの共通の祖先から進化したのではなく、絶えず別々の種類のものが自然発生していると考えたのだ[8]。

したがって、ラマルクによれば、〈逐次〉に生じた動物類は、各々の類を挙げて「最も単純なものから最も完全なものへ」向かって近づいていることになる。とはいえ、**図2**から明らかなように、その作業の結果は配類の最高位に最も完全な存在、つまり人間を置く、存在の連鎖の古くからの階層的秩序に似る。ラマルクが見ていた世界はかなりの程度安定したものだったのであり、変化を認めるにしてもやはり恒常性の方が重視されている。

これに対しダーウィンは、現在をもっと不完全な途中段階とみなした。アメリカの古生物学者・進化論者のスティーヴン・グールドは次のように述べている。〈ダーウィンは、もし生物が歴史をもっているのならば、祖先のいろいろな段階で〝痕跡〟が残されているはずだと推論した。現代では意味を失っている過去の痕――無用のもの、奇妙なもの、特異なもの、不釣合いなものなど――は、歴史があることを示すしるしである。これらは世界が今ある形でつくられたのではないという証拠である[9]〉。このようにしてダ

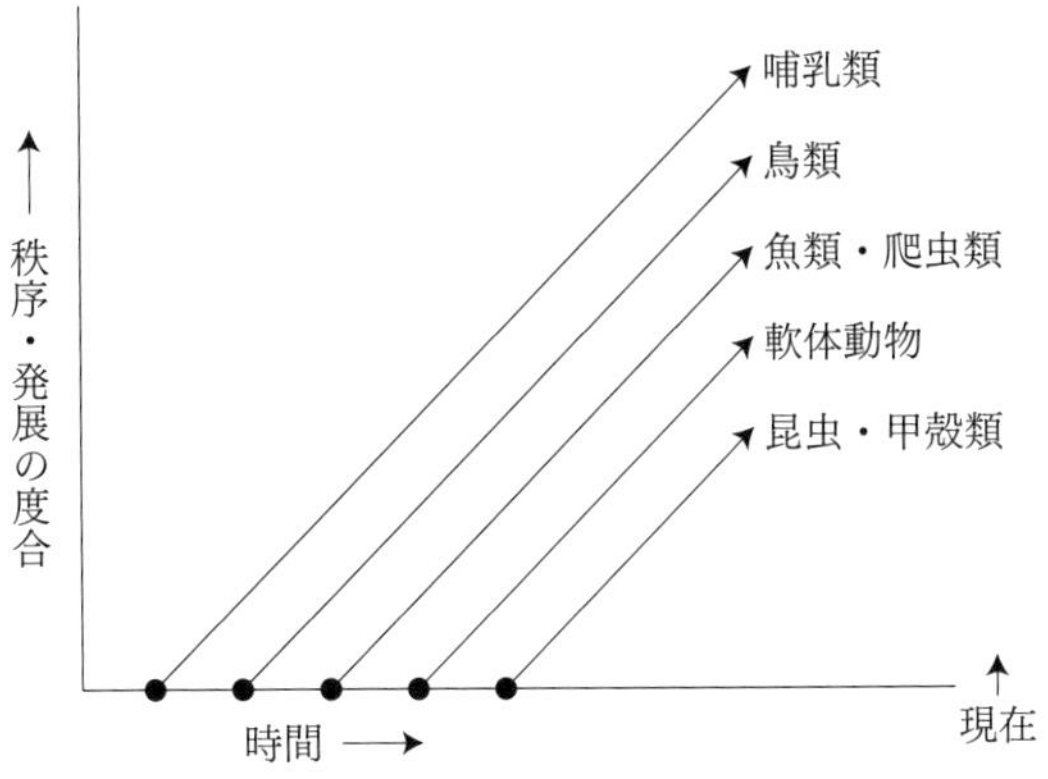

（●は生物が自然発生することを示している）

図2　ラマルクの進化観

ーウィンは家畜植物における個体の変異に着目し、進化現象を「語っ」た。輪をかけて重要なのは、自然も宇宙も彼のためにつくられた、他の全生物の頂点に立つものとしての人間観をダーウィンが突きくずそうとしたことだ。彼は〈人間がほかとは別の奇跡によって出現したと信じるのは〔……〕必要なこととともありそうなこととも思っていない〉と明言している。[10] 人間は動物の上に立つ存在ではなく自身動物の一種であり、自然の一部に過ぎない。そして彼は、変異は人間という「目標」に向かっているのではなく偶然に生じ、変異それ自体に進化の方向性を決める力は内在しないと考えた。そのように考えることによって、進化現象をまったく自然主義的に説明する方法——小さな変異の累積によって生き物が変化していくメカニズム、すなわち、自然淘汰説[11]が作られたのである。自然淘汰説は進化の過程に偶発性の概念を体系的に取り入れた点で画期的だった。そのことを、吉川博満は次のように述べている。

この考え〔自然淘汰説〕はラマルクやスペンサー

の発展的進化論が想定した進化の発展法則を不要にする。〔……〕発展的進化論の進化観においては、あらゆる生物は「存在の連鎖」(chain of being)――もっとも下等なものからもっとも高等なものまでが連続的につながった階梯――の一員である〔……〕そこでは進化とは、共通の目標へと向かうこの階梯を上昇していく過程にほかならない。それぞれの生物種はその階梯における位置によって優劣を比較することができるし、あるべき未来の姿を予言することもできる。

それにたいして、ダーウィンの進化論(ダーウィニズム)においては共通の目標など存在しないのだから、進化の過程は偶発的なものになる。進化には目的も終点も存在しない以上、ある生物種とべつの生物種の優劣を直接に比較することなどできなくなるし、あるべき理想の状態や未来の姿といったものを予言することも不可能になる。[12]

高度な器官である眼を例に考えてみたい。ダーウィンの語り方にしたがうならば、多様な個体が存在し、生き残るために闘争した結果、物を見るのに適した特徴を持った個体が子孫を残し、眼が現在あるような形になったということになる。眼のような複雑な器官が一挙に出来上がることはあり得ないので、一つ前の段階と次に来る段階の間には連続性が存在する。とはいえ、眼を現在あるような形にしようとした「誰か」の特別な意志や計画はここに介在しない。つまり、連続的に起こる原因が累積し、「偶然」にも今あるような形になったという結果が生じるのである。このようにダーウィンは「現在こうである(し、こうでなくてもよかった)」ものとして進化を「語る」。生物進化についてのこの「物語り」は、予定表などは存在しない以上、予想できない偶発性に左右されている(過程が一つ違えば、今とは全く別の眼が出来上がっていたかもしれない)。だが、これは人間の一般的な考え方に反している。眼は、今あるような精巧な形になるために「進化」してきたという風に普通人間は考える。むしろ私たちはそのような目的論的思考においてしか物事を想像することができない。再び吉川の次のような見解に注目しよう。

大事なことは、目的論的にしか理解できない事象を結果論的に説明する革命的理論を手にしたとしてもなお、私たちがその事象を目的論的にしか理解できないという事態は変わらないということだ。〔……〕一般には、「ダーウィン革命」によって近代人の思想にダーウィン進化論がインストールされたと考えられているが、実相は異なる。革命の名において人びとの思想に住みついたのは、ダーウィン進化論ではなく、それ以前から醸成されていた近代的進歩史観の進化論版である「発展的進化論」であった。(13)

科学史家の小川眞里子が指摘しているように、〈世界に一切目的が無い〉というダーウィンの物語りのテーマは〈もっとも重要でありながらもっとも理解されにくかった〉(14)。なぜならそのようなテーマを受け入れてしまえば、アダム・フィリップスが言うように、〈神と自然とのあいだで演じられていたドラマ〉の名誉ある仲介者としての人間の特権的立場は消滅するからだ。

人間は自然の創造物にすぎないというのに、自然は人間の必要を満たしてくれそうにない〔……〕その理由は、自然は意地悪で罪深いからではなく、自然は誰かの肩を持つなどということはしないからだった。この新しい見方によれば、自然は人間の味方でも敵でもない。なぜなら、自然は（神ないし神々とは違い）そのような類のものではなかったからである。〔……〕自然は、統合はされているが、そこに神の意図は反映されていない。自然には、人間の知性に似たものなど、存在するはずもないのだ。しかも自然は、人間のためになすべき計画も持ち合わせていない。こうすべきだなどということを、自然が人間に語りかけることもない。自然には心などないのだから、自然が人間のことを気にかけるなどということもない〔……〕われわれが心と呼んでいたものは、自然の産物であり、肉体の一部だった。(15)

自然淘汰の純自然科学的アルゴリズムは、神や、特別な人間の存在を揺るがし自然から慈悲深さを奪う。同時に、神の意志も何らの目標も計画も存在しない進化についての物語りは、荒涼とした世界を私たちに想像させる。エリオット・ソーバーがダーウィニズムの最大の独創性と認めた進化論の二つの根幹(16)は、絡み合いながら人間が〈大切にしている信念(17)〉一般に矛盾する。

ダーウィンの理論の特異性、その難解さと豊かさはまさにこの点に存している。ロシアの社会思想家、自然科学者そして文学者の間に見られたさまざまな反応が、ダーウィニズムのこうした面をより明らかにしてくれるだろう。

2　ロシアにおけるダーウィン受容

①思想・科学界――ダーウィン＝マルサス連関をめぐる困惑

『ロシヤ　ダーウィニズムの先駆者たち』の著者ライコフによれば、「ロシア科学の創始者――天才学者ロモノソフは、すでに十八世紀にははっきりと地質学のなかで進化の観点に立ち、この観点を全自然界に移していた」[18]。ダニエル・トーデスもまた『ロシアの博物学者たち――ダーウィン進化論と相互扶助論』の中で「ロシアは強固な創造説の伝統を欠いており、すでに〔ダーウィン以前に〕何人かの進化論者を生み出していた」ことを明言している[19]。いち早くダーウィンの理論に目を向けたのは科学者だけでなく思想家たちでもあった[20]。トーデスはロシアにおけるダーウィン受容の流れを簡潔に伝えている。

ダーウィンの理論は一八六〇年の一月にはじめてロシアの大衆に伝えられた。このとき、『文部省雑誌』が、英国学術振興協会においてライエルが行なったダーウィンの理論に対する好意的な論評の翻訳を掲載したのだ。ダーウィンの考え方がより幅広い読者大衆の手元に届くのは、一八六四年の、S・A・ラチンスキーによる『起源』の翻訳と、ピーサレフとチミリャーゼフによる淘汰説についての一般向けの解説の登場においてである。ラチンスキーの訳本はたちまち売り切れ、そのほかの訳本もあとに続いた。ダーウィンの他の著作もすぐに翻訳され、むさぼるように読まれた。『人間の由来』（一八七一）のロシア語版と英語版は同時に現れたし、『人間と動物における感情の表現』（一八七二）は実際に英語版に先立って出版されたのだ〔……〕『家畜栽培植物の変異』の翻訳は一八七〇年代の初めに現れた[21]。

進化説の伝統が存在し、実際にダーウィンの著作が全体として好意的に受け入れられたにも関わらず、ロシアにおけるダーウィン受容は、決して平坦な道のりではなかった。この点に関連してE・コルチンスキーは〈ロシアのチャールズ・ダーウィン受容の初期から、彼の考えはこの国の科学の象徴になった。それゆえ、彼の考えは科学を敵視する人にとっての憎悪の主要な対象ともなった[22]〉と述べている。H・Γ・ミフノヴェッツは受容を「第一波」と「第二波」、すなわち最初の翻訳が出た一八六〇年代に起こった論争と、一八八五年にダニレフスキーの『ダーウィニズム、その批判的研究』が出版された関係で再び生じた一八八七―八九年の論争の二つに区分している。[23] ダニレフスキー自身は著作が刊行された時すでに他界していたので、反対派の筆頭には哲学家・評論家のストラーホフが立ち、これに植物学者であり正統派ダーウィニズムの擁護者であったチミリャーゼフが応答した。出版人のエリペなども加わったこの論争は、『種の起源』では注意深く避けられていた人間の道徳性への具体的言及を含む『人間の由来』が紹介された関係で高まりつつあったダーウィンへの批判と相まって、六〇年代の論争よりもいっそう鋭いものであった。

とはいえ、「第一波」と「第二波」に質として微妙な差異があるとはしても、ロシアの知識人たちがダーウィンの理論のどのような点に拘泥したのか、それを突き詰めていけば、この二つの論争の奥に横たわっているのは同じひとつの根なのである。この点に関連して、トーデスは特に「生存闘争(struggle for existence)」という隠喩に注目する。ダーウィニズムの核心をなすのは自然淘汰説であることはすでに述べた。自然淘汰が生じる動因となるのが、生存のための資料が限られた環境下でより有利に子孫を残すための生物同士の闘争である。トーデスによれば、〈生存闘争〉という〈隠喩〉とその〈概念的な意味合い〉に対するロシアの知識人の批判的な反応が〈ロシアの進化思想に重要な結果をもたらした〉のである。[24]

ダーウィンは、『人口の原理』[25]におけるマルサスの人口過剰論から自説の着想を得たことを自伝の中で明言している。[26] マルサスの著作の正式なタイトルは『社会の将来の改善に影響を与えるものとしての人口の原理に関する考察』であり、その内容は、人間および人間社会が無限に完成に近づいていくという啓蒙主義的な見方に対する痛烈かつきわめて悲観的な政治的パンフレットであった。マルサスは人口の急激な増加に対して「積極的な抑制（戦争、飢餓、伝染病）」と「予防的な抑制（結婚および出産の遅延）」を効果的方途として認めることで、空想的啓蒙主義に対抗したのである。彼の発案の非人道性に対する批判は本国イギリスにおいても当然に起こった。それにも関わらず『人口の原理』が〈十九世紀の前半においては、当たり前のもの〉になり得たのは、マルサスの見解が〈一八〇一年の国勢調査によって、イギリスが人口爆発に向かって進行中であることが示唆されて以降、それは予言的な[27]〉ものに見えたからだとトーデスは説明している。

しかしながら、この説明は事柄の背景を十分明らかにはしていない。なぜならトマ・ピケティが明晰に指摘している通り、マルサスは人口爆発によるカオスと悲惨をフランスの事例でもって危惧していた。ということは、言い方を変えれば、人口増に原因する貧困の拡大がゆくゆくは自らのイギリスにおいても新しい政治的蜂起に繋がるのではないかということを彼が危惧していたということに等しいからである[28]。貧困者への福祉的支援を停止し、結婚の遅延等によって貧困者の出産を制限するという彼の考えは、貧困層の増加に脅威を覚えていた富裕層のイデオロギーに基づいていた。したがって、マルサスの見解がイギリスにおいてスタンダードとなり得たのは、トーデスがさりげなく挙げているもう一つの説明、すなわち〈イギリスの支配階級に、社会の改革に反対するための論拠を与え[29]〉たことをむしろ理由としていたと見るべきだろう。

ダーウィン自身富裕層に属するジェントルマンであり、マルサスの見解をあり得そうなこととして持論に適応した限りにおいて、彼もまたイギリス社会の特質を基礎に置いていたことは否定できない。ダーウィンの進化理論と共にマルサスの見解をも受け入れざるを得なくなった時、ロシアの知識人たちはまさにここに躓いたのである。トーデスは指摘している。

ロシアの政治経済は、親自由放任主義的な活発なブルジョワジーを欠いており、領主と農民によって支配されていた。主要な政治的潮流であった君主主義と社会主義的志向をもつナロードニキ主義は、協調的な社会的精神と、マルサスおよび大英帝国に広く結びつけられる競争的な個人主義に対する嫌悪を共有していた。さらに、ロシアは急速に変化し、しばしば厳しい気候を伴う広大で、人口の希薄な大地をもっていた。限られた空間と資源に及ぼす人口(個体数)の圧力によって生物はたえず相互の抗争に押しやられるというマルサスの見解に、これ以上に同調しがたい舞台ごしらえを想像するのは難しい[30]。

このようにして、ロシアでは様々なイデオロギー的立場に立つ論客が、ダーウィン＝マルサス連関の批判というかたちで科学が人間および人間社会に与える影響に関する自説を展開したのである。保守派の思想家(ダニレフスキー、ローザノフ、ストラーホフ、のちにはソロヴィヨーフら)は宗教的、道徳的、社会的政治的観点から、ダーウィン＝マルサス連関の文化的主観性を指摘し、ロシアの民衆に対して、実証的知識を装った西洋的価値観の輸入に反対するよう警告した。M・マグワイアが言うように〈人類の神の起源と独特の運命の不認可は、ロシアのユニークな国家のアイデンティティを故意に徐々にむしばむことに等しかった[31]〉から、急進派や自由主義者(ピーサレフ、アントノーヴィチ、プレハーノフら)は差し迫った革命のための科学的基盤をダーウィニズムに見出し称揚したが、マルサスの理論が農民共同体の理念に明らかに反するので、ジレンマを抱えることになった。つまり、スラヴ派と西欧派の対立の流れを汲むこれら二つの一見異なる立場は、実のところダーウィン＝マルサス連関に対する困惑という同じものをめぐっていたのである。
社会思想家だけでなく科学者もまた、マルサスの政治的立場に対する否定的反応と、マルサスの自然観に対する常識的な意味での共感のなさとが組み合わさった複雑な「感情」にとらわれた。ほとんど唯一と言える例外は「ロシアのダーウィンのブルドック」ことK・A・チミリャーゼフだった。チミリャーゼフは次のように書いている。

物理的な力の盲目的な役割によって作り出された変異は、〔……〕生物にとって良いか悪いかどちらかになる傾向があるが、彼〔ダーウィン〕が比喩的に生存闘争および自然淘汰と呼んだ一つの歴史的な過程の結果として、あらゆる有益な変異、あらゆる改善は保存される一方で、有害で無用なものは抑制され、抹消される。それゆえ、生物は、ダーウィンの先行者たちが提唱したように環境の直接の影響のもとで環境に適応しているわけではない。むしろ、はてしなく連綿と世代を重ねるうちに、有機的世界の調和に一致するあらゆる事柄は蓄積していき、調和に反するあらゆる事柄は消滅させられていく。[32]

あるいは、一八六四年の時点でチミリャーゼフは次のように述べている。〈われわれが慣れ親しんでいる永遠に清らかで、ほほ笑む自然に代わって、〔……〕驚愕するわれわれの前に、恐ろしい混沌が立ち上がってくる。そこでは、生物たちは残忍な命懸けの戦闘に巻き込まれており、あらゆる生物は、自分の同類たちの何百万という死体の上に生命の一員となるのだ[33]〉。変異は前適応的なものでなく、それが遺伝によって蓄積され、〈盲目的〉性質の自然淘汰によって生物が変わっていく。その動因としての生存闘争の

〈比喩的〉意味あいを認めていたこと、そして何よりも、〈あらゆる生物は、自分の同類たちの何百万という死体の上に生命の一員となる〉ことを認めていた点で、チミリャーゼフはダーウィンの理論の骨子を確実にとらえていた。

しかしながら、ロシアの知識人たちを困惑させたこの「比喩」の呪縛から、彼とて完全に解き放たれていたわけではなかった。「生存闘争」という表現のためにダーウィンの理論が誤解を受けることを憂慮するチミリャーゼフは、次々と表した自らのダーウィン進化論の解説書のうちでこの比喩を次第に大幅に削減していき、それに伴って、闘争とは〈自分と同類の生物の撲滅を意味するものではなく、自己防衛――有機的自然の敵対的な力に対する生命の勝利――を意味するだけであった〉と比喩の意味をずらしていく。クロポトキンに対する彼の控えめな、しかし確実な賛意が示す通り、〈闘争〉を〈競争〉に置き換え、独自で高度な生物としての人間がこの競争中に発揮するに違いない〈漸進的な道徳的・知的進歩〉を確信する立場へと移って行くのである。[34] このようにして、幅広い生物学の分野と多様な政治的立場を代表するロシアの科学者たちが、〈自分たちの文化にとってあまりにも異質で、あまりにも重い否定的な連想を背負わされた隠喩〉[35]の重要性を減じたり否定したりする過程で、種の違いさえ越えた助け合いが進化を促したとする独自の「相互扶助説」が最終的にロシアで作られていった。

またべつの事情もひそんでいる。十九世紀、ダーウィンの理論は〈まだ科学的事実とは言えない〉[36]時期にあった。この点に関連して、ミフノヴェッツが物活論[37]の主要な論客であるテイヤール・ド・シャルダンを引用しながら〈イギリスの自然科学者「ダーウィン」の労作は、文化の中に進歩という強固な理念をもたらした〉と述べていることは、ある面で正しい。[38] 進化論が〈満足と確信を与えるにはじゅうぶん確立されている〉[39]とは言えなかった当時、ましてクリミア戦争後の国家的動揺の時期にあって「進歩」の必要に焦りを感じていたロシアにおいて、ダーウィンの進化論は発展的な進歩史観とないまぜにされていた。むしろ、そのようなものとしてこそ積極的に受け入れられたと言えるからだ。しかしもちろん、ダーウィン自身はここで言われているような「進歩」を意図していなかったし、定向進化の概念を含まない以上、彼の考えた進化とは進歩とイコールのものではなかった点を強調しておかなければならない。どれほど意識的だったかは別としても、ロシアの思想家たちによって、また科学者たちによってさえ、ダーウィンの理論は局所化され、目的や意志が介在しない自然淘汰のプロセスを説明し、そのプロセスが描いて来た生物の歴史を「語る」という本質は理解され得なかった。

②文学界——ドストエフスキーとトルストイ、それぞれの拒絶の理由

進化論の受容において、トルストイやドストエフスキーといった文学者を含む知的サークルもまた大きな役割を果たしていたことは言うまでもない。そもそも十九世紀の文学と進化論の結びつきは深い。ダーウィン自身がモンテーニュ、トマス・ブラウン、スコット、プレスコットらの文学的影響を背景に、種の発生過程をめぐる自説を作り上げていったのである。[40] 他方文学の領域では、ダーウィニズムがもたらした世界認識の転換——人間は特別な存在ではなく、他の動物同様死すべき運命にあり、死後に戻ることができたはずの場所は消失し、幸福は約束されていない——に対して、個々の作家がそれぞれの反応を示した。科学哲学者のミシェル・セールが指摘しているように、一見して分かる直接的な利用という形ではないにせよ、モチーフやテーマ、プロット構成などの点で、進化論は所与の文学テクストの重要な相関テクストであると言うことができる。[41] ロシア文学に対する進化論の影響についての指摘があまり見られないことは否定できないが、それでも、すでに述べた通り、進化理論を科学としてだけでなく、大きく変わりつつあ

った時代の並行的現象として、〈世界観のための闘技場〉として捉える観点からは、ダーウィニズムとロシア文学の関係をさぐる意義がある。以下ドストエフスキーとトルストイ、そしてチェーホフの「読みの行為」を分析したい。もちろん、この三者を取り上げるだけでロシアの文学の領域における進化論の受容の全貌を詳らかにすることはできない。しかし、この三者は受容の大きな傾向を代表しているし、そうした傾向を指摘するだけで本章の目的には十分であると考える。

ドストエフスキーは、ダーウィニズムがロシアに伝えられた「第一波」の時期に素早く反応を示した。進化についての科学理論が人間の特別な由来を否定し、人間を自然に対する主人でなくしたことに対する拒絶反応を、ドストエフスキーは次のようにはっきりと書き表している。

ついでながら、昨今のダーウィンの、また他の、人間が猿から由来したという理論を思い出してほしい。どのような理論に入りこむこともなく、人間には動物的な世界以外に精神の世界がある事をキリストは直接告げてくれている。まあ、人間がどこから来たかということは、どこだっていいとしよう(聖書にも、神がどのように人間を砂から作ったか、どのように大地から取り上げたかは全然説明はされていない)。その代わり神は人間に生命の息吹を吹き込んだのだ。[42]

ドストエフスキーは精神世界の有無で人間を動物から分離した存在として捉えている。ダーウィンはこれと異なり、一般的に「下等」と見なされる動物にも人間と同等かそれ以上の高い精神の働きを認めていたことは、晩年に熱中したミミズの研究からも明らかである。アダム・フィリップスによれば、それは虚無主義というよりはむしろ新しい人間的生き方の積極的な模索であった。[43] しかしながら、ミハイロフスキーが言うように、ダーウィンの理論が当代において人間を神から〈切断〉したことも事実であった[44]。そしてそのことが、ドストエフスキーにはもっと重大な違反に思われた。ダーウィンが『種の起源』でほのめかしている、他のあらゆる生物同様生き残りをかけた自然の闘争に巻き込まれている動物としての人間像は、キリスト教的理念、因果律を超える個人の自由な意志、利他主義、平等、兄弟愛など、ドストエフスキーにとり重要だった諸概念と鋭く対立している。『地下室の手記』（一八六四）の次のような場面に目を向けよう。

人間の先祖は猿だという証明をつきつけられたら、四の五のいわずに、あっさりそれを認めるしかない、ということだ。またきみにとって、きみ自身の脂肪の一滴は、本質的には他人の脂肪の数十万滴よりも貴重なものであるはずだから、したがって、いわゆる善行とか義務とかいったさまざまな妄想や偏見も、結局のところは、すべてそこに帰着するのだ、と証明されたら、やはりそのまま認める、ということだ[45]。

地下室人の言葉が逆説的に示す通り、「下等な」動物たちがそうしているように、人間も〈他人の脂肪の数十万滴〉より大事な〈自身の脂肪の一滴〉を守るために互いに闘争しているとすれば、一切の知的精神の発露もまた、種の保存という本能に突き動かされた結果に過ぎないものになる。このように、科学の理論がすべてを決定してしまい、かつては神の特別な創造物であった人間が自然と自然法則の奴隷に堕ち、そのために自らの主人であることすら放棄してしまうことをドストエフスキーは危惧する。

ミフノヴェッツの次のような指摘は興味深い。〈ドストエフスキーはおそらくダーウィンの自然科学理論そのもの、ダーウィンの著作のテクストそのものを読んではいなかっただろう。そのことは、とはいえ、彼にとっては不可欠なことではなかった。ドストエフスキーにとって重要だったのはダーウィンの著作そのものではなく、ダーウィンの考えたことの「可変性」と、広く大衆に対する科学理論の「人気現象」だった[46]。ドストエフスキーが問題にしていたのはダーウィンの科学理論自体ではなく、ダーウィンの理論が社会に応用された場合の影響力であったとすれば、彼がダーウィニズムに向けていた注意は社会思想家のそれと近いものだったと言うことができるだろう。『地下室の手記』は、科学理論の背後に「イギリス精神」を嗅ぎ取り、生存のための生物間の闘争を否認する点で、ダーウィン受容に際してロシアの知識人たちの困惑の理由となったものが芸術的テクストに凝縮された最初の形である。

本論にとってより重要なのはトルストイである。トルストイがダーウィニズムとの論争に入ったのはずっと遅く、ダーウィニズムの「第二波」、すなわち一八八七年からしばらく続いた論争に関連してのことであった。コルチンスキーは、論争の主役のひとりであるストラーホフとトルストイを、ダーウィンの理論に疑義を呈する〈保守派の思想家〉に一律に加えている。一方ミフノヴェッツは、トルストイが他でもないそのストラーホフへの手紙の中で、チミリャーゼフとの舌戦を終えるよう希望したことを指摘し、作家は論争から一歩引いた地点にいたと見なしている[47]。

ダーウィン＝マルサス連関についてだけ言うならば、科学を人間の倫理に短絡的に適応することを危険視する点で、ストラーホフとトルストイの見解は近しい。『さらば我ら何をなすべき』（一八八四―一八八六）にあらわされたトルストイの考えによれば、マルサスの理論は〈「科学」という偉そうな言葉を持ち出して効果を狙っている〉にすぎない。すなわち、一部にだけ重労働を押し付け、自らは労働から解放された状態でいたいと思う人たちを正当化するための詭弁にすぎない。ダーウィンはこのようなマルサス的見解を自然にまで延長することによって、人間の〈怠惰と残忍さ〉を正当化したのである。世界には常に人間同士の争いが見られたことをトルストイは認めていたが、彼に我慢ならなかったのは、生物はすべからく自己の保存を目的として生きているという考えをダーウィンが〈生命の進歩の基礎においた〉ことであり、そのために人間共同体の根本は何よりも生存を懸けた個体間の闘争であると見なされるようになったことであった。これに反対してトルストイは、ホッブズ的な「万人の万人に対する闘争」状態を停止し、人が〈その避くべからざる義務であるところの隣人に対する愛〉と〈同朋人類共通の目的〉に仕える時にのみ、人間は人間であるに足るものと結論する。この結論にはかなりの程度人間の知的精神の独自性への期待が含まれているし、人間の道徳性の漸進的な進歩と、生物間の全体的な助けあいを強調する点で、相互扶助論との呼応も見てとれる(48)。

トルストイの理解のうちでもっと興味深いのは、彼が次のように明言する時だ。

そうして今、「科学者」と称される有閑人たちの思想遊戯の中に、同じように、新しくもなければ勝手気ままな間違った主張が現れた。それによれば、あらゆる生物すなわち有機体はお互いに他のものから生じてきた。ひとつの有機体が他の有機体から生じたばかりでなく、一つの有機体が多くの有機体から生じた、つまり非常に長い時間の間、たとえば百万年の間には、魚と家鴨とが一つの同じ先祖から生まれることができるばかりでなく、蜜蜂の一群から一つの動物がつくられることもできるのである。〔……〕この主張は勝手気ままなものであった、なぜなら何人も未だかつて或る種の有機体が他の有機体より造られたのを見たものがないからであり、したがって種の起源についての仮定は永遠に仮定にとどまり、経験的事実となることは決してないからである。この主張はまた間違ってもいた、というのは、種の起源の問題を、無限に長い時間において生物が遺伝と適応の法則の影響を受けた結果として解決することは、まったく問題の解決になっていなかったのであり、問題を新しい形式で反復していたにすぎないからである(49)。

先述のように、進化とは再現することも目撃することも不可能な現象である。自然淘汰のプロセスは、それゆえ、「環境によりよく適したものが結果として生き残る」「生き残ったものが結果としてよりよく適していた」というトートロジカルな形でしか説明できない(50)。進化の理論にトートロジー的なものが含まれることを見抜いたトルストイは、ダーウィニズムを玩具のようにいたずらなものとして退ける。

だがトルストイにとって、進化論は〈種の起源の問題を〔……〕新しい形式で反復していたにすぎない〉ことが本質的な難点なのではなかった。本章第一節で述べたとおり、自然淘汰のプロセスによって、特別な意志や予定表の存在を抜きに偶発性に基づく生物の来し方を「語る」のがダーウィンの進化論の画期的な点であったことを想起しよう。〈適者は事後的に定義されざるをえない〉というダーウィニズムの適応主義は、自然淘汰の母集団は予見可能な目的や一種の予定表のようなものではなく、〈ランダムな変異および組み換え〉でしかないという〈積極的事実に対応している(51)〉のである。そしてトルストイは、先の引用のしばらく後で、次のように述べていた。〈進化論によれば、生物の多種多様性は、偶発性と遺伝と環境の多種多様な条件が無限に長い時間にわたって影響したためだということになる。進化論は、簡単な言葉で言うと、偶発性によって、無限に長い時間の間に、どんなものからでも好きなものが生じる、ということを主張しているのである(52)〉。つまり彼の本当の憤りは、進化論が「種の起源の問題」の根底に「偶発性」を置いたことにあったのである。

だが、そのことがなぜそれほど問題だったのか。それは、一八六〇年代にトルストイが取り組んでいた問題――端的に言えば、歴史とその認識をめぐる問題がここで再び懸けられているからにほかならない。『戦争と平和』(一八六四―六九)のエピローグでトルストイが次のように述べたことに目を向けよう。

歴史にとって存在するのは、人間の意志の運動の線であり、その線の一方の端は不可知のもののなかに隠れ、もう一方の端では、空間、時間、原因に依存しながら、現在時点における人間の自由の意識が動いている。我々の眼前で、この運動の範囲が広がるほど、この運動の法則はよりはっきりしてくる。この法則をとらえ、定義づけることが歴史の課題となる。(53)

歴史的運動の原動力は確実に存在している。要求されている課題は〈人間の意志の運動の線〉、すなわち極限小の一人一人の人間の生の営みが集まって作り出す全体的な生のありさまを明確にすることである。注目すべきは、ここでその原動力、〈その線の一方の端〉は、〈不可知のもののなかに隠れ〉ている、つまり人間には把握できないものとして示されていることだ。中村唯史はこのことを、〈歴史原理の不可知性とは、トルストイの場合、それが言語化できず、したがって伝達しえないものであることを意味していた〉〈真の「歴史」や「生」それ自体は、ひとにとっては絶対的に不可知であり、その立場からこれを表象しようとすれば、否定辞や不定辞あるいは視覚的な象徴をとおしてその存在を示唆するよりほかにはない〉(54)と指摘している。トルストイはまた、『戦争と平和』四巻第二章の冒頭にこのように書いていた。

人間の知性にとって、諸現象の原因の総和はおよびがたいものである。しかし人間の心には、原因を探し当てたいという要求が備わっている。そこで人間の知性は、そのひとつひとつを個別に原因と見なし得るような諸現象の条件の複雑さと無数性を深く究明することなく、一番手前の近くにあった、わかりやすい現象をつかまえて、ほらこれが原因だと言う。〔……〕歴史上の事件の原因は、すべての原因の唯一の原因であるところのもの以外にありはしないし、またあるはずもないのである。(55)

やはり〈……以外にありはしないし、またあるはずもない〉という否定辞を通して、陰画的に、〈諸現象の原因の総和〉〈すべての原因の唯一の原因であるところのもの〉はともかくも「在る」、在りはするのだが〈人間の知性〉はそれに到達することができないというトルストイの考えがあらわされている。

このことは、ケプラー、ニュートン、ガリレイらの科学革命が起こったあと、コントの実証主義が台頭したあとで生じた、自然科学的「説明」と人文学的「理解」をめぐる論争のことを思い起こさせる。二十世紀後半に至ってこの論争に終止符を打ったと言えるガダマーの区別を援用すれば、いかなる〈学問的研究〉も〈理性的判断〉も〈真理の経験〉を凌駕し得ない。(56) つまり、唯一無二の何かに触れるという人間的経験は、学問的方法によって「説明」できるようなものではないのであって、言語化したり概念化したりすることができない以上、それは「理解」するしかないものである。トルストイの考えはまさにこれに似ている。〈真の「歴史」や「生」〉が、〈すべての原因の唯一の原因であるところのもの〉が確かに存在し、かつそのようなものとして十全に「在る」ことと、〈人間の心〉の〈原因を探り当てたいという要求〉に関わらずそれが語り得ないものであることは、彼には不可分だったのである。

ところが進化論は生命の由来や進化といった歴史を「語る」ばかりか、遡求すべき〈真の「歴史」や「生」〉の代わりに〈無限に長い時間の間に、どんなものからでも好きなものが生じる〉ような偶発性を歴史の基礎に置く。そもそも、生き残りをかけて互いに争っているあらゆるほかの動物たちと人間の間になんの差もないとすれば、〈全体的な生〉のことなど望むべくもない。歴史とその認識をめぐる相違の点で、トルストイは進化論を棄却した。死の床にあった一九一〇年、トルストイは手紙の中で長男セルゲイに宛てて〈お前が身につけたダーウィニズムや進化や生存闘争の考え方は、お前にお前の生の意味を説明してくれはしないし、すべきことの指針も与えてはくれないだろう[57]〉と警告している。トルストイの考えは最後まで変わらなかったのである。

本章前半部で述べたように進化と発展的進歩の区別も曖昧な（そのためダーウィンの「物語り」のテーマがほとんど理解されなかった）時代にあって、トルストイはダーウィンの理論が根本に含むトートロジー性と偶発性を理解し、それゆえに進化論を拒絶するに至った。自然と歴史をめぐるトルストイのこのような問題意識については、それと比較することでチェーホフの世界観を浮かび上がらせるために、第五章で改めて論じることとしたい。

3　チェーホフの読書と理解

チェーホフが大学時代からダーウィンの進化論に強い関心を寄せていたことは周知の事実である。たとえば一八八六年、同僚の作家ビリビンに宛てた手紙の中で、彼は〈ダーウィンを読んでいます。こいつはすばらしい！〉［П. 1: 213］と声を上げた。さらに、一八九一年にサハリンの小学校に書籍を寄贈するためにチェーホフが作成したリストには、『偉人伝シリーズ』（Жизнь замечательных людей）からダーウィンの巻が含まれている。この伝記は一年前の一八九〇年に刊行されたばかりであった。したがって、九〇年代に入ってもなおダーウィンに関する作家の関心は高かったことがうかがえる。

全集の注釈によれば、チェーホフの蔵書の中で現在確認できるダーウィンの著作は『家畜・栽培植物の変異』(一八六八)のみである。しかし一八九〇年、サハリン調査の途上にあったチェーホフは手紙の中で、友人の女性数学者クンダーソヴァにダーウィンの旅行記を渡してくれるよう家族に頼んでいる。ダーウィンの著作に旅行記と言えるものはひとつしかないので、これは『ビーグル号航海記』(一八三九)であると見て間違いない。また『隣人たち』(一八九二)の異本では、トルストイの無抵抗主義を軽々に批判する兄に対し、妹が〈「この問題に誠実に、有頂天になって、ダーウィンが自分の『種の起源』を書いた時のような〔……〕エネルギーでもって、取り組みなさい」〉[5: 589]と言う場面がある。

より早い時期に書かれた作品にもダーウィンの名が認められる。一八八三年の一月に書かれた『催眠術の会』には次のような一文がある。〈私の父は医師だったが、医師というのは、感触だけで紙幣の質を見破るのである。ダーウィンの理論によれば、私はその他多くの才能と一緒にこの愛すべき才能をも父から譲り受けたことになる。私は紙幣が五ルーブリ札であることを見ぬいた[58]〉[2: 31]。同じく八三年の四月に書かれた『フィラデルフィアにおける博物学者大会(学問的内容の論文)』は学術的な報告文の体裁を取り、ダーウィンの進化論の「もじり」と言える作品である。冒頭の〈一番初めにダーウィンの思い出に捧げる研究報告「人間の由来について」が読み上げられた〉という一文でダーウィンの同名著作(『人間の由来』)が示唆されたのち、いろいろな民族の典型的性質が〈豚〉〈ワニ〉〈カササギ〉〈キツネ〉〈魚〉などの動物に喩えて誇張され、滑稽に描かれている[2: 130]。このように、書簡や作品の内に見出されるダーウィンへの言及からすれば、『家畜・栽培植物の変異』と並んでチェーホフが『ビーグル号航海記』『種の起源』『人間の由来』など、広くダーウィンの著作を手にしていた可能性が十分に指摘できる。

この八三年に、人物の内に動物の特徴や形態の類似を見る描写が集中的に確認されることに注目したい。六月の『山羊かならず者か?』ではタイトルにもあるとおり、うたた寝をしている娘が自分に迫ろうとする好色漢を夢の中で山羊と取り違える［2: 160］。あるいは八月に書かれた『アルビヨンの娘』において、イギリス人の家庭教師を雇い主が〈いもり〉と呼び〈鼻はハゲタカそっくり〉だと罵る［2: 197］。このような描写の背後に、人間と動物が同じ共通の祖先から進化してきたことを認め、その間に優劣を設けないダーウィンの理論の影響を見出すことは困難ではない。A・グロスマンは「チェーホフの自然主義」というエッセーの中で次のように断言している。〈『種の起源』の作者は、人間の動物的な由来についての自らの基本的な結論でもって、チェーホフの、人類についての慰めのない哲学の中に主要な基盤のうちのひとつを持ち込んだ。自らの主人公たちに射止められた鳥や傷ついた獣を見るというチェーホフの不変の傾向は、部分的には、彼の世界観におけるダーウィニズムの要素によって説明される〉[59]。必ずしも〈射止められた〉り〈傷ついた〉りしているわけではないにせよ、そうした見方をチェーホフがいち早く作品に取り入れたことは疑いがない。輪をかけて重要なのは、チェーホフにあってはこれらの動物メタファーが積極的かつ喜劇的に用いられることで、先に見たドストエフスキーやトルストイの場合と異なり、人間と動物の同位が憤慨とも拒絶とも遠いものとなっていることだ。

以下、チェーホフの学術論文「性の権威史」の構想をめぐって、ダーウィニズムに対するチェーホフの理解を検討していく。

①「性の権威史」——『人間の由来』との関係

「性の権威史」は当時ロシア社会で隆盛していた女性問題をテーマにした論文である。論文は結局完成されず、兄アレクサンドルに共同執筆を持ちかけた手紙から読み取られるその構想も、短く断片的なものにとどまっている。とはいえ、科学に対するチェーホフの熱心な関与のあり方を推察するための資料としては役に立つ。

手紙の冒頭で、チェーホフはまず自分の立場を端的に述べる。〈僕は今ちいさな問題について準備していて、将来それを仕上げようと思っている。ずばり、女性問題です。でも、何よりまず、笑わないでくれよ。僕はこの問題を自然科学の領域で検討するつもりです〉[II. 1: 63]。このように宣言した上で、彼は〈僕の論は我が国の女性解放論者たるジャーナリスト諸氏の論にも、頭蓋骨計測論者の論にも似ていない〉と言う。注目したいのは後者である。この論文構想をロシアにおける女子教育との関連から分析した川島静によれば、当時〈男性は女性より優秀だということを実証する目的で、男女の脳の容量が計測され比較された〉。つまり〈頭蓋骨計測論者〉という表現は、〈保守的な女性観を正当化するために生物学を引きあいに出す人々〉(60)のことを念頭に置いていたと考えられる。(61)〈生物学を引きあいに出す〉ことで個人的信条を正当化する、そうしたやり方と異なり〈自然科学の領域〉に自分は立つのだから、問題を解いた暁には〈それなりの人たちを恥じ入らせることになるだろう〉と言い切るチェーホフは、手紙の中でバックルやスペンサーなど多くの名前を挙げているが、やはりダーウィンに一番多くを負っていたようだ。この論文は第一にその着想の点で、第二にその方法の点でダーウィンの『人間の由来』に近しいからである。

人類学者の長谷川眞理子によれば、〈同種に属する雌雄の間の差〉は〈科学的に説明するべき問題〉であると初めて指摘したのはダーウィンその人だった。(62)同種に属する生物であっても、なぜ雄と雌はさまざまな点で異なるのか。従来「そういうものだ」として単に見過ごされてきたことを問題化したダーウィンの〈慧眼〉に、女性問題をあくまでも「自然科学的方法」によって解決しようとするチェーホフの着想は接近している。論文の方法の点に関して、構想の次のような部分に目を向けよう。

自然界の歴史を一瞥すると〔今説明するよ〕、兄さんは〔……〕権威〔雌雄の不平等〕が変動していることに気づくだろう〔僕が気づいたように〕。単細胞生物から昆虫に至るまで、権威はゼロに等しいか、反転していることさえある。這う虫のことを思い出してほしい、これらの虫の中には、筋力で雄に勝る雌がいる。昆虫は研究のための材料をどっさり与えてくれる、と言うのは、昆虫は無脊椎動物の中では〔脊椎動物で言えば〕鳥類や両生類にあたるから〔鳥類については後述を参照されたし〕。ザリガニ、クモ、ナメクジには、わずかな変動はあれ、権威はゼロに等しい。魚も同じ。

［II. 1: 63-64］

このように昆虫、魚、鳥類、そして哺乳類を順次、網羅的に比較することをチェーホフは計画していた。この方法は、軟体動物をはじめとする単細胞生物から昆虫、魚、両生類、爬虫類と進んで行き、鳥類を経て哺乳類からヒトに至る〈すべての綱の動物の第二次性徴を取り上げ〉ようとする『人間の由来』と、多くの点で似通っている。[63] チェーホフ自身が、構想を兄に書き送った中で、〈各々の綱・類における統計的研究と一般的結論。ダーウィンの方法だよ。僕はこの方法がおそろしく気に入っているんだ〉［II. 1: 65］と述べてもいる。

確かに、着想から出版まで二十年にわたって観察記録を蓄積し続けた『種の起源』に限らず、ダーウィンの著作は常に膨大な数のデータに溢れ、〈各々の綱・類における統計的研究〉から〈一般的結論〉を導くスタイルに一貫している。とはいえ、このような方法はダーウィンに限ったものではなく、自然科学に共通のものでもある。チェーホフにとってダーウィンの進化論はその一般的方法の点でのみ興味深いものだったのだろうか。この問題に答えを出す前に、若き医学生が自らの論文構想のどの点が画期的であると考えていたかを見ておきたい。そのことは、彼のダーウィン理解を明らかにする手助けをしてくれるだろう。

②性の権威史——俯瞰的な視点

まず、『人間の由来』でダーウィンが突きあたった限界を一瞥しておく。雌雄の差の問題は人間社会のジェンダーの問題と容易に結びついてしまうために、性差を科学的に説明しようとしたダーウィンもまた、当時の常識的偏見から逃れ切ることはできなかった。著作の大半を占めるのは雌をめぐる雄間競争と雌による選り好みについての議論であるにも関わらず、関心の対象をヒトに移すや否や、ダーウィンはヒトの男性は女性よりも体力、知力、勇気の点で自明的に優れているという立場を取り、これまでの議論とは反対に女性の美しさをめぐる男性の選り好みについて論じている。明らかに、最終的な議論は常識的偏見に押さえられてしまっている。その結果、ヒトの男女に性差が生じる原因についての考察は、他の動物の場合に比べずっと散漫なものとなってしまったのである。

これに対しチェーホフは次のように分析する。

今度は**抱卵**と、主として卵の孵化の問題とに移ろう。ここで雄の権威は自然の法則とイコールだ。その法則はこういう風に生じる。雌は一年間に毎月二度抱卵する——ここから筋力が失われ筋肉が萎縮する。雌が抱卵し、雄が戦う——ここから雄は雌より強くなる。孵化がなければ、どんな不平等もまたなかっただろう。昆虫では、飛ぶ虫の雄と雌には差はないが、這う虫にはある〔飛ぶ虫〔の雌〕

は〔妊娠しても〕筋力を失わないが、這う虫〔の雌〕は妊娠するとすき間に這い込んでそこにしばし居着こうとすることから）。ちなみに、蜂では権威は逆転している。先を続けよう。**不平等を許さない自然**は、兄さんも知っているように、完璧な有機体を志向し、一歩先へ進んで（鳥類の後）、哺乳類を作り出す。哺乳類では権威はより弱い。最も完全な哺乳類――ヒトおよびサルにおいては、権威はさらに弱い。つまり、カンガルーの雄がカンガルーの雌に似ているより、兄さんはアンナ・イワーノヴナに、馬の雄は馬の雌に似ているということ。分かるかな。ここから明白なのは、自然自体は不平等を許していないということ。適当な時期に必要に迫られて自ら成した規則からの逸脱（鳥類について）を自然は修正する。完璧な有機体を志向するために、自然は不平等や権威に必要性を見出さず、やがては不平等や権威がゼロに等しくなる時がやってくるだろう。哺乳類よりも高位になる有機体では、これもまた母体の筋萎縮の要因となる九カ月もの妊娠期間のあとに出産することはなくなるだろう。自然は、あるいはこの期間を短縮するだろうし、あるいは何か別のものを作り出すだろうから。

〔II. 1: 64〕

チェーホフは自然科学者のごとく複数の類の性差についての自らの観察を述べながら、抱卵をきっかけとして雄と雌の間に筋力の差が生じ、それが権威（性差）発生の原因だとする。そして、自然自体は〈不平等を許さない〉のだから、権威のより少ない有機体としてヒトを含む哺乳類を生み出す。これらの動物でも、〈九カ月もの妊娠期間〉のために雌の筋力低下が生じるので、権威は残っている。しかし、いずれ自然が〈哺乳類よりも高位になる有機体〉を作り出す時には、妊娠期間は短縮されるか、全然別の手段で子を成せるようになるはずで、ついには権威が消滅すると結論している。論旨の正誤のほどはさておくとしても、子孫を残す上での雌雄の役割の違いや、そこから生じる雌の筋力低下に基づいたこの考えは、ダーウィンが陥ったような常識的偏見とはひとまず関係がない。論文は純粋に科学的なものであり、〈独創的発想〉［II. 1: 65］であると自負する時、チェーホフはこの点を念頭に置いていたのかもしれない。

さて、性差についてのこうした自然科学的見解の後、チェーホフは〈二番目の論点〉として次のように構想を展開する。

一番目の論点は、きっと、分かってもらえたと思う。二番目の論点は、あらゆることから明白なように、ヒトには権威があるということ。男が上だということ。

三、今度はもう僕の専門。博物学とイロヴァイスキーの歴史の間の空白についての弁明。人類学、などなど。男性と女性の歴史。女性というものはいたるところで受け身です。女性は大砲の餌食を産みます。政治と社会学の思考において、男性より勝ったことは決してない。

四、知識。バックルは、女性はより演繹的だ、などと言っている……。しかし僕はそう思わない。女性は良い医者、良い法律家その他ではあるだろうが、**創造**活動の範囲ではガチョウさ。完璧な有機体とは、創造するものだけど、女性は未だ何も作り出していない。ジョルジュ・サンドはニュートンでもシェイクスピアでもない。彼女は思想家じゃない。

［II. 1: 64-65］

哺乳類、特に〈ヒトおよびサル〉において〈権威はさらに弱い〉。それにも関わらず、人間社会では男性と女性の間に明確な差が存在する。チェーホフの考えによれば、人間における男性優位は創造能力の有無と関わっている。彼は書いている。〈完璧な有機体は**創造する**、ということを覚えておいてほしい。女性が創造しないとすれば、つまり、女性は完璧な有機体にはまだ遠いということであるからして、完璧な有機体により近い男性に比べて弱いということになる〉[II. 1: 66]。この発言にチェーホフのミソジニーを見出す向きもあるかもしれない。なるほどここで挙げられているジョルジュ・サンドに限らず、書簡を見れば、彼の助言を仰いだ女性の小説家志望者たちからすでに名声を獲得していた内外の女流作家、女優に至るまで、女性の創造行為に対しチェーホフが基本的に冷淡な態度を示した例が多く見つかる。しかしながら、女性の創作に対する称賛が容易く行われなかったことは、チェーホフがそれだけ女性の創作に慎重に目を配っていたことを逆説的に示してはいまいか[64]。

注目したいのは言葉の順序だ。女性は生物として自明に男性に劣る――〈完璧な有機体にはまだ遠い〉――から〈創造しない〉のではなく、その逆に、女性は〈創造しない〉ために生物として〈完璧な有機体にはまだ遠い〉のである。チェーホフの注意はあくまでも女性の文化的な創造能力に向けられており、生物的な能力はここでまったく度外視されているということを強調しなければならない。女性問題をめぐり当時の〈女性解放論者〉と〈頭蓋骨計測論者〉は、ともに、生物学的観点と文化的観点をないまぜにしていた。つまり、前者は女性には「生まれつき」ある種の優れた特性が備わっているものとして称揚し、だからこそ女性は解放されもっと社会で活躍すべきであると言う。後者は女性の方が男性より骨格的に小さく、それゆえ頭蓋骨も小さく、脳の容量も小さいので生物学的に男性より劣っており、今後も劣っているので、社会におけるその立場を向上する必要もないのだと言う。これに対してチェーホフは、川島も指摘している通り、〈生物学的な視点〉と〈社会学的な視点〉を分断している[65]。農村でそうであるように、男女が等しく教育され日常の労働も等しいものであれば、〈上流階級や中流階級に見られるような顕著な権威〉は見られないというザッヘル=マゾッホの見解を、彼が好意的に紹介していることからもそれが分かる［II. 1: 66］。そして〈二番目の論点〉に対してチェーホフは次のように結論する。

五、女性が今はまだ馬鹿だからといって、今後賢くならないとは言えない。自然は平等を志向しているのだから。自然を妨害すべきではない――それは愚かなことだ、ばかげているし、どのみち無力なんだから。自然がニュートンたちの頭脳を、完璧な有機体に近づきつつあるたくさんの頭脳を作り出して人間を助けてくれているように、人間も自然を助けなくては。［II. 1: 65］

のちにチェーホフが『アリアドナ』（一八九五）の中で〈脳みその目方が男性より軽いとか、そのために科学や芸術や文化一般の問題に無関心でいてもいい〉［9: 131］などと女性に教え込むような教育のために、女性が男性に劣るようになるのだと人物に言わせたことも考え合わせると、人間における権威の原因をあらゆる生物学的要因から切り離すことで、チェーホフは――かなり際どい口ぶりではあるが――将来において今とは違う状態が生じ、人間の男女間の権威がなくなる可能性を残そうとしていると言えよう。

そのように考えた場合に、人間に考慮しない自然の巧みな采配と人間のもろさの対比もまた彼の結論に含まれていることにわれわれは気がつく。なぜなら、〈完璧な有機体を志向するために、自然は不平等や権威に必要性を見出さず、やがては不平等や権威がゼロに等しくなる時がやってくるだろう。哺乳類よりも高位になる有機体では、これもまた母体の筋萎縮の要因となる九カ月もの妊娠期間のあとに出産することはなくなるだろう〉［II. 1: 64］というチェーホフの結論は、一見ラマルク的な発展的進化観を示しているようだが、事実はまったく逆だからだ。本章第一節でのラマルク進化論に関する言及を想起してほしい。「あらゆる生物は単純から複雑へと順序良く漸進的に変化する」という原理にのっとって、〈現在複雑な構造をもつ生物はより昔に生じ、単純な生物はごく最近生じた〉とラマルクは考える。[66] 言い換えれば、〈哺乳類よりも高位になる有機体〉はラマルクの説では発生し得ない。後に出てきたものが先に出てきたものを追い越すことはできないからである。安定した現在を最重要視するきらいのあるラマルクの目に映じる世界は、調和のとれた、実のところ静的な世界である。ここでは自然は、人間のために仕事をしているのではないにしても、人間の特権的立場を黙認してくれ、多少の敬意を払ってくれているかのようである。

これに対し、チェーホフは現時点で〈最も完璧な有機体〉として〈ヒトとサル〉を並べて論じ、その上〈哺乳類よりも高位になる有機体〉の将来的な登場についても言及している。〈**不平等を許さない自然**〉がいつ、どのような時に人間から暫定的首位を奪おうと問題はないのである。チェーホフは、〈人間がほかとは別の奇跡によって出現したと信じるのは〔……〕必要なことともありそうなこととも思っていない〉[67] と明言するダーウィン同様、人間にいかなる特別な由来も地位も与えていない。さらに、『種の起源』でダーウィンは次のように書いていた。

> 自然淘汰は、日ごとまた時間ごとに、世界中で、どんな軽微なものであろうと、あらゆる変異をくわしく調べる。悪いものは抜き去り、すべて良いものを保存し集積する。機会の与えられた時と場所において、それぞれの生物を、その有機的ならびに無機的生活条件に関して改良する仕事を、黙々と人知れず続ける。［133］

自然の仕事はまさに「人知れない」ものなのだ。改良はあるにせよそれは人間のためではなく、人間になど配慮しない自然の手によって〈黙々と〉進められているにすぎない。チェーホフの自然もまた、人間、をより完全にし、人間間の不平等をなくすことを志向しているのではない。〈不平等を許さない〉という自らの本性にのみ自然は従い、そのためには人間よりも高位に立つ有機体を作り出すかもしれないのだから。この点からすれば、人間における男女間の権威は結局なくならないかもしれない。自然には着々と進むプロセスが存在している、だがそれは人間のためではないし、そこには〈一切目的が無い〉。チェーホフはダーウィンの「物語り」の本質をとらえていた。そして、理論の本質への沈潜によって立ち現れてくるのは、不確定で動的な世界、生命は発展へも死へも向かいうるし、実際に圧倒的に多くの忘れさられた絶滅の基盤の上に現在の充実が存在するような〈二重に豊富な世界〉(68)に他ならない。そのような世界のただ中にあって、「現時点ではさしあたりこのようである」ものが、「将来はまったく違う風になるかもしれない／ならないかもしれない」ことに向けられた視線、ダーウィン自身の言葉で言えば、〈遠い将来〉に〈開けている野（fields）〉を〈見通す〉［458］ような俯瞰的な視点の内に、きわめて細い線には違いないが、われわれはダーウィンとチェーホフの呼応を見出すのである。

探るべき事柄は、しかし、まだ残されている。ダーウィン自身は自らの理論が暴かずにはいない自然の悲観的側面が社会や人々の心にある種の動揺を与えることを自覚しており、生存闘争が必要とする絶滅や死概念の過酷さについて次のような弁明を試みていた。

われわれはこの闘争について考えるとき、こう心から信じることで自分をなぐさめられるかもしれない。自然の闘いはたえまなくはない、恐れは感じられない。死は一般に瞬時である。そして強壮なもの、健康なもの、幸福なものが生き残り繁殖するのだと。［129］

このように言う時ダーウィンは、科学を論じる立場としては明らかに危ういところまで到達している。あるいは、彼はあえてそうした危険を冒しているとも考えられる。くり返すが、科学として進化論はそのようなものではまったくないにも関わらず、自然淘汰とは「弱肉強食」や「優勝劣敗」のことだと考え、生物や世界は今あるようなかたちを目指して発達してきたのだと進化の歴史を目的論的に描くことから、われわれは逃れ難い。〈世界に多くの苦痛があるということは、だれでも認める〉[69]とダーウィンは自伝に書いている。しかし、喪失や失敗や闘争を指摘しながらも〈世界が一般に慈悲深い配置になっている〉[70]という印象を創り出すことによって、ダーウィンは読者の憤慨をやわらげ、自説を納得してもらおうとしているかのようだ。あるいは、ダーウィン自身、『種の起源』を「物語る」にあたって、〈自分の受け継いだ言葉と格闘〉し、時に不用意な擬人化や自然神学的傾向を自説に持ち込んでしまった場合もあることを、ビアは指摘している[71]。いずれにせよ進化論の二つの「非人間的」な根本（盲目の自然淘汰・偶然でしかない歴史）は、どちらも容易に人間的で目的論的な思考に接続されてしまう。チェーホフは、進化論がもつ俯瞰的視点を理解していたとすればこそ、そこにコインの裏表のように張りついているこの人間的感覚についてはどのように捉えていたのだろうか。

　もちろん、一八八三年のチェーホフにすべてを求めることはできないが、彼が〈二番目の論点〉――自然では平等なはずの人間の男女に社会では明確な差が存在すること――を議論するため、自らの〈専門〉と称して〈博物学とイロヴァイスキーの歴史の間の空白についての弁明〉という項目を上げていることは示唆的に思われる [II. 1: 65]。ブロックハウス・エフロン辞典によれば、〈古代ロシア国家がいつ、どこで、どのように誕生したのか〉という問題をめぐって、ネストルの年代記の信ぴょう性の審議や各地に散らばり残された地名や名前の言語学的解釈が絡み合った論争に、歴史家イロヴァイスキーは古代ロシア国家のノルマン起源を否定する形で参戦し、アゾフ海沿岸における独自の土着起源説を主張した(72)。この説は明らかに彼の民族主義的なイデオロギーに根差していたし、自らの思想的立場に基づいて各々の起源説を主張していた点では他の論客も同様だった。いわゆるこの「ヴァリャーグ問題」についてここでこれ以上詳しく述べることはしないが、言葉に端的に表れているように、「博物学／ナチュラル・ヒストリー(естественная история)」と、イロヴァイスキーが語るこのような主観的「歴史(история Иловайского)」との間にチェーホフが開きを見ていたことは重要である。

確認しよう。トルストイにとっては、そもそも自然淘汰による生命の由来は〈「科学者」と称される有閑人たち〉の〈勝手気ままな間違った主張〉にすぎなかった。そして、そのようにして偶発的な歴史を記述するダーウィニズムと、歴史には確実な中心原理が在り、そしてそれは言語化し得ないという彼の思考との違いの点で、進化論を棄却した。トルストイが、このように科学が歴史を「説明」することを否定し、絶対的に不可知であるような「歴史」や「生」について、その存在が人間に対してある強制性を帯びた示唆となってあらわれるような形で「理解」される瞬間のみを認めたことは、『戦争と平和』を見れば明らかだ。これに対してチェーホフは、「性の権威史」からも分かるように、科学的プロセスとしての自然淘汰を正当に理解していた。その上でなお彼は、歴史をめぐる見方には科学の客観的「説明」だけでなく、人間の主観的「理解」もまた存在することを了解しているのである。この場合の「説明」も「理解」もトルストイの考えたそれと同一のものではないこと、何よりも、この二つの間のずれこそ、われわれを巻き込んで進化論が動く舞台であったことは強調に値する。第五章で、人間から遠ざかろうとする科学的客観と人間的感覚の間で、動的であることを良しとするようなまなざしが、自然や歴史の表象をめぐって晩年のチェーホフとダーウィンを再び近づけることになるだろう。

第二章　可視・可知・不可知

チェーホフは自然科学や科学者を敬愛していたし、自身その系に名を連ねるがごとく〈自然科学的唯物論者〉を自負してもいた(1)。そのことが進化論の根幹（盲目的な自然淘汰のプロセス・目的を持たない生命の歴史）に対する的確な理解を促したことは事実だろう。彼は書いている。〈死体を解剖してみたら、最も熱狂的な唯心論者にあってさえ、こういう疑問が湧くのを絶対に避けられないでしょう。『魂はどこにあるんだ？』とね。そしてもし肉体的疾患と精神的疾患の相似がどんなに大きいかを知り、両方とも同じ薬で治ることを知ったら、肉体から精神を分けようとは決して考えないでしょう〉[П. 3: 208]。しかしながら、ある輝かしい日に神が人間に吹き込んでくれた霊魂や、万物がそれによって生かされているところの神秘的な原理に満たされることのない、体内の唯物的な「空」を自覚する態度は、チェーホフの個人的資質にのみ拠ったのではない。作家デビューから十年ほどのちの一八九二年に、スヴォーリンに宛てた手紙の中でチェーホフが八〇年代作家の特徴を言い表した文章に注目したい。

僕らの作品には、他ならぬこのアルコールが、人を酔わせ、征服するアルコールがない。〔……〕科学と技術は、いま偉大なる時代を経験している一方、僕らにとって、現代はたるんでくさった、退屈な時代です。僕ら自身がくさった退屈な連中で、ゴム人形しか産めない。〔……〕その原因は、ブレーニンが考えているように僕らの愚かさや、無能さや、厚かましさにあるのじゃなくて、芸術家にとっては梅毒や性欲減退よりも悪い、ある病気にあるのです。僕らには『何か』が欠けている。〔……〕僕らが不朽の作家だとか、あるいは、単に優れた作家だとか呼んでいる作家たち、僕らを酔わせる作家たちは、一つの共通した、極めて重要な特徴を持っていることを思い出してみてください。――彼らはどこかへ向かって進んでいて、あなたをもそこへ呼んでいる。そしてあなたは、知性じゃなく存在全体でもって、彼らには何か目的が〔……〕あることを感じる。ある作家たちには、器に応じてもっとも身近な目的――農奴制度や、祖国の解放、政治、美、あるいはデニース・ダヴィドフのように単にヴォトカなどという目的を、またある作家たちには、遠い目的――神、死後の生活、人類の幸福といった目的を感じるわけです。彼らのうちより優れた作家は現実的な人たちで、人生をあるがままに描くけれど、その一行一行が汁にひたされたように目的意識にひたされているので、あなたは現にある生活以外に、あるべき生活をも感じ、それがまたあなたを魅惑するのです。ところが僕らは？　僕らときたら！　僕らは生活をあるがままに描く。しかしその先は――お手上げ、にっちもさっちもいきません〔……〕僕らには、身近な目的も遠い目的もない。胸の中は、球でも転がせそうなほど空っぽ。政治もない、革命も信じない、神もない、幽霊も恐れやしない。僕に至っては死や、年を取ることさえ恐くない。〔……〕僕らはただ、ある人は勤め、ある人は商売をし、ある人はものを書くという昔ながらの秩序に従って、機械的に書いているにすぎません。

[II. 5: 132-134]

内面の「空」は〈僕ら〉、すなわち急速に資本主義化の進んだ時代、「人民の中へ」向かったナロードニキの理想が潰えたあと、皇帝暗殺事件を経て迎えた反動の時代、あるいはまた、そのような風潮の中で、すでにツルゲーネフもドストエフスキーもこの世になく、トルストイも文筆活動を停止していた灰色の八〇年代の時代的性格でもあった。

たとえばプーシキンがそうであったように、チェーホフもまた社会の現実と文学芸術がともに鋭い転機を迎えていた時代に生き、周囲の作家と関心を同じくし、彼らと協調しながら自らの文学を作っていった。本章ではまず、思想・文学上の指導的理念を失った八〇年代の過渡的性格を、「分厚い雑誌」（文学作品から哲学論、社会評論に至るまで掲載された文芸誌の総称。四〇〇頁におよぶものもめずらしくなかった）から新聞や雑誌などの「小さな刊行物」へ主力が移って行くメディアの変遷の観点から論じる。新聞やユーモア雑誌の書き手だった八〇年代作家たちに向けられた否定的評価を手掛かりに、簡潔な状況呈示や滑稽さや偶然性に左右される筋、偉大でなく「普通の人（средний человек）」にすぎない主人公像といった創作上の特徴は、しばしば言われるようにチェーホフにのみ特有なものではなく、新聞や雑誌が外的に規定する条件や、時代的気分ゆえに「小さな刊行物」の書き手に共有されたものであったことを指摘する。

だがもちろん、チェーホフには他の八〇年代作家とは異なる点があった。そのことを明らかにするために、フランスで生じた「生理学もの」、それが輸入され一八四〇―五〇年代にロシアで流行した「生理学的スケッチ」、そして八〇年代に「小さな刊行物」の有力記事として再流行する「生理学的スケッチ」、三者それぞれの相違点を、「見ること」と「知ること」、あるいは「見ること」と「記述すること」の関係をめぐって論じる。「生理学的スケッチ」の起こりであるフランスの「生理学もの」とロシアの各時代における「生理学的スケッチ」は、その表現と目的をそれぞれ異にしていたにも関わらず、科学の力の下に文学が人や社会を解明するという思惑を共有していた。科学と文学の関わりをめぐって、チェーホフの創作上の態度には同時代の作家と一線を画す点が見出されることを述べたい。

1 「小さな刊行物」の台頭

巽由樹子が近代ロシアの出版メディアと都市文化の関連について明快に指摘しているように、〈十九世紀前半のロシア都市では、民間の出版活動は低調であり、主要な定期刊行物は官製誌が多く、流通域も限られていた。しかし一八六〇年代になると「厚い雑誌」が、そして七〇年代以降は絵入り雑誌というメディアが、ペテルブルグから全国へと展開した〉[2]。さらに、M・Π・グロモフが『偉人伝シリーズ』に書いているように、〈新聞、雑誌（特にユーモア雑誌）、ありとあらゆる文集や選集〉といった〈小さな刊行物〉は、十九世紀の七〇年代に複雑化した、〈ロシアジャーナリズムに特有の風潮〉であった[3]。

一八六〇年代から七〇年代にかけて生じた、「分厚い雑誌」から絵入り雑誌への移行はまた、〈ペテルブルクにおける出版人の交替〉をも反映していた。六〇年代にクリミア戦争の敗北によってロシアの後進性に気づかされた〈各派のインテリゲンツィヤや、地理学者、化学者ら学者たち、医師、教師といった専門職者〉および〈開明派の官僚〉といった〈教養層に属する人々〉は一体となって種々の〈協会〉を運営し、機関誌を発行した。民間においてはこうした改革のための議論の場として『現代人』『祖国雑記』『ロシア報知』などの「分厚い雑誌」が登場した。中でもネクラーソフが発行者となった『現代人』はチェルヌィシェフスキーを論客にもち、大きな影響力を誇った。これらの雑誌を印刷、販売といった実質面で支えた一八六〇年代の出版人（たとえばセルノ＝ソロヴィヨーヴィッチ）は、今挙げたような人々と〈社会改良の思想〉を共有していた(4)。時代は敗戦により単に暗い色調に染まっていたのではなく、遅れを取っていたからこそまさに自分たちが新しく良いものを作りつつある、そうしたことが可能だという希望に満ちていたのである。

しかしながら、一八六六年のカラコーゾフによる皇帝暗殺未遂事件を待つまでもなく、すでに六〇年代前半から改革の機運は低調に変じた。出版人たちの取り締まりも行われた。『現代人』は発禁となり、他の多くの雑誌も警告処分を受けた。「分厚い雑誌」は以後も「教養人向け月刊誌」として存続したが、それが出てきたそもそもの要因であるところの改革議論が消極的な方向で閉じられた今、その影響力の衰えは避けられないものであった。

いずれにせよ、六〇年代の出版人たちが改革の機運に燃え、メディアを通じて社会の啓蒙を志した「教養ある人々」であったとすれば、入れ替わりに登場した七〇年代の出版人はそれと異なり、近代産業としての印刷事業に目をつけた「商才ある人々」であった。ショーウィンドーを備えたペテルブルグ初の「総合大型書店」を開店したマヴリーキー・ヴォリフや、〈ロシア全国で購買されない町はない〉とまで言われた絵入り雑誌『ニーヴァ』の出版人となったアドルフ・マルクスら、〈西欧の書籍取引業界で経験を積み、地縁のないペテルブルグに移住してきた人々〉を先頭に、彼らに学んだロシア人の出版人が続いた(5)。のちにチェーホフと深く関わることになる出版人にして大企業家のアレクセイ・スヴォーリンが、前述のヴォリフに対して〈私に資金があれば書籍市場に本をあふれさせてやる、農奴解放後、ロシアの本には広大な原野が開かれている(6)〉と語ったというエピソードは象徴的である。出版事業は巨大な産業に成長しつつあった。思想の伝達はもはや最大の関心事ではなかった。そうであればこそ、ひたすら読者の好奇心をそそり、売り上げを伸ばすことを目指した「小さな刊行物」の時代が一気に花開いたのである。

内容以外の点に関して、それ以前の文芸誌と異なる新聞や絵入り雑誌の特徴を述べるとすれば、頁数が少ないこと、発行の間隔が短いことに尽きる。そしてこの媒体に、チェーホフを含め八〇年代の書き手が集まった。チェーホフと同時代に書いていた作家の中には、当時ですら目立たず、半ば趣味のようにしてほそぼそと書いていた者もいれば（マリヤ・キセリョーワ、リヂヤ・アヴィーロヴァ等）、今では忘れられた存在であるにしても、チェーホフがのちに受け継ぎ、洗練し、部分的には捨てた芸術的手法を形成した者（レイキン、ポターペンコ等）もいる。そしてまた、チェーホフが〈八〇年代組合〉[7]と呼び、協調し影響をおよぼしあった者（ビリビン、レオンチェフ＝シチェグロフ等）がいる。述べてきたようなメディアの変遷期にあって、彼らはどのような文学を試みたのだろうか。「ジャンル」「筋」「人物像」の三点から、以下具体的な分析を行っていく。

①ジャンル

まずはジャンルの問題を扱う。[8] エイヘンバウムは、チェーホフは〈脇道〉から、〈二次的な〉ジャンルから文学に入ったと言ったが、[9]「小さな刊行物」の台頭に伴い隆盛したジャンルのうち、ここでは特に二つを取り上げたい。ひとつは日常的場面を切り取る「一幕もの」、もうひとつはユーモア小品（мелочишки：しゃれ、格言、短いダイアログや宣伝、百科事典風定義など様々な形をとる）である。

先に「一幕もの」について見ていく。И・Н・スヒフが指摘するように、『小役人の死』（一八八三）『カメレオン』（一八八四）等、一八八〇年代のチェーホフの有名な作品の大半がこのジャンルに属する。[10]とはいえ、「一幕もの」というジャンルの性格を深め、八〇年代に根付かせた立役者は、ユーモア雑誌

「破片（Осколки）」の編集者であり、作家としても当時は高い評価を受けていたレイキンだった。チェーホフは〈「破片」誌は僕の洗礼盤。あなたは僕の洗礼父です〉と彼に手紙で書き送った［II. 2: 164］。カターエフが指摘するように、今日では忘れられた存在であるとしても、〈チェーホフの時代に与えた文学的影響の点では、レイキンは十分な理由をもって重要な地位のひとつを占めている〉［7］のである。カターエフは言う。〈「一幕もの」のジャンルにおいてレイキンには少なからぬ先駆者がいた。これがジャンルとして活気を得た最初のきっかけはゴーゴリにさかのぼる。その後のロシア文学に見出される、たくさんの日常のリアリスティックな場面の起源を、『死せる魂』の個々の章に早くも見つけることができるのである。〔……〕しかし、七〇年代後半から八〇年代初めにロシアの散文文学のうち最も普及したジャンルのひとつとなり、ユーモア作品において支配的な地位を占めたのち、一幕ものは他ならぬレイキンの筆のもとにジャンルとして完成された特徴を獲得したのであり、ユーモア作品界の一基準となったのである。そもそもこのジャンルは、レイキン以前は、たとえ単独の作品の場合でも«сцены»と呼ばれていた。一八七九年頃から「一幕もの（сценка）」はレイキンの特徴となり、その後一般に通用するジャンル的記号となった〉［11-12］。日常生活のリアルな一コマを切り取ることや、たとえばオストローフスキーの戯曲に見られるような自然な口語の会話などはレイキン以前にも存在したが、「小さな刊行物」のために書かれるようになったことで「一幕もの」はそうした特徴をよりはっきりと示すようになったということだ。一八七六年のペテルブルグ新聞に掲載されたレイキンの『辻公園で』（一八七六）の冒頭に目を向けよう。

ペテルブルグの早春。夜の八時だが、中庭はまだ明るい。斜めの日差しが家々のてっぺんを金色に染めている。町のざわめきが次第にやんでいく。商売を終えた商人たち、十二時間ぶっとおしで縫物のために背中を曲げていたお針子たちが足早に家を目指し、その途中で一休みするために辻公園に立ち寄る。中でもミハイロフスキー公園は人が大勢だ。煙草を咥えた男たちが小道をぶらぶら行き交い、帽子の下の女の顔をのぞき込む。ベンチはほとんど埋まっている。ベンチの前のところには傘と杖でたくさん線がつけられている。ほら、どこかの若者が遠くに目をやり、それから待ちきれぬ風で時計を見る。とこちらでは、ヴェールをかぶり、本を手にした若いご婦人がベンチに腰を下ろした。彼女はあたかも読んでいるかのようなふりをしているけれど、実の所、そんな本など膝に乗せているだけなのだ。茂みの裸枝の上でスズメがさえずっている。つばのついた平帽を横っちょにかぶった軍の書記が、木戸のまわりの小道をうろつきながら、『美しきエレーヌ』の「愛をお与えください……」というアリアを口笛で吹いている。[48]

翌一八七七年掲載の『名の日の祝いに』は次のように始まる。

商人のイヴァン・パンクラーチェヴィチ・ナスチョーギンは今日が名の日の祝いで、そのために、細君の表現によれば、もう朝から何やら酔っぱらったような茫然自失の状態で歩き回っている。夕刻、客たちが集まってくる。玄関間では相ついでベルが鳴り響き、主役本人がせかせかと出迎えに行く。甘せきをしたり、たんを吐いたり、「天使がともにあらんことを!」と叫んだりするのが聞こえる。甘いピローグやプレッツェルとおぼしき客たちの手土産を、店の小僧が居間を突っ切ってようとこ運んでいき、それらをみんな寝室に積み上げる。居間の片隅にはもうザクースカが用意されている。客たちは入って来て、隅に吊るされた聖像に十字を切る、とすぐさま主人によってザクースカの方に招かれる。男たちは手当たり次第にがつがつ食べるが、婦人たちは取り澄まして甘い酒を飲むだけだ。若い娘たちはたがいに挨拶を交わしながら、辻馬車の馬であれば駆け出しの合図と取り違えてその場から飛び出すだろうと思われるほど、大きな音を立てて口づけ合う。オンブル〔カードゲーム〕のためのテーブルはもうだいぶ前から準備されている。主人は男の客たちを席につかせ一戦交える。婦人たちは主婦とともに寝室の方へ出て行く。娘たちは、腕を取り合い居間の隅から隅へと駆け回っている。[50]

物語の舞台となる場や時に直接関係する短いタイトルと、冒頭に置かれた端的な状況説明を二つの作品に共通して指摘できる。「小さな刊行物」の限られた誌面と早い発行ペースに合わせて書いていたことが、特徴的な簡潔性をレイキンに要求したのである。若きチェーホフは彼のこうしたスタイルに学んでいた。「一幕」の舞台や時を示すタイトルはチェーホフの初期作品に多く見られる（『海で』（一八八三）『アパートで』（一八八五）『六月二十九日』（一八八二）『クリスマスの夜に』（一八八三）等）。あるいは、物語の中心事項となる人物や物の名前を冠したタイプとして、レイキンとチェーホフは同じ『かわめんたい』という題を用いている（レイキンは一八八三年、チェーホフは一八八五年に執筆）。タイトルの類似にとどまらず、『薬局で』という作品はレイキン作（一八八二）、チェーホフ作（一八八五）のどちらも薬の購入者と薬剤師のやりとりを描き、『かわめんたい』でも両者はともに、この美味なる魚をめぐって滑稽な行動を繰り広げる人物たちを描くという風に、内容自体にも近しい点を見つけることができる。

なお、カターエフによれば「一幕もの」の主要な特徴は会話である[13]。上に挙げた『辻公園で』も冒頭の状況説明のあとに会話の応酬が始まる。まず、恋人の青年を待っている女性に老人が話しかけ困惑させる。そのあとで遅れてきた青年が恋人からわけを聞いて激高し、彼女がそれをなだめる会話が続く。

「なんて悪党だ！　で、君は奴からすぐに逃れられなかったの？　そいつはどこだ？　僕に教えてくれ」

「ほら、向こうのベンチよ……向こうに杖と帽子が見えるでしょ……何考えてるのかわかりゃしないの、歯は野生のラクダみたいだし。なんていやらしいのかしら！」

「畜生め！　ぎゃふんと言わせてやるからな！　肋骨三本叩き折ってやる！　鼻っ柱へし折ってやるからな！……」

「待ってよ、ペーチャ。済んだことよ。もうつきまとわれてないんだから！」

「いいや、わが天使よ！　君に僕の愛を証明しなけりゃならない！　呪わしい化け物め！　実にもって卑劣な野郎だ、怒鳴りつけてやる！　ああまったく卑劣な野郎だ！　簡単さ、歯を二本、それで事は仕舞だ！」

青年はコートの袖をまくりあげ、示された場所へ走って行く。娘が彼のあとを追う。

「ペーチャ！　ペーチャったら！　やめてよ！　警察につかまってもいいわけ？」彼女が叫ぶ。

「女性に対する侮辱だ！　いや、僕はこんなこと捨ててはおけない！」

彼は老人の背後に立ち止まり、頭をぐっと持ちあげて胸の前で腕を組むと言う。

「お尋ねしますけどね、ミスター・恥知らずさん、なんの権利があって……」

と、その時老人が振り向き、青年を見やる、と見られた方は瞬く間に塩柱のようにかたまってしまう。腕は鞭のように垂れ下がり、怒りに燃えていたまなざしは、何やら子牛のそれのようになる……

「――か、か、か、閣下さま！　恥知らずめはわたくしです、閣下さま……」　[49]

戯画的なやりとりののちに、抗議者が相手の社会的地位の高さに気がついて飛び上がるという同様の会話の流れを、たとえばチェーホフの『ねこ』（一八八三）に見出せる。また、レイキンの『二人の勇者』（一八七九）とチェーホフの『塩が効きすぎた』（一八八五）は、どちらも、夜道を行く馬車の御者と乗客が、相手は犯罪の計画を抱いているのではないかと互いに疑い、探り合いの会話を重ねたのち、和解に至る。このような会話の展開の面でもレイキンがチェーホフに先立って示した例は多い。

次に、「とんぼ」「目覚まし時計」「破片」などのユーモア雑誌を彩った、ユーモア小品、すなわちパロディ、スケッチ、ナンセンス文、ヴォートヴィル、ユーモア的箴言、定義集、童話など様々な形式で書かれた掌編の一群に目を移そう。А・Д・ステパーノフの定義によれば、ユーモア小品のテクストの一般的性格とは、新しい、まだ系統立てられていない内容が生む滑稽味であり、口語的なものと書き言葉的なもの、公的な言葉遣いと私的な言葉遣いの最高度の混淆、形式や叙述の雑多さである。(11) チェーホフのデビュー作『隣の学者への手紙』（一八八〇）では、ある老人が〈人間が尾長猿、オランウータンなど猿の種から発生した〉という説を発表した隣人の学者に対し、次のように書き送る。〈もし、世界の所有者であり、動物の中でもっともかしこい存在である人間が、愚かで無知な猿から発生したのだとしたら、尻尾や野性的な声をそなえているはず〉だから、〈失礼ながら、老生この重大な点に関しては貴下に賛同いたしかねますし、貴下の意見に句読点をさしはさむこともできます〉〈老生、学者たちが頭の中で間違って考えているのを見ると、とても黙っていられず、我慢できぬため、貴下に反駁せずにはいられないのです〉[1: 11-14]。丁寧で形式的な手紙の言葉遣い（〈貴下〉〈老生〉〈意見に句読点をさしはさむ〉）と、無礼で口語的な本心〈学者たちが頭の中で間違って考えている〉のコントラストが、書き手である老人の無知を際立たせ、それが滑稽味を生み出していることが分かる。さらにまた、〈人間が〔……〕猿から発生したのだとしたら、尻尾や野性的な声をそなえているはず〉という一文に見られるように、新しい科学的発見と旧弊な思考形態の混淆もまた滑稽さを作っている。

デビュー作にすでに見られたこのような〈公的な言葉遣いと私的な言葉づかいの最高度の混淆、形式や叙述の雑多さ〉は、多くは「A・チェホンテー」と署名された最初期の作品にいくらでも見出すことができる。ここでひとつひとつ挙げることはしないが、たとえば一八八三年の「破片」誌に掲載された『簡易人体解剖学』は〈解剖学の材料としての人間〉という主客転倒的一文に始まり、〈頭〉について次のように述べる。

頭部は誰にでもあるものだが、必ずしもみんなに必要なものではない。一部の人の意見によれば、考えるためのものだが、別の人たちの意見では、帽子をかぶるためのものである。〔……〕時によっては、脳の物質を保持する。ある警察分署長が、ある時、急死者の解剖に立ち会って、脳を見た。「これは一体何か?」と彼は医師にたずねた。「これで物ごとを考えるのですよ」と医師は答えた。署長は薄笑いした……。[2: 199]

チェーホフはここでも再び、報告調の硬い文体を用いながら、科学的事実（頭部は考えるためのものであり、脳の物質を保持する）と非科学的な考え（頭部は帽子をかぶるためのもの、署長の薄笑い）を混ぜこぜにして滑稽味を生み出している。

とはいえ、ユーモア小品というジャンルにおいても、チェーホフはやはりひとりきりの開拓者というわけではなかった。〈八〇年代組合〉の作家たちはほとんどがユーモア雑誌の寄稿者、つまり同様のユーモア小品の書き手だったのである。一八八四年の「とんぼ」誌に掲載されたB・B・ビリビン（筆名はИ・グレック）の次のような作品に目を向けよう。

鉄道事故の諸原因および事故の撲滅のための意見。〔……〕
フィンランド鉄道の職員の意見（ロシア語の翻訳による）。
いわく、あらゆる鉄道事故において、すでに自分のあとに客車を引き連れながら、土手から真っ先に機関車が転落することは明らかだ。したがって当然次のごとくになる。不幸な事故を避ける場合には、機関車を客車のうしろに連結するべし。(12)

調査報告文のような硬い公的文章と、鉄道事故を撲滅するためには〈機関車を客車のうしろに連結するべし〉というナンセンスな結論のコントラストで滑稽さを生み出す手法は、先に挙げたチェーホフの作品とよく似通っている。ビリビンが単にチェーホフのあとに続いたのではなく、カターエフは、チェーホフがビリビンに追従した例も多く見られたことを指摘している［18］。先に見た「一幕もの」が、レイキンによってチェーホフの少し前に鍛えられたジャンルだったとすれば、ユーモア小品は〈カノン〉［17］、つまり、チェーホフ、ビリビン、そして他多数のユーモア雑誌の書き手たちが相互に影響を及ぼし合いながら拡大していったジャンルだったのである。

②筋

筋の問題に移ろう。すぐ前に挙げた三つの作品には、滑稽さを生み出す諸要素の混淆というジャンル的特徴の他に、筋の上でも共通した特徴があることに気がつく。『隣の学者への手紙』に見られた〈人間が尾長猿、オランウータンなど猿の種から発生した〉という説には、当時大きな注目を集めていた進化説の影響が感知される。『簡易人体解剖学』の土台には、同じく八〇年代に急速に進んでいた医学や解剖学の発展があることは明らかだ。[13]『鉄道事故〜』もまた、〈十九世紀後半の鉄道建設ブーム[14]〉に沸いていた当時のロシアで現実に頻発していた鉄道事故をテーマに扱っている。三つの作品はいずれも現実の出来事、それも目下最も新しく話題性のある出来事を選び抜いて題材としているのである。

大衆の興味を惹く題材を選ぶことは新興メディアの性格上ぜひとも必要であった。そして、扱っている題材がそれほどに新奇な事柄であるということは、三つの作品に見たとおり、事柄に対する作中人物の無知や半可通ぶりによって描き出される（たとえば『隣の学者への手紙』において〈老生〉は、人間が猿と共通の祖先から発生したという考えと、猿から人間が直接発生したという考えを混同している）。こうして八〇年代に主流を占めた筋において成功より失敗が、高尚より滑稽が、諧謔やぎこちなさが強調された。レオンチェフ＝シチェグロフの初期の作品に目を向けよう。『初めての会戦』『失敗したヒーロー』『下士官ポスペーロフ』（いずれも一八八一年）といった諸作品で、レオンチェフはトルストイが『戦争と平和』で打ち出したような戦争の無意味さや無残さといったテーマを共有しつつも、「主人公は青年らしい短慮のため手柄を夢見て戦争に赴くが、容赦のない現実に触れ挫折する」という筋を単線的に語るにとどまる。ここには、ジャンルの場合同様、掲載可能な分量が「分厚い雑誌」に比べてずっと少ないという新興メディアに特有の外的条件が影響していたと考えられる。作品が短い以上、多層的で壮大なストーリーを語ることは困難であり、作品の筋は単線的な傾向を帯びやすい。

とはいえ、失敗や挫折の筋自体は、それ以前にも多く見られたものであることは言うまでもない。レオンチェフの夢想家たる主人公と、彼の夢想の実現を砕く戦争の実態や周囲の無関心といった現実との対比には、清水邦生が言うような〈現実の充分の知識と理解を持ち合せず〉〈環境のなかで、何かを変革するには無力〉なのだから、当然〈現実の困難や障碍にぶつかって屈服[15]〉するはずの、ロシア文学に伝統的な「余計者」が描く筋との類似も感得される。しかし、「主人公が失敗する」というレオンチェフの筋に、以前にはなかった新しい方向を認めることもできる。『下士官ポスペーロフ』は、語り手の「僕」がポスペーロフの死を衝撃的ニュースとして知ったのち、次のように終わっている。

僕はTの役所や軍クラブや、ポスペーロフについて知ることができそうなあらゆる場所に駆け込んだ。噂は真実だと分かった。戦争が終わる少し前、ポスペーロフはアレクサンドロポーレに組織された補給蔽に配属された。折しもその時、当地ではチフスが流行していた。ポスペーロフは、チフスの無数の犠牲者のひとりとなったのだ。「戦死者リスト」にそのことがこう書かれていた。「リストから除外：下士官ポスペーロフ、アレクサンドロポーレの軍事病院で死亡」。そして、それだけだった――それ以上は何も知ることはできなかった……〔……〕 [130]

ポスペーロフの失敗（死）はここでは宿命的な筋を描き得ない。彼の死は、たまたま配属された先で折しもチフスが流行っていたためにもたらされた無数の死のうちのひとつに過ぎない。また、『失敗したヒーロー』でも同様に、戦功を夢想していた若い砲兵隊の下士官ニコライ・クナーエフが数十名の他の兵士のうちのひとりとして、熱病にかかって命を落とす。主人公が前線に辿り着くことすらできないうちに死んでしまうというこの筋立ては、彼の死が選び抜かれた死ではなく、突発的で偶然的なものであることをいっそう強調する。

もう一つ注目したいのは、ポスペーロフの失敗という筋に見られる「ずれ」だ。そのことを明らかにするために、まずポスペーロフが別の将校と話をしているところを初めて見かけた際の語り手＝「僕」の観察を引用したい。

青ざめて疲れた顔にどんよりした冷淡そうなまなざしの、まばらだが粋に整えた頬ひげを生やした若い伊達者の参謀将校に向かい合って、大人しそうな砲兵隊下士官が座っていた。中背で、短い擦り切れた外套を着て、色あせたビロードの平帽をかぶっている。見た感じ彼は二十五歳から二十七歳くらいだった。僕の目にすぐさま飛びこんで来たのは、彼の浅黒い誠実そうな顔と、大きくて筋張った働く者の手、それから、考え深そうな、じっと見つめる褐色のまなざしだった。彼は低い、けれども何やら快い、もしこういう言い方をするなら、心のこもった枯れた声で話していた。そしてひっきりなしに、自分の小さな、暗い赤毛のあごひげをつまんでいた。［122］

〈レオンチェフの戦争ものには評価づける作者＝語り手の存在が明らか〉［26］だとカターエフが述べている通り、ここで語り手は自らの観察に主観的な評価（〈冷淡そうなまなざし〉〈大人しそうな砲兵隊下士官〉〈誠実そうな顔〉〈考え深そうな［……］まなざし〉〈何やら快い［……］声〉）をちゅうちょなく下している。この最初の観察に比べ、先に引用したポスペーロフの死を「僕」が知る場面ではその死に対する評価づけというものは見当たらない。「僕」はこのように話を続けるのみである。

だが、彼との偶然の、束の間の出会いがその後の僕の人生を決定づけた。僕はアカデミーのバッジに対する功利心を捨て、僕がいつでも好きだった、そして戦時には尊敬することを覚えた兵士の教育に熱心に取りかかったのだ。〔……〕そう遠くない過去の思い出がよみがえって、憂愁や落胆や羨望の気持ちに駆られてくるしい時には、眼前に、尊い下士官ポスペーロフの姿が生き生きした非難となってよみがえるのだ。 [130-131]

この結末で、功名心に燃えていた主人公（ポスペーロフ）が失敗するという筋は、その失敗を糧にして別の主人公（僕）が〈功利心を捨て〉ることで、ポスペーロフ同様のあやまちを回避するという別の筋書きのために消費されてしまっている。また、物語が一貫して「僕」の目線から書かれている以上、ポスペーロフ自身が死を前にしてどう思ったのかも明らかではなく、その死は「それ以上何も知ることができない」ものとして極少化されている。

もっとも、チェーホフはレオンチェフに〈あなたは極限的なまでに主観的すぎる、自分について語るべきではなかった〉[II. 2: 205] と忠告していた。確かに『ポスペーロフ』では、レオンチェフが〈主観的すぎ〉たためにポスペーロフから「僕」へと思わず関心を移してしまったかのようにも読み取れる。彼がそのように主観的だった要因は、実際に従軍の経験があったことにあるかもしれない。そうであるとしても、「戦争もの」のあとに手がけた演劇人のテーマにおいて主人公が既存の秩序や自らの情熱の敵対者との闘いに敗れ、失敗するという筋をレオンチェフは再び描き（『コーディリヤ』『革張りの俳優』、ともに一八八九年）、それがチェーホフに影響を与えたことは事実である。カターエフは、〈『かもめ』に文学的に先行する諸作品の中でも『コーディリヤ』は重要な場所を占めているはずである。この作品の主要な人物、グールドニェフとマルタの足跡は、多くの点で『かもめ』の若き主人公、コースチャとニーナの運命を思い起こさせる〉〔28〕として、二つの作品の筋の類似を指摘している。強調しておきたいのは、『コーディリヤ』『かもめ』のいずれにおいても若い男女の敗北が英雄的なものとしてではなく、むしろ散文的で唐突な出来事として描かれていることだ。失敗・死あるいは成功や名誉もまた偶然に左右され、それまでの文脈における「筋」ほどのストーリー展開を持ちあわせない、言わば「筋ならぬ筋」が現れたのである。批評家たちはこのような「偶然性」を八〇年代の作家に共通の特徴と見なしていた。チェーホフは筋の「偶然性」をのちに独自の手法にまで高めたと思われるのだが、それについては第四章で改めて論じることとする。

③人物像

前の世代には書かれなかったか、あるいは書かれたとしても文学的主流を占めるはずもなかった新しい筋は、言うまでもなく、その筋を「演じる」ところの新しい主人公を要求した。先に見た『下士官ポスペーロフ』でそうだったように、タイトルはポスペーロフが主人公であることを示しているかのようでいて、実際にはポスペーロフはたやすく別の人物に中心的役割を奪われる存在であった。つまり、肯定的に描かれるばかりではないとしても、主人公はとにかく作品を通じて中心的存在であり続けるという従来の枠組みからすれば、ふさわしくないような扱いを受ける人物像が描かれ始めたのである。「小さな刊行物」の書き手たちが〈僕は僕の人生のひとつのエピソードについて語りたい――平凡なごく普通の人間の人生のエピソードを〉（バランツェヴィチ）[30-31]〈僕は例外的な人々のために書くのではない……僕は普通の人のことを念頭に置いている〉（ヤシンスキー）[31]と表明した時、彼らは自分たちの主人公像の新しさを明らかに意識していたと思われる。

しかしながら、「普通の人」なる人物像もまた、この時代にまったく新しく作られた形象ではない。それは前の世代の「小さき人（маленький человек）」の発展型だったが、同時に本質的に異なる点を有していた。カターエフは言う。〈八〇年代の文学における「普通の」人は、前の世代の文学の「小さき人」とは異なる特有の現象である。「自然主義」派作家ゴーゴリによる「小さき人」のタイプ解釈と、ドストエフスキーのそれとがどれほど異なっているにせよ、「小さき人」は、大抵はそんな人のことについて考えていない自分の読者の注意を、作家が彼に惹きつけたいと欲する対象であり続けた。つまりそれは、注目されるべき対象であり、下方から、人目につかぬ片隅から、「大きな」人生から抽出された対象であった〉[31]。読者の注意をこれまで脚光を浴び得なかった人物像に誘うねらいのもとに抽出される「小さき人」は、逆説的に注目すべき、描かれるに足る主人公として立ち上がる。これに対して「普通の人」は〈もはや決してエキゾチックな対象ではない〉[31]。だが、それはなぜか。このことも、やはり新興メディアに固有の性質と関係している。浦雅春が述べるように〈新興の小新聞や絵入り週刊誌〉は〈従来の新聞や「分厚い雑誌」〉と発行部数の点で決定的に異なっていた。浦によれば、〈月刊誌が数千の単位であったとすれば、小新聞や絵入り週刊誌は一〇万単位ではけた。最盛期には「ロージナ」は十二万部、「ニーワ」は二〇万部を突破し、「アガニョーク」は七〇万部を超えた〉ほど、〈桁違いの発行部数〉に達していた[16]。加えて高田和夫は、出版業と書籍の流通はあくまでも両首都を中心としていたとはいえ、地方における出版数や書籍を扱う会社数は六〇年代以降八〇年代にかけて加速度的に増加してきたのであり、資本主義的な出版業の活性化の波が地方にも現実的に及んでいたことを指摘している。[17]

レイトブラトが言う通り、「分厚い雑誌」は実際のところ「サロン的」「サークル的」なものであり、作家は相応の程度まで〈自分の読者〉を想定することができた。[18] これに対して、「小さな刊行物」の読者とは文字通りあらゆる人々であって、あまりに数が多すぎて把握することができない、不特定多数の読者だった。しかも、この読者が「小さな刊行物」に求めたのは高い思想や倫理ではなく、刺激に富んだ読み物か、せいぜい新しい情報といった通俗的な内容であった。これを踏まえて、ビリビンの『文学百科事典』とチェーホフの『クリスマス・ツリー』、それぞれの作品にあらわされた「ユーモア雑誌の寄稿家」という人物像に目を向けよう。

『文学百科事典』より

〈文学の機構〉

出版社――それは大蔵大臣であり、出版者とは内務大臣である。

校正係――書きものの正しき清潔さに目を光らせる、文学的洗濯女。

〈文学の墓場〉

青春時代を犠牲にして書かれた諸々の労作の上に立つ、赤い十字架から成る。

〈文学の仮面舞踏会〉

作者が隠れ蓑とする筆名から成る。たとえば――И・グレック。

『クリスマス・ツリー』

背の高い常緑の、運命のクリスマス・ツリーは、人生のさまざまな幸福で飾り付けられている……根もとの方からてっぺんまで、出世とか、幸運なチャンスとか、ふさわしい配偶者とか、宝くじの当たりとか、あかんべとか、鼻ぴんなどが、ぶら下がっている。クリスマス・ツリーの周囲には成人した子供たちがひしめき合っている。運命は彼らにプレゼントを分かち与える……〔……〕

結局、クリスマス・ツリーは裸にされ、一同散会する……ツリーのわきに、ユーモア雑誌の寄稿家がただひとり残っている……

「僕には何を?」彼は運命にたずねる。〔……〕

「すっかり持っていかれちまって、何も残ってないよ……もっとも、あかんべなら残っているけど。欲しいかね?」

「要りませんね……あかんべにはもう飽き飽きしているんだから。二、三のモスクワの雑誌社の経理部が、目いっぱいそいつを振る舞ってくれましたからね。もうちょっと実になりそうなものはないんですか?」〔……〕

「じゃ、くつわと手綱だ……赤十字もあるよ、欲しけりゃ……歯痛だの、ハリネズミの手袋だの……名誉棄損による三カ月の監獄暮らしだの……」

[3: 146-147]

検閲不許可を意味する隠語である〈赤い十字架〉〈赤十字〉に分かる通り、八〇年代のユーモア雑誌の書き手に普及していた言い回しが共通して見られるのもさることながら、〈大臣〉たちの意向に左右され、書いたものを容赦なく直され、検閲され、〈あかんべ〉[19]を食わされ、それでも滑稽な筆名——グレックやチェホンテー――の下に隠れて、〈名誉棄損〉で訴えられかねないような作品を書く、そういう〈ユーモア雑誌の寄稿家〉の造形が二つの作品から浮かび上がってくる。注目すべきは、全知の作者の偉大さとも雄々しさとも縁のないこのような〈寄稿家〉は、登場人物であるだけでなく、同時に新しい作家像でもあることだ。貝澤哉が指摘するように、〈十九世紀末のメディア革命〉は、〈大衆〉が文学に容易にアクセスすることを可能にした一方、〈大衆が大衆的なメディアでドストエフスキーを読んであこがれ、しかし所詮大衆だから文豪にはなれない[20]〉というような意識をもたらしたとすれば、そうした意識は〈大衆的なメディア〉に書いている側にも共有されていたと考えられる。自分たちの時代には文学は誰か一人によってではなく、集団で作られるのだとチェーホフが述べていたのもこのためだった[21]。手紙の中で〈僕たち全員が、チェーホフでなく、チーホノフでなく、コロレンコでもシチェグロフでもバランツェヴィチでもベジェツキーでもなく、「八〇年代」あるいは「十九世紀末」と呼ばれるようになるでしょう。なんらかの協同組合的な形態として〉[П. 3: 174] と述べた際、〈協同組合（артель）〉という言葉を用いたことからも分かるように、チェーホフら八〇年代の書き手は、孤高の芸術家というよりは一種の職人集団として、自らもまた一介の「普通の人」として読者の前に姿を現している。

かつては指導的高みにある作者が「下層」から書くべき対象（＝「小さき人」）を選び出し、これもまた下の方にいる読者に向かって紹介することが可能であったのに対し、八〇年代には、受信者も、主人公も、発信者も同じ高さに立つ「普通の人」であるにすぎない。そこから対象を選ぶべき「下」はもはや存在せず、ただ不特定多数の読み手と大勢の書き手が同在する平野が広がっているのみだ。したがって、この中から何か対象を選んだとしても、形象は「小さき人」の高みまで上り得ないのである。ミハイロフスキーによるレイキンへの痛烈な批評は、こうした事情をある意味で言い当てていた。

レイキン氏は、疑いなく、優れて才気ある機知にとんだ風刺作家である。しかし、彼は風刺作家でしかない。人を導くような思想を氏の作品に探そうとしても無駄である。レイキン氏の笑いは、どんな思想的基盤も傾向的目的もなく、ただ笑いのためだけに存在している。氏が自らの観察眼によって見つけ出すところの事実の巨大な集積は、なんらかの考え抜かれた思想の域には決して高められていない。彼は通りで生じているありとあらゆる出来事を写真に撮り、それを並べているようなものだ〔……〕新聞という条件、とりわけ小さな仕事であることが、ここでは重要な役割を果たしているようだ。けだし、毎日書かなければならない時に、どんな「思想」があり得るだろうか。［9-10］

ミハイロフスキーの言葉は、レイキン一人ではなく八〇年代の作家全体に対する糾弾とも取れるものだ。〈思想〉や〈傾向〉の欠如に苦言を申し立てつつ、それは〈新聞〉の〈小さな仕事〉の条件のためだとする点で、この批評はのちに老作家グリゴローヴィチがチェーホフに書き送った〈いろんな時にあちこちの新聞に書き散らした百本の良くできた短編〉よりも〈じっくり考え〉抜かれた一本の長編を大事にせよという忠告［II. 1: 428］、あるいは批評家のスカビチェフスキーがチェーホフの多作ぶりを嘲り（この頃チェーホフは多い時には一年間に百二十編ほども作品を書いていた）、新聞の世界におぼれて緩慢な死をおびき寄せている〈若き才能の自殺〉[22]と決めつけた言葉と、驚くほど似通っている。

しかしながら、早い出版速度、厳密な分量制限、「気軽な読者」の娯楽的興味を満足させるものにだけ限定された題材といった諸条件に規定される文学を、否定的にのみ捉えるつもりはわれわれにはない。上の世代からのこうした批判を手掛かりとして、以下、時代とメディアの転換期にあって前の世代とは異なる文学的特徴を示していた八〇年代の作家は、最終的に新たな視覚性の獲得に導かれたことを明らかにしたい。

2 回帰する「生理学的スケッチ」

出版人の相貌の変化にともなう〈思想的な出版から商業的な出版へ〉というメディアの転換についてはすでに述べた。〈「厚い雑誌」から絵入り雑誌へという主力メディアの変遷は、社会改革という大義をめぐる能動的な議論から、娯楽的、消費的な誌面の受動的な享受へと、流通する情報の質を変えるものだった〉のであり、後者は商業的原理が優先される〈大衆文化〉的要素と密接に関係していた[23]。八〇年代のメディアはこの流れを引き継ぎ、ますます定着せしめたのだが、重要なのは、こうした変化はまずもって何よりも、テキスト・メディアから視覚メディアへの移行という形で現れたということだ。思想性の欠如と情報の急速な視覚化が一致した結果、「丸々としたお母さん」「太った女商人」、「修道女」、「女性文筆家」、「女性専門学校生」といった「ペテルブルグ女性の類型」について、あるいは「ロシアの諸民族」について、コレクションを並べ立てるがごときカタログ的記事が次々と生み出されていくのである。このような〈外貌を社会的記号として読み解く〉〈都市型の視覚〉は、巽も指摘するように、それ以前の「生理学もの(physiologie)」の流行と明らかにつながっていた[24]。

とはいえ、まずは「生理学もの」について、またそれをめぐるロシアの事情について一瞥しておくべきだろう。産業化で増大する都市住民を、その社会階層や職業ごとに描くこのジャンルはフランスおよびイギリスで隆盛したが、ロシアとの関わりが深いのはフランスの「生理学もの」である。ロシアの生理学的スケッチの書き手は、もっぱらフランスの「生理学もの」の愛読者であったのだし、そのことは、ツェイトリンが言うように、ロシアの作家たちのフランス社会に対する関心やフランス語に対する高い親和性を前提にしていた。[25] ロシアに紹介された「生理学もの」は一躍人気を博し、「生理学的スケッチ（физиологические очерки）」と呼ばれるようになった。

一方で、フランスの「生理学もの」と四〇年代ロシアにおける「生理学的スケッチ」には質的な違いも存在している。そのことはペテルブルグという都市の特殊性に起因するところが大きい。高田が言うように、ペテルブルグとは〈極めて人為的に創出された〉都市空間であり、〈ロシアにあってヨーロッパを体現しようとした空間〉であった。したがって、〈ペテルブルグがロシアの大地に向けて放出する一連の価値体系は〔……〕帝国各地で自動的に受容される自明な性格を有していたわけでは必ずしもな〉く、〈ペテルブルグを窓口として西欧から移入されようとした数多くの文化情報はこの街に居住するインテリたちと出会って、まず取捨選択され、さらに解釈され直し、新しいイデオロギーとなってロシア社会に伝播されようとした〉。[26] すなわち、「生理学もの」もまた自明のものとしてではなく、ロシアに独自の事情に応じて導入されたのである。たとえばツェイトリンは、「生理学的スケッチ」の代表的文集のひとつである、ネクラーソフ編『ペテルブルグの生理学』（一八四五）が刊行された経緯を、プーシキン、レールモントフ、クルィローフらに続いてゴーゴリもいなくなった、そういう文学的〈危機〉に際して、リアリズム作家が一致団結するためだったと見ている。[27]

しかしながら、状況はもう少し複雑だったと考える方が良いようだ。乗松亨平は、〈一八四七年前後、「自然派」周辺では若干の地盤変動があった〉〈ユートピア社会主義を棄て功利主義的文学観を強めるベリンスキーに対し、ドストエフスキーら「感傷的自然派」の作家たちが離反、その理論的支柱となったヴァレリアン・マイコフは、評論『コリツォフの詩』（一八四六）でベリンスキーに論戦を挑んだ。社会環境が人間を決定するというベリンスキー派に対し、マイコフらは人格の自立性を唱え、ロシア・リアリズム黄金期の心理小説を導く[28]と指摘している。〈人間は社会においてあれこれの地位を占めており、社会から形成されるあれこれのグループに属している〉ことを出発点に、〈社会環境が人間に働きかけ、その世界観を形成し、その習慣を変えるし、わけてもしばしばその外面の輪郭を変形させる[29]〉様を描き出そうとする「生理学的スケッチ」の理念は、自然派の〈地盤変動〉の二つの分流と通じていた。ベリンスキーらは「動物学的・観相学的分類」と「観察による性格づけ」という「生理学的スケッチ」の根本特徴を積極的に利用することで後進ロシアに「社会」と「民族性」を見出そうとしたとすれば、マイコフらは同じ点を批判的に利用することで外面からはたどり得ない人間の純粋な本性を追及せんとしたのである。

この点を鑑みれば、ベリンスキーやマイコフが「生理学的スケッチ」を通じて成そうとしたのは実際に〈取捨選択〉や〈解釈〉、〈新しいイデオロギーの伝播〉であったことに気がつく。〈「外側から」なされた人々の描写を、即ち目に見える肉体的なものを、階級、職業、性格そして生活環境を読み解く鍵とみなす、パリ人たちに特徴的な強迫観念[30]〉がまず存在し、他方には〈はるかに強固なルポルタージュの芸術的伝統[31]〉があったために、都市の近代化にともない自然発生的に生じてきたフランスの「生理学もの」と、ロシアの「生理学的スケッチ」の成り立ちはこのような点で異なっていた。これに加えて、この都市では〈パリ人〉のように一定の傾向を共有する市民を想定することも困難だっただろう。ペテルブルグでは非ロシア人ないし外国人の比率が高かったのもさることながら、近藤昌夫の言葉を借りれば、〈都市と人間の生態系をおよそ無視して建造された人工都市[32]〉であるペテルブルグにおいて、人々は都市生活者としてあまりにも経験不足であったと考えられる。すなわち、〈作者・観察者が明瞭に現れ〉、〈読者を先導[33]〉するという生理学的スケッチの基本的形式は、ロシアにおいて、まだ形を成していないもの（未熟なロシア社会・民族）を描きだそうとする、あるいは見ることのできないもの（人間の本性）を反射しようとする試みにいっそう根差していたのである。

巨大化し匿名化する都市における〈偏狭な都会動物〉同士の不安を緩和するための〈目隠し革[34]〉が求められていた時に、折よく木版画の普及が重なったフランスの場合と異なり、ロシアで「生理学的スケッチ」が流行のきざしを見せてから、技術革新を経て出版物に「イラスト」を本格的に導入することが可能になるまでにはブランクが存在していたことも見逃せないだろう。[35] もちろん、乗松亨平が指摘するように、『ロシア人の写生したわれら同胞』（一八四二）は外国からの借り物ではない自前の版画を利用していたし、同書に続いたファジェイ・ブルガーリン編のシリーズ本『ロシア風俗画集』（一八四二―四三）もまた多数掲載された〈細密画のギャラリー〉を最大の売りにしていたという例もあるが、裏を返せばこれらの例は全体としてイラストが不足していたことを証するものでもある。だが、観相学の隆盛にしたがって登場した限りにおいて、「生理学的スケッチ」はそもそも〈即物的な意味で可視性に充溢したジャンル[36]〉であるはずだった。バーバラ・スタフォードの言葉を引こう。〈観相学はボディ・クリティシズムであった。身体に向けられた批評ということで、それは不可視の霊的性質を可視の手掛りを精査することで判断した。［……］この「科学」は一人の人間のキャラクターについて、無知な人間の目が決して見ることのできぬものを推定できると考えられていた〉。〈十八世紀を代表する観相学者ラファーターは、人は「外から内へと考えていくことで」推定行為を行うものと言っている。ラファーターは続けて、「顔貌以外に普遍的な性質の何があろう。全てのものが表面と内容ではないか。体と魂ではないか。外なる結果と内なる力ではないか。不可視の原理と可視の結果ではないか」と[37]〉。「目に見える」ものが観察者に不可視のものを知ることを可能にしてくれる。視覚は前提でありすべてだ。そして事実、フランスの「生理学もの」は〈目に見える肉体的なものを、階級、職業、性格そして生活環境を読み解く鍵とみなす〉態度の上に成立していたのであった。これに対してベリンスキーは、バシューツキーによる『ペテルブルグのパノラマ』を批判して次のように述べる。

バシューツキー氏は『ペテルブルグのパノラマ』で、わが国第一の首都の「外面」（通り、建物、家、川、運河、橋など）の描写に取り組んだだけでなく〔……〕ペテルブルグの生活習慣や風俗の特徴的差異にまなざしを向けようとした。しかしきわめて有益で華々しく開始された彼の事業は、どういうわけか完結に至ることはなかったのである〔……〕なによりバシューツキー氏の本は、主として描写が念頭にあり、ペテルブルグの性格づけではない[38]。

首都の外面や風俗習慣といった「見えるもの」を描いたバシューツキーに〈主として描写が念頭にあり、ペテルブルグの性格づけではない〉と異議を唱えるベリンスキーは、「見ること」と「知ること」が等しいような「生理学もの」とは異なる立場に立っている。乗松が指摘する通り、ベリンスキーが要求するのは〈一般性から個別性へと派生する系統樹の枝に沿って、可視的な個別の末端を束ねる不可視の結節点へさかのぼる[39]〉ことだとすれば、「見ること」は「知ること」と完全に重なり合ってはいないし、重点は「見えないもの」の方へと移されている。〈不可視のもの、知覚しえぬものが占める場所は実質的に存在しない〉〈生来不易の気質を相貌が透明に映し出す〉はずの観相学的視覚を転倒させ、反対に〈相貌の読み切れなさ〉や〈読解を逃れる残余としての不可視のもの〉を想定し、〈知覚しえぬ中心〉について語ろうとすることが、全体としてロシアの四〇年代の「生理学的スケッチ」の目的だった[40]。ベリンスキーのように不可知のものの曖昧不定さのうちに作家たちが未発達のロシアの社会性や歴史を書き込む余地を求めるにせよ、マイコフのように見通せぬ人間性に信を置くにせよ、優先されたのは見えない内部にほかならないのであり、その時可視的外面は記述のための足場にすぎない。イラストの不足は、してみると、この時代のロシアの「生理学的スケッチ」の本性でもあった。

フランスの「生理学もの」とロシア四〇年代の「生理学的スケッチ」における「見ること」と「知ること」の関係変化には、後者の書き手が有していた指導的・啓蒙的志向が介在していたと考えられる。では、「分厚い雑誌」に代わって台頭した絵入り雑誌を始めとする「小さな刊行物」がもたらした視覚の大衆化・世俗化に伴い再流行した八〇年代の「生理学的スケッチ」はどのようなものであったか。〈マスメディアの形態の変化〉について、浦は次のように指摘する。〈小新聞や絵入り雑誌には連載小説がつきものであったが、それらの多くが犯罪小説やサクセス・ストーリーであったことはきわめて示唆的だ。実はそれらは都市生活のカタログとして読まれたらしいのである。〔……〕何が正しく何が悪く、どんな行動が犯罪になるかを示してくれるのがそれら小説類だったのである。絵入り雑誌も都市生活のマニュアル雑誌だったと言える。これらの雑誌は都市住民にふさわしい流行の何たるかを教え、大衆に必要な教養を授けた[41]〉。この分析にしたがえば、一八八〇年代の「絵入り雑誌」のカタログ的記事にもまた、指導的役割はある程度保持されていたということになる。しかしながら、回帰する「生理学的スケッチ」は、回帰というものが本質的にそのようなものである通り、以前の姿とは似て非なるものでもあったはずだ。この点に関して、〈四〇年代ロシアでは、芸術上の味気ない模写を指す隠喩[42]〉として普及していた「ダゲレオタイプ」に対する「父」の世代の態度は注目に値しよう。ベリンスキーは、人物の内面を性格づけることのない可視的外面の単なる複写を、ダゲレオタイプの画像になぞらえて批判した。一方マイコフは、〈模写家にとって、生の魂亡き形式のみが存在している。彼と、彼がダゲレオタイプする対象のあいだには、対象に無関心ではいさせないはずの緊密で有機的な結合がない[43]〉として、一方通行の冷淡な写真機のまなざしを嫌悪した。〈ダゲレオタイプの**画像＝外面**に注目した〉前者に対し後者は〈観察し描写する作家と、その対象との**関係**を問う〉点で異なるという乗松の賢明な指摘もあるが[44]、ダゲレオタイプが「可視的な外面」にすぎないことを批判しているという点では、彼ら二人は等しいとも言える。ところが、新興メディアで人気を博した「生理学的スケッチ」のカタログ記事は、大衆読者が求める娯楽的で即物的な「外面」(「丸々としたお母さん」「太った女商人」〔……〕「ペテルブルグ女性の類型」)、あるいは〈「上品な人」[45]〉になるための手引きとしての、西欧風の衣服や振る舞い方の「絵」こそを目的としていた。まして、人間や社会生活の「知覚し得ぬ中心」を規定しなければならない、あるいは逆に、それは解明し得ないからこそ独自のものだと証明しなければならないという課題は、社会改革の気運が退潮しきった八〇年代にはすでにうすらいでいた。〈香水やミシンとニコライ二世の顔〉を並べ、〈ツァーリの表象をも商品化する[46]〉、資本の原理に基づいた視覚のショービジネス化とも呼ぶべき現象は、八〇年代の「生理学的スケッチ」の周辺で記述の質の変化とつながっていた。観点はもはや可視性によって不可知のものを読み解くことでも、不可知のもののために可視性をあてがうことにもなく、目に「見える」たくさんの事柄を書き並べることにあったのである。

そのことをよく表すレイキンの諸作品を取り上げよう。『熱烈なる別荘族』(一八八〇)では、ひと気もなく、犬一匹見当たらぬような寒々しい三月初頭に、借りるのに手頃な別荘を探してさまよう夫婦が登場する。二人が候補の家に入りあぐねていると、突然〈丈の長いオーバーシューズと頬まで巻きつけられたウールのマフラー〉が現れて彼らに声をかける。その人物が旧知の男であることに気づいて、夫は会話を始めるのだが、男はマフラーで耳が覆われているために言われていることがまったく聞こえなかったり、聞き間違えたりして会話はいっこうに進まない。それでも話すうちに、彼が早春の自然のパノラマを逃すまいとして早くも一月から別荘に移ったせいでひどく風邪を引き、リュウマチにも罹患したことが分かってくる。〈「じゃあなんのためにこんな寒さの中を歩き回ってるんです」〉と夫は彼に言う。


「別荘にお帰りなさいよ！　家の中の方が暖かいでしょうに。あなたはまったく病気でおられる」

「別荘の方が悪いのです、すきま風が吹き込みますから。ところが路上なら少なくともすきま風はありませんし。もっとも、まずいことになるかもしれない。歯槽膿漏が硬化すると、今度は壊疽が起こるでしょうからな」

「とにかく、震えているじゃありませんか。お帰りになって、何か温かいものを飲んで、毛布をかけて横になった方がいいですよ」

「歯槽膿漏には温かいものは厳禁なのです」

「ああ、かわいそうな人だ！　なんてかわいそうな！」

「木の芽吹きだけが楽しませてくれますよ。昨日もほら、こうした白樺の芽を浸し酒のために集めましてね。ウォッカだけはまだどうにかこうにか飲んでいるものですから。ウォッカを飲めば、少しの間あったまりますしね。一杯いかがです？」

別荘族はポケットから、赤味がかったウォッカで満杯になったオーデコロンの瓶を取り出した。

「私はつまみなしじゃ飲めないんですよ……それに時間もないことだし」

「これは大丈夫ですよ、薬みたいなものです。ミツガシワとセンナの葉を漬けまして……」

「結構です、どうも……。ねえ、ご病気のことを考えたら、せめて毛皮外套を羽織られたらいいのに」

「あなた、もう少し大きな声でお願いできますか。鼻炎と、咳と、鼻づまりで……」別荘族の鼻はつまり、耳もふさがっていた。彼は咳をし始めた。

「ふーっ、また聞こえてない。別荘はえらいことをしてくれたもんだ！　毛皮外套を着なさいよ！まだしも暖かいでしょう」

「自分の外套は妻をくるむのに使ってしまいましたよ！　妻はまったく病に倒れましたので。風邪をひき込みましてね、今は横になってうわごとを言っています。医者を呼んだのですが、ここへは来てくれないそうです。その人でなしに二つばかり書きつけを送ったものの、返事なしで。医者を呼びに料理女を遣れればいいんですけど、これもまた病気で……首が片側に曲がってしまったんですよ。どうやら、私を見捨てて出て行きたいみたいなんです。困ったことになりますよ、もし本当に行かれてしまったら！　そんなことになったら、私ひとりで召使いもなしに病気の妻をどうしたらいいんです？　妻本人をその医者のところに行かせるべきでしょうが、そのまま逃げだしちまって、町から帰って来なくなるんじゃないかと心配で。本当に、慰めは浸し酒だけですよ。昨夜はキイチゴのやつを飲んで、妻の気も晴れましたけど」

「ねえ、あなたご自身も、町へ戻られた方がいいのじゃないですか」

「町の家は貸しに出してしまったんですよ。私はここへ身ひとつで来たんです……」

「なら、ホテルに部屋をお取りになれば」

「すぐ明日には素晴らしい暖かい天気になるというのにですか？　そんなことしたら朝の景色を見逃してしまいますよ。今頃の朝といったら！　ねえあなた、私は明日、白樺の樹皮をちょいとばかり切って、樹液を浸し酒に加えるつもりなんです……これこそ喜びですよ！」(47)

会話の応酬を通し明らかになるのは、自分も妻も病気で、医者は呼んでも来てくれず、料理女にすら愛想をつかされて困窮しきっているのに、〈自然を楽しむ〉ことにこだわっている、つまりは浸し酒のことしか頭にない〈熱烈なる別荘族〉の人物像である。注目すべきは、ここでは〈丈の長いオーバーシューズと頬まで巻きつけられたウールのマフラー〉といった外面や会話の描写は、この男の「内面」を暴露するものではないということだ。目指されているのは病気とマフラーのために耳が遠い対話者という滑稽な形象であり、やりとりを通してアルコール狂の即物的なキャラクターを作りだすことである。

また、『スケートリンクで』は次のように始まる。〈下のほう、フォンタンカの氷上で、コニャックのために嬉しげな人々が氷の上をすべっている。男の子、女の子、そして大人たち〉[13]。続く箇所では人物がそれぞれの服装に応じて〈フェルト防寒靴〉〈裸皮の半外套〉〈アライグマの毛皮〉とメトニミー的に表されるが、〈人物の外見〉[13]の描写は最小限に言及されるのみで写真的・記録的なものにとどまる。あるいは選集『るり色の花』（一八八五）には、〈ニシンのように痩せた〉〈かぼちゃのように丸く太った〉女たち、〈石膏のように白い〉など、O・オヴチャルスカヤが言うように〈オリジナリティがない〉、表面的な外見描写が見出される。(48)紋切り型的なこれらの外面もまた、人物の「内なる性質」を浮かび上がらせるものではない。

さらに、カターエフはレイキンが鍛えた「一幕もの」ジャンルで肝要なのは会話であることをくり返し指摘しつつ、会話を通じて〈話者の年齢や社会的立場、専門〉などの特徴が示されるが、それ以上に〈言葉の意味の違った解釈や、滑稽な語源やしゃれ〉といった〈話し言葉の滑稽さの独特の手法〉がそこには見られるとして、〈多くのこうした話し言葉の滑稽さの手法は特に商人や店員、職員、従僕の言葉を再現複製するときに多く見られる。レイキンはこれらの人の俗語のシンタクシス、言語的表現、言語使用を模倣している〉と述べている[13-14]。会話もまた、人物の性格づけの深みにそれほど達することもなく、目に「見える」もののように〈模倣〉され、滑稽さを生むために即物的で外面的なものとして描き出されるのである。

「外面」から人物の「内面」を看破するのでも、外面を介して「見えぬもの」を記述しようとするのでもない可視的断面は、状況設定や滑稽さのための道具にとどまる。このように考えてくると、浦の次のような指摘は興味深い。

一八九〇年に書かれた評論「父と子およびチェーホフ氏について」のなかでミハイロフスキーはチェーホフを「理想を喪失した世代」に位置づけている。ミハイロフスキーに言わせれば、チェーホフの世代にとっては観念や思想はもはや有効性を持ちえず、彼らが信じられるのは、自分たちを取りまく変哲もない現実でしかない。だから彼らは現実をひたすらありのままに描き出す。

本章第一節で取り上げたミハイロフスキーによるレイキン評にも通じるが、かつては「父」が、つまり強い求心力をもった作家たちが読者にとって人生の指針となるような重厚な作品を作り出していたのに対して、「子」、つまり若い文学的世代は「自分たちには自分たちを取り巻く現実しか存在していない」「祖父たちの理想は自分たちには無力だ」と自らに言い言いし、雑多な主題を無思想にまた無批判に書きだしているにすぎないとミハイロフスキーは批判する。[49]

とはいえそのことを、八〇年代の書き手たち自身が悲観的にのみ捉えていたとは思われない。視点を変えれば、前節で見たジャンル・筋・主人公像の新しい特徴は、いずれもダゲレオタイプ的「スケッチ」の可視性にも通じるからだ。レイキンが自作において〈考え出したり、つくったり、「でまかせをいったり」したことは決してなく〉、すべては〈生活から直接〉[15]取り出したのだと強調すること好んだことからして、この世代の作家たちは、「性格づけ」せずひたすらダゲレオタイプ的に開陳する、そうした視覚を自分たちの新しさと見なしていたことが指摘できる。

3　踏み越え――「空」をめぐって

これまで本章では、チェーホフをふくむ八〇年代の書き手は「小さな刊行物」に要求される条件にしたがって、ともに文学を作っていたことを見てきた。一方で、チェーホフ以外の「協同組合」の作家は現在ほとんどその名を残していないこと、チェーホフが周辺の作家たちと最後まで足並みをそろえていたわけではないこともまた事実である。それではチェーホフはいつ、どのような点で彼の「衛星」たちから抜きん出たのか。この点を明らかにすることが、次に検討すべき問題となる。注目されるのは、各々の時代やメディア、文学に固有の性格と、科学の関わりである。

〈科学者を含め、専門職業人として生き、奉仕できる条件[50]〉がロシアで整い始めたのは、一八六〇年代、大学改革による研究環境の改善がやっとなされてからだった。専門学知としての科学の確立の遅れは、科学の一般への普及のさらなる遅れを生むこととなった。それだけにいっそう〈科学知〉は求められ、科学への〈信奉〉[51]は社会全体の動向ともなっていた。高田が言うようにロシアにおいて科学は〈単に個人的な知的報酬に限られるものではなく、むしろロシア社会の進歩や人民福祉の向上をも追及するものであるということをその最小限の共通信念とした〉のであり、〈科学と文化〉を尊重する〈時代的雰囲気〉が数多の結社を生んだ。[52]さらにそうした各種団体が意見表明・伝達の手段として出版物を利用した結果、「分厚い雑誌」が最盛期を迎えたのであった。では「分厚い雑誌」が第一線を退き、「小さな刊行物」が主流に立った時には、科学に対する関心は「分厚い雑誌」と共に廃れていたのだろうか。そうではなく、科学は特に「絵入り雑誌」と新しく手を結んでいた。

巽によれば、西欧において〈カトリックの説得的な布教の道具〉として用いられていた〈絵画や仕掛けなどの視覚メディア〉が啓蒙主義者たちによって批判されたのち、視覚メディアはテクスト化していく〈まじめな〉メディアから排除され、〈数学、力学、化学などのクイズやパズル〉といった〈合理的な楽しみ rational amusement〉のために用いられるようになる。そして、〈「合理的な楽しみ」〉はヴィクトリア朝の草創以来「啓蒙と娯楽」に商機を見出した絵入り雑誌の論理とも合致していた。その結果、西欧絵入り雑誌にとって「科学記事」は〈重要な一ジャンル〉となった。[53]

そしてもちろん、西欧絵入り雑誌の模倣たるロシアの絵入り雑誌でも「科学記事」は重用された。見世物的に眺めて楽しむこうした科学的娯楽記事は、読者の好奇心を刺激するカタログ的記事と軌を一にしている。そこで今、科学をめぐる観点を加えた形で、八〇年代に回帰する「生理学的スケッチ」の様相を再び検討することにしたい。そのためにまず、フランスの自然主義（文学）を例にとろう。ゾラが「実験小説論」の中で次のように述べた文章は、十九世紀後半に自然主義の周囲を取り囲んでいた知的・科学的背景の有り様をよく示している。

ところで、実験的方法については、クロード・ベルナールの『実験医学研究序説』がたいへん力づよく、またはっきりと説明してしまっている。ここでは単にそれを小説に適用すれば足るようである。すでに世間公認の権威であるこの科学者の著述は信頼できる根拠になってくれるであろう。あらゆる問題が、すでにそこで処理されているはずだから、わたしは拒みえない証拠として、必要な引用をするにとどめよう。したがってこの論文は単にベルナールの著述の敷衍であるにとどまるであろう。すべての点でわたしはクロード・ベルナールを楯にとるつもりである。たいていの場合、原文の医者という言葉を小説家に置き換えるだけで、わたしの思想は明らかになり、読者は科学的真理のきびしさを獲得してくださるであろう(54)。

〈科学的真理のきびしさ〉が文学の後ろ盾となり、〈社会の正確な研究〉と〈目の前に存在する社会から写し取った一個の社会全体〉をテクストの中に〈躍動させる〉ことを作家に可能にする(55)。バルザックが『人間喜劇』の序文で〈「動物学上の種」があるように、「社会的な種」がいかなるときにもあったし、またこれからもあるだろう(56)〉と述べたことにも明らかなように、「生理学もの」は動物学・植物学上の分類と同化していた。〈「フランスで」「自然主義者」とは作家である以前に哲学者、科学者であり、画家でさえあった(57)〉というアラン・パジェスの指摘は注意に値しよう。このような伝統のもとに、科学の「知」が力となり文学と結びつく例を、たとえばパジェスは次のように描き出す。

ダーウィン（『種の起源』、一八五九年、仏訳は一八六二年）の進化論の影響は、自然主義の時代のすべての小説家・批評家に及んでいる。よく知られているように、ダーウィンにとっては、自然選択および変異の遺伝のメカニズムに従って、現存する種は変異するものであった。この概念を人文科学の領域に最初に応用したのがテーヌである。〔……〕「悪徳や美徳もまた、硫酸や砂糖と同じように作り出されるものである」と、彼は『イギリス文学史』の「序文」（一八六三年）に記している。〔……〕テーヌを敬愛するゾラは、一八六八年、この考えに想を得て『テレーズ・ラカン』第二版の序文を著す。そして彼は、遺伝の仮説を考慮して『ルーゴン＝マッカール叢書』の家系樹を構想するが（一八六八年）、その際におもに参照したのはプロスペル・リュカ博士の『自然遺伝の哲学的・生理学的概論』である。(58)

〈悪徳や美徳もまた、硫酸や砂糖と同じように〉と述べたテーヌは薬学と解剖学を修めていたし、ゾラは『叢書』の構想に際して遺伝学者の専門書に学んでいた。そして科学的知見の保証の上に、バルザックの『結婚の生理学』について佐久間隆が指摘するような、〈あらゆるものに接近し、把握し、すべてを一つの大きな体系のかたちで描き出そう(59)〉とする欲望が生まれてくる。ベーコンが「知は力なり」と言ったその通り、科学が小説に新しいことを可能にしてくれる力となるのである。このようにしてフランスの自然主義者たちは科学によって人間や社会を解明しようとした。

さて、対象を社会的・民族的「タイプ」たらしめようとする時、ベリンスキーは次のように言う。〈創作におけるタイプとは何か?——人＝人々、人物＝諸人物、つまり同一の理念を表す人々の部門全体・多数を内包する人間の描写である。〔……〕オセローはタイプである、これは嫉妬者の類全体、部門・部類全体の代表者である〉[60]。ベリンスキーは、「水運び屋」という〈類全体、部門・部類全体の代表者〉を描くことに失敗し、「パンテレイモン」という個人を描くにとどまった点でバシューツキーを非難した。そして、乗松が指摘するように、ベリンスキーが〈「類 rod」「種 vid」「部門 ordel」「部類 razriad」といった分類学の用語〉を用いていた限りにおいて、彼もまた社会風俗的「タイプ」を〈生物分類学の意匠〉を取り入れることで描こうとする文脈の圏内にいたことは明らかだ[61]。

とはいえ、フランスで「生理学もの」が自然発生的に生じたことに対し、ロシアの「生理学的スケッチ」は〈取捨選択〉や〈解釈〉、〈新しいイデオロギーの伝播〉を伴っていたことと似た状況が、科学をめぐっても存在していたことに留意すべきである。六〇年代の知識層が社会が変化する原因や発展すべき方向を解明するために実証主義的な科学的知識を援用しようとした時、そこには無理解やイデオロギー的立場からの曲解がしばしば含まれていた。第一章で見たように、この時に進化論も大きな関心を持って迎え入れられ、誤解されたり、合目的的で合法則的な発展的進歩思想と混同視もされたことを想起してほしい。踏み込んで言えば、ロシアの科学は長らくの間学問知というより「科学的なもの」だったのであり、それは〈ロシア社会の進歩〉や〈人民福祉の向上〉のためにさまざまな形で供されたのである。先のベリンスキーの言に見られた〈分類学の用語〉もまた、〈社会・人類という外的世界の関心を内にとりこ[62]〉むことで〈個人－民族－人類〉という〈ナショナリズム論の階梯[63]〉を描くために、指示範囲を拡大された形でベリンスキーによって用いられたのであった。

科学と「科学的なもの」の差は意に介されないまま、八〇年代に入ると絵入り雑誌の科学的娯楽記事が一気に流通する。回帰する「生理学的スケッチ」もこの中に含まれていた。〈あらゆる掩蔽物を破り裂いてその人の真の人となりに行きつくこと〉は〈難事とは言え、不可能事ではない〉と述べたラファーターの確信が十七、十八世紀に西欧を席巻した博物学的知に裏打ちされていたとすれば[64]、「小さな刊行物」の書き手たちが頼ったのは、カメラのレンズ越しに対象の外面を正確に写し取るような、客観的で記録的な可視性だった。してみると、「小さな刊行物」の書き手たちもまた、無意識的だったにせよ「観察」に宿る「科学的」権威を信奉していたように思えてならない。少なくとも彼らは、目に見える「普通の人」やその生活をダゲレオタイプ的な視覚によって「あるがまま」に描くことは、可能であると考えていたはずだ。

しかし、そうだとしても、ミハイロフスキーが〈通りで生じているありとあらゆる出来事を写真に撮り、それを並べているようなもの〉と批判し、書き手たちも自負していたように〈現実をひたすらありのままに描き出す〉ことは、彼らの大半の想像よりも困難だったと言わなければならない。〈僕は──普通の人間だ、僕は普通の人々、普通の願望をもち、普通の性格をもち、普通の能力をもつ人々のために奔走する〉と主人公に高らかに宣言させた、ポターペンコの『主人公じゃない』（一九八二）に目を向けよう[30]。のちにゴーリキーが八〇年代末から九〇年代初頭を〈無力の正当化と運命づけられた破滅に対する慰めの時代〉と定義し、〈当時の作品のうちのひとつ、まさに『主人公じゃない』と題された作品から、文学は「主人公でない」主人公を自らの主人公に選んだ。この中編はきわめて熱心に読まれた。時代のスローガンは「われわれの時代は大きな仕事の時代ではない」という文言によって形成された[65]〉と評したことにも明らかなように、ポターペンコはもっと後の時代に文学的課題となるような真の主人公不在について書いたのではなく、〈大きな仕事の時代ではない〉時代にあって〈スローガン〉を形成するような社会的タイプ、「現代の英雄」を書いたのである。ツルゲーネフの『余計者の日記』では、ただ自分のことについて書いているはずのチュルカトゥーリンは、時折不用意に〈それらの人々〉〈彼ら〉として〈余計者〉について語る[66]。それは〈三〇─四〇年代の貴族インテリゲツィヤの特質を明らかにし〉、〈まだ、歴史的には解明されない〉これら〈ハムレット型の人間[67]〉のタイプを明らかにしようとしたツルゲーネフの意図からすれば必要な作業であったのだが、それにも似た意識がここに感じ取られる。〈あるひとりの水運び屋ではなく全員をひとりのなかに描く〉式のタイプ描写と同じ方法を、ポターペンコは用いているのである。

レオンチェフ＝シチェグロフもまた、チェーホフが『ともしび』（一八八八）の末尾を〈この世のことは何一つわからない（ничего не разберешь на этом свете）〉という文言で締めくくったことをめぐって、〈作家の仕事はまさに究明分析する（разобраться）ことにある〉［П. 2: 493］と非難した。レオンチェフの発言には「芸術＋α」であることを求める従来のロシア作家の役割概念が呼応している。「娯楽」の比重が次第に不可逆的に大きくなっていくのはそうだとしても、「父」たちが自らの責務と見なしていた使命が「小さな刊行物」が標榜したもののうちに温存されていたことを見逃してはならない。読者に答えを示さねばならないという「父」たちの情緒は、〈文学に適用された観察と実験〉という方法、アラン・パジエスの言葉を引けば〈自然主義者にすべてを言わせ、すべてを示させようとする、この科学的大胆さ[68]〉のうちに、「子」の態度にも共有されているのである。

フランスの場合、科学的知の先行の下に「描ける」欲望が生まれるとすれば、ロシアの場合は、「描く」という使命のために「科学的なもの」が介されると言えよう。経路は違っても、結局のところ、世界を描き切ることができるという期待は共通している。あるいは、単にそのことは疑問視されていない。「生理学もの」と「生理学的スケッチ」をめぐってフランスとロシア、ロシアの各世代の間に多くの相違があるにせよ、「個別的事実」の中に普遍性を見出して一般化することがいつも最終的な目標だった。したがって、「あるがままの人生（жизнь как она есть）」を描くことを目指した「八〇年代協同組合」の書き手たちによって、「普通の人」を描くことは、結果的に時代的現象を描きかつ解明することに収束する。

だがその時、ありふれたはずのその人はすでに「あるがまま」の人ではなく、チュパが言うような〈外的条件や規律、周囲の人々などに対して社会的に適応した〉[69]人間表象となるに違いない。

本章冒頭でふれたように、八〇年代は社会生活や政治に関するそれまでの思想や理念が衰退化した、「空白の時代」であった。チェーホフが手紙で述べていた通り、自らが関心を寄せる対象が向かうべき先を心得ていて、そこに読者をも呼ぶことができた作家たちと違って、時代の転換期に生きる八〇年代の「破片」的作家たちは先のことを見通せない。「身近な目的」も「遠い目的」もないので、彼らには『何か』――作品をひたすような統一した理念や原理――がないのである。しかし、友人の作家が思想的意味での連帯を呼びかけた時、チェーホフがそれに対して〈証券取引所や、政治や、宗教活動（セクト）などにおける連帯というようなことなら、僕も分かるけれど、若い作家たちの連帯となると、理解できないし、それは不要でもあります……まったく同じように考え、感じることなど僕らには不可能だし、それぞれの目的は異なっているか、あるいははじめから目的などないこともあるし、僕らは互いを少ししか知らないか、あるいはまったく知らないのだから〉[II. 2: 262] と返事をしたことを強調しなければならない。彼には思想的団結は〈人工的で興奮した連帯〉[II. 2: 262] としか思われなかった。そもそも、「球でも転がせそうなほど」の「空」には、いくら他の「空」を集めて足そうとも、そこに思想や意味が満ちることはないのだ。それでも「衛星」たちは我知らずその「空」に意味をもとめ、あがなおうとした。あるいはレイキンは、もっと自覚的だった。彼は一八七九年にあるフェリエトンの中でこのように書いている。〈町の住民は村落から来たのであり、彼らの考えは村からもたらされたものなのだ。商人もまた農民がそうなったので、村からペテルブルグへやって来たのである。人が成長過程で得たそうした考えから解放されるためには教養を身に着け、本を読むことしか道はないのだが、ところでわれらペテルブルグの大衆は果たして、何か一つでも読んでいるだろうか？　無知は識字によって克服されなければならない。商人のためにはゲーテの「光を、もっと光を」という叫びをこのようにパラフレーズすべきであろう。「識字を、もっと識字を！」〉[8]。カターエフが指摘する通り〈六〇年代の伝統をよみがえらせよう〉[20]という意図を彼は内心に抱いていたのであり、実のところ自身がうそぶいていたような「ダゲレオタイプ家」ではなかった。

一方チェーホフは、一八八五年に「目覚まし時計」誌に掲載された『わが妻たち――青髭ラウールの編集部への手紙』の中で、他の書き手たちとは異なる態度を示していた。

> Ｎｏ．１、長いちぢれ髪と仔馬なみに大きな目をした小柄なブリュネット。〔……〕これはあまり利口じゃない、知識の狭い、しかしながら真実と誠意に満ちた女性であった。〔……〕Ｎｏ．２、たえず笑みほころんだ顔をし、両方の頬にえくぼを作り、目を細めている女性。非常に高価な服を着て、途方もなくセンスのいい、好ましい容姿。最初の妻がおとなしい、インドア派だったのと同じくらい、この妻はせかせかと騒がしく、少しもじっとしていない。〔……〕生理学は急いで生きるオルガズムがあるとは知るまいが、私の妻の血液循環はアメリカの変わり者の仕立てた特急列車のようにあわただしく、彼女の脈拍は睡眠中でも一二〇からあった。〔……〕急いで呼吸し、急いで喋り、急いで愛するのである……。[4: 25-27]

総勢七名の「妻たち」の描写は女性の外貌と性格をはっきりと関連づける観相学的性質のもので、「生理学的スケッチ」の手法を彷彿とさせる。しかしながら、もっと重大な変更がこの作品には存在している。

作品の冒頭に注目しよう。

編集部御中！

貴誌の読者諸氏に笑いを呼び起こし、ローヂイ氏やチェルノーフ氏ら〔ともに、後に出てくるオペレッタ『青髭』で役を演じた俳優〕に月桂冠をもたらしているところのオペレッタ『青髭』は、しかしながら、この私には苦い感情以外をもたらしません。これは侮辱の感情ではなく、私はむしろ残念なのです……〔……〕

私はオペレッタの本質に触れるつもりはなく、作者が私の個人的生活に干渉し私の家庭の秘密を暴くいかなる権利も有していなかったという事実にすら言及するつもりはありませんが、観衆がこの私、青髭ラウールについての判断の基礎としている細部について、二、三述べたいと思います。これらの細部のすべては、不愉快極まりない嘘だからであります〔……〕

[4: 24]

シャルル・ペローの童話『青髭の七人の妻』が様々な形で翻案・パロディされたことは周知の通りだが、この作品もまた、副題にある通り、グレトリによるオペラ『青髭ラウール』における「青髭」が、発表当時モスクワのレントフスキー劇場で上演されていたオッフェンバックによるオペレッタ『青髭』の内容について、〈作者〔＝オッフェンバック〕〉と〈レントフスキー氏〉に物申す手紙を書き送るという体裁のパロディである。グレトリのオペラがどの程度知名度を有していたかはさておくとして、当時の読者は『わが妻たち』に「青髭」の名を見てすぐさま上演中のオペレッタを想像したことだろう。しかし、有名なテノール歌手でありまさに「青髭」を演じた〈ローヂイ氏〉を批判するこの「青髭」は、彼らの「見た」

「青髭」ではない。さらにラウールの否定は〈作者がそのオペレッタの中で私をどう描こうと、私は決して女たらしではありません〉［4: 24］という形で内面性にも及ぶ。読者の前には外見的にも性格的にも見知らぬ「青髭」が立っているのである。先に挙げた「妻たち」の描写についても同様だ。オッフェンバックのオペレッタの筋自体が、シャルル・ペローの『青髭』とはだいぶ異なるものだが、チェーホフのラウールが書き立てているような内容もまたそこにはほとんどまったく見られない。そうだとすれば、七人の妻の観相学的で詳細な描写が羅列されるほど、それらの記述は読者をして、この「妻たち」は見も知らぬ女性たちであるという印象を与えずにはいないだろう。

そもそも架空の人物である「青髭ラウール」が実在の人間のようにふるまい、自らの〈個人的生活に干渉し家庭の秘密を暴〉いたとしてオペレッタ『青髭』と関係者を非難し、さらにはその手紙を〈A・チェホンテー［チェーホフのペンネーム］が批准〉［4: 30］する、これほど入り組んだ構造を、チェーホフが偶然に用意したとは思われない。いわばこれはメタ生理学的スケッチであり、観察された外貌から〈その人の真の人となりに行き着く〉試みは初めから捨てられている。外見は物事を「解く」鍵になってくれないばかりか、かえって妨害しているかのようである。M・Π・グロモフは〈チェーホフにあっては、伝統的な人物スケッチは記号的ディテールと複雑なメタファーのシステムに場所をゆずっている。そのようなディテールとメタファーは読者が人物の外見を想像し、思い描くことを許すものであり、長編小説に見られるような、はっきりした正確な肖像を読者に提供することはしない〉(70)と指摘した。ここには、「個別的現象」から「一般性」へ向かう「生理学もの」「生理学的スケッチ」の論理とは反対の力が働いている。われわれの言葉で言うならば、「見ること」と「知ること」はチェーホフにあってはいかなる形でも安易には接続されず、人物の内面的個性は、たとえそれが記述されてもなお馴染みの薄いものとして残されている。この点において、今まで見てきた「生理学もの」「生理学的スケッチ」の書き手いずれの態度ともチェーホフは似ていない。

先にふれた『ともしび』（一八八八）に関して、作品はペシミズムについての問題を少しも押し進めていないし、解決もしていないというスヴォーリンの批判に、チェーホフが次のように返答したことに目を向けよう。

> 僕には、神、ペシミズムといった問題を解決しなければならないのは小説家ではないという気がします。〔……〕芸術家は、自分の作中人物や、彼らが語ることの裁判官になるべきではなく、ただ公平な証人になるべきです。〔……〕評定は陪審員、つまり読者がすべきです。〔……〕物を書く人、とりわけ芸術家は、この世のことは何一つわからないということをそろそろ白状すべきです。かつてソクラテスが告白したように、またヴォルテールが告白したように。
>
> ［П. 2:280-281］

「無知の知」を唱えたソクラテスと並んで、ヴォルテールの名が挙げられていることは興味深い。『カンディードまたは最善説』（一七五九）においてヴォルテールはパングロス博士を作り出し、すべては最善の世界のために配列されているという考えに立って世界を知り尽くしたつもりになる〈形而上学的・神学的・宇宙論的暗愚学〉[71]を批判した。このことにも似てチェーホフは、すべてを知り尽くせると豪語する文学を批判しているかのようだ。けだし彼はレオンチェフ＝シチェグロフの非難に対して〈知ったかぶりをするのはやめて、この世界では何一つわからない（на этом свете ничего не разберешь）と率直に宣言しましょう。すべてを知り、すべてを理解しているのは愚か者といかさま師だけです〉［П. 2: 283］と返事を書き送っていたのだから。この言葉からも分かるとおり、彼は観察、心理学、分類、分析によって文学が世界を「解く」ことができるとは考えていなかった。

そうだとすれば、チェーホフと周囲の作家たちとの相違は、作中人物・読者・書き手がともに存在するまわりのささやかな世界、移ろいゆく日常のすべてを明らかにすることができるという立場を取らなかった点にあった。ナジーロフの表現にしたがうならば、チェーホフはある意味で〈文学愛好者としてではなく文学を否定する者として現れた(72)〉のである。

このことは、批評家がくり返し不満を述べていたようなチェーホフのペシミズムや無気力の表れには思われない。そうではなく、科学との積極的な関わりが彼にそのような「否定」を可能にしたものとわれわれは考える。科学の営為に関するユヴァル・ノア・ハラリの明快な定義を引こう。

近代科学は「私たちは知らない」という意味の「ignoramus」というラテン語の戒めに基づいている。近代科学は、私たちがすべてを知っているわけではないという前提に立つ。それに輪をかけて重要なのだが、私たちが知っていると思っている事柄も、さらに知識を獲得するうちに、誤りであると判明する場合がありうることも、受け容れている。いかなる概念も、考えも、説も、神聖不可侵ではなく、異議を差し挟む余地がある(73)。

科学は、自らがすべてを解明する最後のものであるとはいつも決して言わない。まったく反対に、科学は自らの無知と限界を認識する点に成り立つ。チェーホフに特有のまなざしもまた、〈すべてを知り、すべてを理解〉しようとする欲望、あるいは焦燥から文学を切り離したところに成り立つのである。

II

チェーホフのテクストと進化論の類縁

第三章　人物の「型」と「個」

十九世紀のメディア革命のもと、「小さな刊行物」という媒体の制約を受けて書いていた限りにおいて、読者の興味を惹くアクチュアリティに富んだ作品を作り出すことがチェーホフには必要だった。そのことは、しばしば著名な作家のパロディという形で現れた。一八八三年に書かれた『飛ぶ島』を例に挙げよう。作品を受け取ったレイキンは「破片」誌への掲載を断ったが、ジュール・ヴェルヌの作風のパロディとして見事なレベルに達していることは認めた［1: 585］。〈ジュール・ヴェルヌ作：A・チェホンテー翻訳〉［1: 208］という副題からも、本家の作と見紛うほど作風を模倣したという自負がうかがえる。スヒフもまた、八〇年代のチェーホフの作品を検討する際に欠かせない観点のひとつとしてパロディを数えている[1]。

パロディの概念は広範なものだが、〈様式化はパロディに近い。両者のいずれにも二つの生命が息づいている、つまり、当該の作品の野の背後に、様式化された、ないしパロディされた別の野が広がっている〉〈様式化からパロディまではあと一歩である。おかしみをもって動機づけられた、あるいは強調された様式模倣はパロディとなる〉[2]というトゥイニャーノフの定義に着目したい。先の『飛ぶ島』で言えば、ジュール・ヴェルヌの巧みな模倣である一方、全体的に滑稽さが強調されてもいる。たとえば〈彼がルンドとトム・ベカス老人を連れて行った天文台は、……(この後に実に長い、実に退屈な天文台の描写が続くのだが、翻訳者はそれを、スペースと時間の節約のために翻訳の必要なしと考えた)〉［1: 211］という一文では、本来ＳＦ小説ならば〈天文台〉の空想科学的描写に注力するであろう箇所を、〈翻訳者〉が登場し〈スペースと時間の節約のため〉にそれを省いてしまう。〈おかしみをもって動機づけられた、あるいは強調された様式模倣〉は、初期作品のパロディのこうした性質によく合致する。

神西清は「チェーホフの短編に就いて」の中で、初期の諸作には〈後年のチェーホフがより磨かれた形で愛用した形式のプリミチヴな萌芽〉しか見出せないので、こうしたパロディは〈稚い模倣〉にすぎなかったと論じている[3]。果たしてそうだろうか。おそらく、このことにはチェーホフについて語る際の別の問題が関係している。すなわち、初期のユーモラスな小品を書いていた「チェホンテー[4]」と、「まじめな」作品を書くようになった「チェーホフ」の関係をどのように捉えるかという問題である。スヒフによれば、問題に対する回答は〈二つの原則的なタイプ〉に分類される。第一の主流な説は〈チェーホフの初期の作品と後期の作品に対立的関係を見出す〉ものであり、この観点にしたがえば〈八〇年代後半からチェーホフは初期の手法やジャンル、芸術的思惟の形式から脱していた〉ことになる。第二の説はチェーホフ自身の〈内的な深い個性〉を理由に〈作品の内的統一性〉を主張する。スヒフ自身は第一と第二の見方を調停し、あくまでも芸術的手法の観点から〈二人は身近な親類だが、とはいえやはり別々の作家である〉、しかし〈チェーホフは一度ならずチェホンテーの魂に、ジャンルに、立ち戻ろうとする〉と結論している[5]。われわれもまたこの結論に準じ、初期の作品に目を向けつつチェーホフのパロディを再考していきたい。

1 「隠されたパロディ」

『夜に』(一九〇二) という作品に目を向けよう。選集に掲載されるや否や、この作品はモーパッサンのパロディと目され、反響を呼び起こした。「週間」誌の批評は〈チェーホフのごく短い小説『夜に』は素晴らしく書かれている〔……〕あざやかで、明晰で、力強い。しかし、もし作者の名前を隠して読ませたら、あらゆる読者が短編は翻訳されたものだと信じたであろうし、しかもそれはモーパッサンからの翻訳だとほとんど確信をもったであろう〉と述べ、「ロシア報知」は〈簡潔な語り口〉と〈慰めのない重苦しい雰囲気〉にモーパッサンの模倣を見出した [2: 532]。

しかし、事実はそうではなかった。『夜に』は二十年近く前、一八八三年に書かれた『海で』という作品の改題作だったからだ。そして八三年当時のチェーホフは、モーパッサンではなく、イギリスの海洋小説を明らかにパロディしていた。最初に作品を受け取った「世間話」誌の編集者が掲載を断り〈もっとロシアの生活の匂いのする作品〉を要求したこと、検閲で同作が〈イギリス小説の翻訳〉と断定されたこともこれを証している [2: 530]。『海で』は黙殺同然の扱いを受けた。それゆえ、この作品に見られる重苦しい雰囲気や簡潔さは、改題され発表された一九〇一年当時ロシアで広く読み知られていたモーパッサンのスタイルの模倣のように受け取られたのである。

〈最初この短編は翻訳物の《海洋》小説に対するパロディの性格を多分に持っていたが、のちに現行の真面目な調子に書き変えられた[6]〉という点からすれば、『海で』はまさしく神西の言う初期の〈稚い模倣〉に過ぎないようにも思われる。しかしナジーロフの考えによれば、作品の冒頭は確かに海洋小説のパロディの様相を呈しているとはいえ、それだけではない。〈チェーホフはイギリスの海洋文学のみをパロディしているのではなく、〔ヴィクトル・ユーゴーの〕長編『海に働く人々』をもパロディしている〉〈より正確に言えば、短編『海で』は〔……〕『海に働く人々』に対する「論争的な続き」と、長編の結末に対する反駁を有している〉(7)のである。

作品に目を向ければ、『海で』の冒頭、水夫の「私」と父親は汽船の一等船室に仕掛けたのぞき穴から新婚夫婦を盗み見る権利を獲得する。若い牧師の夫に何事かを説得されている妻の様子を覗き見るという構図は、『海に働く人々』第三部で、水夫ジリヤットが、難破した船からエンジンを救った彼と約束の通り結婚するよう父親から説得されるデュリシェットを覗き見る構図と似通っている。しかしながら二人の女性のその後の運命は大きく異なる。彼女が別の男を愛していることを知ったジリヤットが結婚をあきらめ、その意味でデュリシェットは解放されるのに対し、人妻は他ならぬ夫に結局売春を強要される。短編は次のように終わっている。

虫に刺されでもしたかのように、私は壁から飛びのいた。ぎょっとした。風が私たちの汽船をばらばらに引き裂いて、自分たちが海の底へと落ちて行くような気がした。

年取った親父が、あの酔いどれの放蕩者の親父が、私の手を取って言った——、

「こっから離れよう！　お前はこんなことを見ちゃいかん！　お前はまだ子供なんだ……」〔2: 271〕

〈時によるとこの世の何物よりいやらしいもの、最も忌まわしい動物よりもいやらしいもの〉〔2: 268〕であるはずの水夫たちが、彼らより教養があり、社会的にも高い地位にある〈美しいブロンドの髪をした〉〔2:

269］牧師よりはるかに高潔な人間であることが結末部において示されている。水夫と牧師の人間性の逆転や救われないヒロインといった転回を結末に配することによって、チェーホフはユーゴーが自作で描いた「当然」の階級差をまぜかえしながら、さらに、チェルヌィシェフスキーの『何をなすべきか』（一八六三）にも感知されるような男女の関係における空想的な理想主義をもパロディしていると言える。

さらに、『海で』と同じ最初期の短編『言葉、言葉、言葉』（一八八三）とドストエフスキーの内的な関連についてのナジーロフの分析にも目を向けよう。売春婦カーチャの身の上話を聞き、更生するよう諭す電信技士のグールズヂェフにカーチャが心を開きかけ、彼のことを〈いつだったか、どこかで読んだ短い一篇の物語［……］その主人公は堕落した女を自分のところへ連れて行き、女になんやかんやどっさり話して聞かせて正しい道へ向けさせると、自分の友だちにする〉［2: 115］、そういう主人公も同然に思い始めた途端、彼もまた彼女の客の一人にすぎないことを思い知らされる結末に、ナジーロフは『地下室の手記』で地下室人が売春婦リーザを侮辱する場面に対する嘲笑的パロディを見出している[8]。

確かに『言葉、言葉、言葉』は総じて嘲笑的なトーンに彩られている（〈堕落した女たちは、正直な目に惹きつけられるものである。惹きつけられて、蛾がともしびに飛びつくように飛びつくものである。彼女たちには、一杯の粥をごちそうしなくても、ちょっと暖かい眼差しをかけてやるがよい〉［2: 113］）。しかしながらいっそう重要なのは、〈彼女は、「正直な放蕩者」の誰にもおなじみの、ひとくだりの懺悔をしたかった〉［2: 114］の一文で「正直な放蕩者」が括弧でくくられていることにも表れているように、売春婦のモチーフ、あるいは理想主義者による彼女の救済というテーマは、ゴーゴリの『ネフスキー大通り』（一八三五）からネクラーソフの『迷いの闇より……』（一八四五）に至る一連の先行作品によって、この時すでに確立されていたということだ。作品は次のように終わる。

「もうたくさんだ。カーチャ、泣くのをやめなよ！」時計に目をやると、グールズヂェフは溜息をついた。「その気になりさえすりゃ、神の思し召しで、立ち直れるって」

泣いていたカーチャは、外套のボタンを上から三つ外した。雄弁家のヒーローが登場する長編小説が、彼女の頭からかき消えた……

通風口で、風が急に、絶望的に叫び声を上げた。一片のパンを手に入れる必要性が時として完遂する暴力を、生まれて初めて見たかのように。上の方で、どこか屋根の上の遠いところで、安物のギターががちゃがちゃ鳴り始めた。俗悪な音楽だ！ ［2: 115］

〈雄弁家のヒーロー〉はカーチャを救ってはくれないが、それも含めすべては〈安物のギター〉が奏でる音色の中に、通俗的な日常性の中に収束する。皮肉な結末と文言を通し示されているのは、「正直な放蕩者」と彼女を救う理想主義者の青年という組み合わせが、オリジナルとして持っていた新味だけでなく、『地下室の手記』のような批判的パロディのオリジナルとして持っていた鋭さも失い、すでに〈俗悪な音楽〉と化したことなのである。

このように、複数の作家と作品に使用されるうちに通俗化し始めた表現を乗り越えるために行われる密かなパロディを、ナジーロフは〈隠されたパロディ〉と呼び、〈チェーホフは他者のテクストを単に嘲笑することを超え〉〈構造的パロディ〉に向かい、そのようにして自らの新しい形式を作ったのだと指摘している。(9) これを踏まえると、チェーホフが兄アレクサンドルの作品『仕立て下ろし』（一八八五）を評して、次のように述べたことは興味深い。

後生だから、お願いだから、兄さんの虐げられた十四等官を捨てちまってください！　そのテーマはもう時代遅れで、あくびを誘うだけだってこと、感じませんか？　そもそも、兄さんの作品で小役人どもが耐え忍んでいるような苦しみを、兄さんはどんな辺境で見つけ出すんです？〔……〕『仕立て下ろし』は実によく考え抜かれています、でも……小役人が！　小役人の代わりに心の優しい住民のことを、その人の長官とか、その人の役人根性とかを強調することなしに取り上げれば、兄さんの作品は、エラキータもがっつくエビになっただろうに。〔II. 1: 176-177〕

問題にされている「小役人」とは、たとえばフェドシュークが『古典作家の難解なところあるいは十九世紀ロシアの生活百科』の中で述べているように、世襲貴族となる権利を得ることはできないので軽視されており、そうした事情ゆえに〈文学や芸術を通じてもっとも馴染みの深い官吏〉となった〈九等官〉であった。それは〈貧乏で打ちのめされているばかりではなく、こぞって四十歳の峠を越した人々〉、〈ゴーゴリの短編『外套』のバシマチキン〉であり、〈ドストエフスキーの『貧しき人々』のマカール・デーヴシキン〉であり、〈『罪と罰』の退職官吏マルメラードフ〉であった。[10]　彼ら「虐げられた小役人」――「小さき人」――は、人物の外面や彼を囲む環境、彼の行為を寄せ集めて描かれることによって、人間や社会の全体像を照らし出す本質、すなわち「タイプ」としての力を有していた。しかし、チェーホフが「小役人」は〈もう時代遅れで、あくびを誘うだけ〉だと言い、『仕立て下ろし』を受け取ったレイキンも〈長官も妻も小役人を罵る――が、この罵られた方は文句も言わずに堪えている、これが短編の内容だ。ただ一体、彼はどこでそんな虐げられ忘れられた小役人どもを見るのだろう〉〔II. 1: 402-403〕と揶揄した時には、すでに状況は変容していた。「虐げられた小役人」のタイプは普遍性と一般性の域を超えて文学の中に広がりすぎてしまったので、使い尽くされた通俗的な表現と見なされるようになっていたのである。

それではチェーホフ自身は「小役人」をどのように描いたのだろうか。チェーホフの『小役人の死』（一八八三）に関するミフノヴェッツの次の指摘に目を向けよう。

『小役人の死』の核心部には原因と結果の驚くべき不釣り合いがあることに気がつく。運の悪い、一見小役人らしいイワン・ドミートリィエヴィチ・チェルヴャコーフは、劇場でついうっかり勅任官に向かってくしゃみをしてしまう。しかしながら、短編の読者には、ロシアの文学ですでに有名な「小さき」人々の一員にチェルヴャコーフを位置づけるためのいかなる根拠もないのである。なぜなら彼は劇場の安い席ではなく、値の張る平土間座席の二列目に座っていたのだし、したがって、彼と平土間座席の一列目に座っていた勅任官との間の「社会的距離」は、それほど大きなものではなかったのだから。さらにまた、この勅任官は彼の直属の上司ではなかったということも重要だ。しかしながら、すでに指摘されてきたように、チェルヴャコーフは不可解にも「小さき人」かのようにふるまう。自らのしつこい謝罪によって彼は勅任官の強い叱責を誘発し、そうして自らのイニシアチブによって「虐げられた人」の状態に陥ったのである。(11)

『大尉の軍服』（一八八五）でも仕立て屋のメルクーロフは（チェルヴャコーフと違いげんに「小さき人」の階級にいるにせよ）、〈おれたちは上から四階級くらいまでの旦那のしか縫わなかったもんだ〉[3: 164]とうそぶきながら、実際には九等官の大尉にも進んで追従する。先に代金を支払ってもらうこともできたのに自らそれを断り、結局あとまで代金をもらえなくても、むしろそのことを喜ぶ。

まる一カ月、彼は大尉のところに通い、長い間玄関に座り通して、金の代わりに、とっとと消えろ、土曜日に来い、という挨拶を聞かされていた。しかし、彼はしょげもしなければ、不平も言わず、それどころか反対に……満足さえしていた。彼は長い間玄関で待つのが気に入り、『つまみだせ』という言葉が彼の耳には甘いメロディとも聞こえるのだった。 [3: 166]

アレクサンドルの『仕立て下ろし』の小役人が苦しみに〈耐え忍んでいる〉ことと、チェルヴャコーフやメルクーロフのふるまいには大きな隔たりがある。彼らはB・ゴリツェフが言うような〈不当で不自由な社会階級の悪〉[12]によって「小さき人」の立場に追いやられたのではなく、〈自らのイニシアチブによって〉「小さき人」らしくふるまっている。リンコーフもこのことを、〈チェーホフの人物たちは完全ではなく、代表的ではない〉〈彼らは「小役人」や「八〇年代のインテリゲンツィヤ」ではなく、彼らの「私＝個（Я）」から発生している〉[13]と述べていた。つまりチェーホフは、〈時代遅れ〉で〈あくびを誘う〉タイプを単に再現した兄とは異なり、すでに通俗的な表現へと転じた小役人のタイプをパロディし、利用することで、反対に人物の個性化を志向するのである。したがって、チェーホフのパロディ性は彼の人物造形の手法を検討する上で有効な観点となりうる。次節ではさらに人物の「言葉」と「衣装」に着目して分析を進めていきたい。

2 「言葉」と「衣装」

すでに見たように八〇年代の書き手たちは即物的で写真的な可視性を強調していた。しかし、「あるがまま」の「普通の人」を描くことは、彼らのもとで結果的に、人物の造形を通じて時代的現象を描きかつ解明することに収束してしまう。チェーホフはこれと異なり、『青髭ラウールの手紙』では観相学的解釈を拒み、表層的外面に徹底していた。

とはいえもちろん、即物的な可視性だけがチェーホフの人物像を支配していたとか、彼が人物の内面を単に底知れぬものとして放棄したと言いたいのではない。この問題を検討するにあたって、まずは人物の「言葉」、特に八〇年代の書き手たちの有力な手法であった、特定の社会層に特徴的に見られる言葉遣いの「複製」に注目しよう。

たとえば теперь を тапеapprox と言うような農民や教養の低い層の俗的で口語的な言葉遣いは、チェーホフの創作の前期に頻繁に見られる（『時間の浪費』（一八八五）『猟師』（一八八五）『ふさぎの虫』（一八八六）『早かった！』（一八八七）等）。『大尉の軍服』（一八八五）でも、仕立て屋のメルクーロフは客の大尉に〈閣下さま（ваше благородие）〉と呼びかけ、丁寧さを表す小詞 «-с» を多用し、〈「寸法を少々ばかりとらせていただきましょうか、それとも目測でのお仕立てといたしましょうか」（Прикажете мерочку снять или дозволите шить на глазомер?）〉［3: 165］とへりくだった言葉遣いをする。これに対し大尉は最初からメルクーロフに〈お前（ты）〉と呼びかけ、ぞんざいな話し方をする。両者の言語的特徴は、それぞれの社会的地位に根差していることが分かる。

これらはまさにある社会階層に特有の言葉遣いの「複製」であり、それ以上のものではないかのようだ。しかし、作品の末尾で、軍服の仕立て料を大尉から払ってもらえないばかりか、殴られさえしたメルクーロフを妻がのぞきこむと〈ひどくおどろいたことに、メルクーロフの顔には幸福そうな微笑がただよい、笑っている目には涙が光っていた〉［3: 168］場面に注目したい。


「今こそ本物の旦那方を見るべし、だ！」彼はつぶやいていた。「デリケートで、教養のある方たちでさ……シュプーツェリ男爵に外套をお届けした時も、エドゥアルド・カルルィチの時も、これとそっくり同じことがあったもんだ［……］この方たちに近寄ると、みんな飛び上がるなり、力いっぱい殴りつけるのさ……ああ！　終わっちまったよ、お前、おれの時代は！　お前には何にも分からないだろうけどな！　終わっちまったんだ、おれの時代は！」

メルクーロフは手を振った。石炭を拾い集めると、のろのろと家に向かった。［3: 168］

不当に扱われたり、罵られたり、殴られたりしてもメルクーロフが不平ひとつこぼさず、あまつさえ〈幸福そう〉なのは、それが〈おれの時代〉、つまりペテルブルグで仕立て屋として腕を振るっていた自慢の過去と結びつくためだ。そして、〈「ああ！　終わっちまったよ、お前、おれの時代は！」〉という、妻に向けられた叫びからは、何かの事情でペテルブルグから〈商人と町人だけで一杯の小さな田舎町〉に〈追いやり〉られた、彼の個人的な独自の〈運命〉が感じ取られる［3: 164］。それはあくまでもメルクーロフの「仕立て屋」然とした言葉遣いやふるまいを前提として成り立つものだ。

このことは、山田吉二郎が言うところの〈人物が生動するためには、それが「個性的」である前に、まず「類型的」であることが必要〉[14]だというベリンスキーの考えに近いようにも見えるが、実は少しく異なる。『太った男とやせた男』(一八八三)に注目しよう。


「覚えているかい、君のあだ名を？　君はね、お上の本に煙草で穴をあけたというんで、ヘロストラトスってあだ名されたっけ。僕は僕で、告げ口が好きだからってエピアステスなんて呼ばれてね。ハハ、ハ……子供だったねえ！〔……〕」

「で、君はどうしているの？」と太った男は有頂天になって親友を見つめながら聞いた。「勤めに出ている？　もう勤めあげたのかい？」

「勤めているよ、君！　八等官になってもう二年、スタニスラフ勲章だって持ってるぜ。給料は悪いけど……そんなことはどうでもいい！　女房は音楽のレッスンに出てくれているし、僕は副業に、木製のシガレットケースをこしらえている。すばらしいシガレットケースだよ！　一個一ルーブルで売ってるんだ。十個以上まとめ買いしてくれる人があれば、割引するってわけでね。どうにかこうにか生計を立ててるよ……。本省勤めだったんだけど、今度同じ省の課長として転勤になったんだ……これからはここで勤めるのさ。君の方はどうなの？　もう四等官だろうね、え？」

「違うよ、君、もっと上に見てくれよ」と太った男が言った。「もう三等官まで勤め上げたんだ……勲章も二つ持ってるのさ」

やせた男はとつぜん真っ青になって、石のように硬くなったが、すぐにその顔は広々とした微笑のために四方八方へゆがんだ。〔……〕

「私は、閣下……大変光栄であります！　幼時の友と、まあ言えるわけでございますけども、そのお方が斯様にご高官におなりあそばしたとは！　ヒヒヒ！」「よせやい！」太った男は顔をしかめた。「なんだってそんな口の利き方をするんだ？　君と僕は幼なじみだ――なんだってそんな、上司にへつらうみたいに！」「とんでもございません！　何をおっしゃいます！」と言ってやせた男は、一層身をちぢこめながら、ヒヒヒと笑い始めた。「閣下のご配慮は……命の水のごときものでありまして……〔……〕」［2: 250-251］

偶然に再会した幼なじみの二人は、最初「君（ты）」口調で話し、互いに親しく語らう。しかし相手が自分よりも社会的に高い地位にあることを知ったやせた男は友人を〈閣下（ваше превосходительство）〉と呼び、調子を完全に変えてしまう。注目すべきは、やせた男は初めからそうした調子で話しているのではなく、目の前の相手が〈三等官〉であると気づいた時から〈上官にへつら〉い始める点だ。言い換えれば、〈やせた男〉は自らすすんで「小役人」的人物を演じているのである。ベリンスキーの考えによれば、人物の外的要素は〈蝋人形〉のように正確であるだけでは足らず、作家が〈社会・外的世界の関心〉を内にとりこんで人物をその種の無数の現象全体の代表者たらしめることで、初めて〈生きた人間の顔〉となる。(15) チェーホフの場合、チェルヴャコーフやメルクーロフ、やせた男はあたかも自発的にその種の無数の現象全体の代表者としてふるまう。それでいて、人物が社会階級に根差した言語を正確になぞるほどに彼らの〈生きた〉顔、個人的な部分――ペテルブルグに暮らした過去や幼なじみと過ごした子供時代――が、かすかにではあれ反対に浮かび上がってくるのである。

ある階級に特徴的な言葉の「複製」が人物の個性を内包しつつ、彼が社会的タイプを演じるために働くとすれば、衣服はまさに身にまとい人物を覆うものとして同様の効果を果たす。Γ・Π・コズボーフスカヤとO・A・イリューシニコヴァは、チェーホフの人物造形における衣服の役割について次のように指摘している。

チェーホフの簡潔性は人物造形を作り出すところの諸機能、特に衣服の機能に多くを負っている。〔……〕チェーホフの語りでは言葉の反復が果たす役割は本質的なものであり、その作用中に人物の衣装が現れる。もっともチェーホフのテクストにおいて描写はくり返されるのではなく、変形され、全体的または部分的な間違いをうまく利用する。つまり、基本的な印象はしばしば増強されるディテールによって変えられる。そしてそのようなディテールは人物の自己沈潜のしるしともなっている。(16)

二名の著者が例として挙げている『移り気な女』(一八九二)で、ヒロインのオリガ・イワーノヴナは作品を通しずっと衣服に強いこだわりを見せ、彼女の行動や言動の大半が衣服に関係している。そして彼女の芸術の才能や他のあらゆる魅力は、その衣装の見事さによって象徴されている。夏に結ばれたオリガと画家リャボーフスキーの不倫関係に、秋になり不和が生じる場面に注目しよう。

お茶のあと、彼〔リャボーフスキー〕は陰気な様子で窓辺に座り、ヴォルガ川を眺めていた。ヴォルガはもうきらめきを失い、くすんで、どんよりとして、見るからに寒々としていた。なにもかも、わびしい、陰気な秋のおとずれを思い出させた。そして岸辺の豪華な緑のじゅうたん、ダイヤモンドのような照り返し、すっかり見渡せる青い遠景、あらゆるしゃれたもの、晴れやかなものを自然が今やヴォルガから剥ぎ取って、来春まで箱の中にしまいこみ、カラスまでがヴォルガのほとりを飛び交

いながら、「やーい、裸だぞ！　裸だぞ！」とからかっているような気がした。［8：17］

この情景描写はリャボーフスキーの視点からなされているが、アメリカのチェーホフ研究者キャロル・アポロニオはこの場面について〈チェーホフは［……］視点を巧みに動かし見事な効果を発揮している〉〈冷静な画家の目と画家が「使った」モデル［オリガ］の目を通して見ているうちに、二人と景色の境界がぼやけてくる〉と述べつつ、この場面で〈夏の色模様を剥ぎ取られた川岸〉たるヴォルガは、〈衣服を身に着けず、覆面をせず、不潔な、使い古されたオリガ〉でもあると指摘している。[17] 不倫という道徳的罪の末に、〈春先にやわらかな白い花を満開にした、すらりとした桜の木〉［8：8］のようにも彼女を見せていた〈結婚衣装という美しい外面の殻[18]〉をオリガは失ったのである。この喪失は一時的なものとして回復されるが、作品の末尾、オリガが欺き続けてきた夫の死に際して、彼女の衣装は再びまったく違った風に描かれる。

何の必要もないのに、彼女はロウソクをひっつかむと自分の寝室へ駆け込んだ。そこで、今から何をすべきか考えながら、ついその気もなく、姿見に映る自分の姿に目をやった。青ざめた、恐怖にひきつった顔、袖の短いジャケット、胸元の黄色いひだ飾り、実に風変わりなストライプ模様のスカート、鏡の中の自分が、我ながら恐ろしい、いやらしい姿に見えた。［8：27］

かつて仕立て屋の女主人とあれこれ知恵をめぐらせて、〈染め直しの古着や、役に立たないくらい細切れのチュールや、レースや、ビロードやシルクの端布〉からオリガが作り出していた〈魅惑の品〉は〈衣装ではなく、夢〉［8: 9］であったと書かれているのは偶然ではない。それらの衣装を通じて、彼女は〈芸術家で、自由で、運命に甘やかされた連中〉［8: 8］に囲まれた〈素晴らしい、かわいらしい、まれに見る〉［8: 10］ような女性、〈才能とセンスと知性〉［8: 10］に恵まれ、自身芸術家としての大成が約束されたヒロインという〈夢〉を見、そのように振舞っていたのだから。衣服を通じ人物はここでもまたある種のタイプを自ら演じている。しかし、人生の夢想から醒めんとするまさにその時に、〈風変わり〉で〈恐ろしくていやらしい〉衣服を通じ、そのようなヒロイン像とは相容れない彼女の実態が浮かび上がる。

チェーホフが描く人物の外面的特徴は、われわれが注目した「言葉」や「衣装」の点で言えば、観相学的に〈真と偽をちゃんと弁える〉のに有効なものでも、〈読み切れない〉ものでも、〈読み切れないからこそ［……］「真実」を秘めたものとして延々描写されねばならない[19]〉ものでもない。それは容易に身に着けられ、剥ぎ取られもする一種の「仮面」であった。既存の社会的タイプを演じ、限りなくそれと同一化しているメルクーロフやオリガの人物像には月並みさが感じられる。しかし同時に、たとえ独創的な部分はわずかであるとしても、仮面の下に具体的で個人的な顔もまた存在していたことを強調しなければならない。先に少し触れたようなベリンスキーとチェーホフの違いがここにも見られるからだ。山田吉二郎が言う通りベリンスキーは〈タイプを「ある一人」の克明な描写とする見解を根気よく批判して[20]〉いた。個々の特殊性から出発して一般性を創出することを目指したベリンスキーと異なり、ヴィクトル・テラスの言葉を借りるなら、〈普遍〉ないし〈観念〉としての「タイプ」を背景にして「個別的」事実を浮かび上がらせる、逆方向の動きがここに見出せる。[21]

見てきたように、チェーホフの場合社会階層的「タイプ」はある人物――ひいてはある社会の全体像をあらわにするためにこれから見出されようとするものではなく、既存のものとして機能していた。以下わわれわれは、チェーホフの特徴的なパロディとこのような「タイプ」が人物造形のためにより積極的に用いられた作品例として『決闘』（一八九一）を分析する。

3　『決闘』に見る人物造形の特徴　①「タイプ」と逸脱

O・B・レフコーヴィチは〈「小さな刊行物」への緊密な寄稿〉こそチェーホフの人物造形を方向づけたと指摘しつつ、その特徴を〈姑、小役人、ドイツ人など、予め特徴が予想されるアネクドート的人物像〉〈若くナイーブな娘と独りよがりな金持ちなど、厳密に定められた社会的役割を伴う紋切型的状況における人物像〉〈その人物の社会的地位と行動の不一致の上に滑稽な効果が得られる人物像〉〈嫁と未来の姑、夫と妻、二人の友人、でぶとやせ、美人と不美人など、表面的なコントラストを成す人物像〉に分類している。[22] この分類は八〇―八六年の作品に限ってなされたものだが、中期以降の作品にも当てはまる点は多い。『決闘』について言えば、冷静な動物学者、意志薄弱な貴族の青年など〈予め特徴が予想される〉人物像や、青年と人妻の不倫の末の駆け落ちという〈社会的役割を伴う紋切型的状況における人物像〉、また心根の柔和な軍人や、聖職者の身にありながら滑稽なことが大好きで、決闘の見物に赴く補祭など〈人物の社会的地位と行動の不一致の上に滑稽な効果が得られる人物像〉、さらに行動的な実際家と無気力な夢想家、不品行な若い女性と家庭的な中年女性といった〈表面的なコントラストを成す〉人物像を見出すことができる。重要なのは、こうした分類の根底には大なり小なりパロディ的な性格が存在していることだ。『決闘』の諸人物像は先に見た「隠されたパロディ」を含む複雑なパロディ性によって、「タイプ」と人物に固有の「個性」の高度な混交物となっているというのがわれわれの措定である。

まず、『決闘』の人物の言葉に着目する。ラエーフスキーは自ら〈八〇年代人〉〈農奴制の遺物〉［7: 370］を名乗り、たえず〈ハムレット〉［7: 366］〈オネーギン、ペチョーリン、バイロンのカイン、バザーロフ〉［7: 370］ら文学の主人公に重ね合わせて自己を語る。こうして〈哀れな神経衰弱患者〉〈汚れ仕事に向かない人間〉［7: 356］〈薄命児だ。余計者だ〉〈我々農奴制の出し殻に何を求めようと言うのか〉［7: 370］と言い言いする時、これらの言葉にある通りの「神経衰弱者」、社会が悪いために、社会の中で自分の才能を生かせず自分を持て余している人物、十九世紀ロシア文学中の一典型である「余計者」としてのラエーフスキー像が現れてくる。フォン・コーレンは学術的な専門用語を頻繁に用いる（〈これら色情狂の脳髄には、肉腫のような特殊な腫瘍があって、それが脳髄を圧迫し、精神全体を支配しているのだろう〉［7: 372］）。シェストフが〈フォン・コーレンはまさに講義をしている〉[23]と言うように、言葉は客観的で論理的な学者のタイプとしての彼を作り出す。〈軍人特有の低いしゃがれ声〉［7: 353］で話す軍医サモイレンコの〈連隊を指揮するよう〉［7: 361］な言葉遣いは、彼に粗暴な〈成り上がり士官〉［7: 353］的一面を与えている。あるいはまた、補祭ポベードフの話す言葉は常に宗教的な事柄に関連しており、聖職者らしい彼の一面を作っている。

このよう各人物の言葉の特徴は、社会的立場に根差す「タイプ」に通じている一方で、それとは一致しないような内実をも人物に与えることは興味深い。たとえばサモイレンコが料理をする場面に目を向けよう。

「酢をよこせ」と命令がくだる。「それは酢じゃない、オリーブオイルだ」と地団太を踏んで怒鳴る、「どこへ行くんだ、間抜けめ！」

「バターを取りに、閣下」と、おろおろした従卒が圧しつぶされたようなテノールを出す。「さっさとしろ、バターなら戸棚だ。それからダーリヤに胡瓜の瓶にウイキョウを入れろと言え！　ウイキョウだぞ！　こら、スメタナに蓋をしないか。まぬけ、蠅がたかるだろうが！」［7: 367］

彼の叱咤に家中震えんばかりだ。

〈胡瓜の瓶〉〈ウイキョウ〉〈酢〉といった食材の名前が軍隊式の命令調の中に表れる滑稽さもさることながら、サモイレンコが従卒を〈叱咤〉して料理に奮闘するのは〈町にホテルがないので、よそからきた人や独り者は昼食を食べるところに困りきる〉のに〈同情〉するためなのだ［7: 366］。さらに、出来上がった〈ひき肉の詰め物をしたズッキーニの料理〉を補祭が〈胡椒をかけずに食べ始めたのを見て〉、サモイレンコが〈「胡椒をかけて、胡椒を！」〉［7: 375］と叫び出したりする時に感知されるのは、粗暴な軍人気質ではなく、むしろ〈見かけはいかにも不細工で粗野だが、その実穏やかな、底の底まで善良〉［7: 353］なサモイレンコの気質であり、〈年がら年中誰かしらの面倒を見たり奔走してやったり〉［7: 353］している、世話やきで細やかな彼の個性である。また、ピクニックの場面でのラエーフスキーとフォン・コーレンの会話は次のようだ。

「印象はいかなる描写よりも優れていますよ。印象を通じて万人が自然から受け取る色彩と音のこの富を、作家連中は醜悪なよく分からないものにして言い散らす」

「そうかな？」水際の一番大きな石を選んで、座ろうとよじ登りながらフォン・コーレンが冷ややかに訊ねた。「そうかな」とラエーフスキーをじっと見つめながらくり返す。「じゃ、『ロミオとジュリエット』は？　プーシキンの『ウクライナの夜』は？　自然こそその足下にひれ伏すべきだ」「それはまあ、そうだね」とラエーフスキーは同意した。彼は考えたり議論したりするのが面倒なのだ。「だけども」としばらくして言う、「底を割ってみれば、ロミオとジュリエットとは一体何者だろうね。美しく、詩的で神聖な恋だなんて言ったって、腐れを隠さんがためのバラの花にすぎない。ロミオだってやっぱり、他とちっとも変わらない、動物にすぎないのさ」〔7: 386〕

フォン・コーレンはこれに反発し、〈「人が『葡萄の房はなんて綺麗だろう！』と言うとする。と貴殿は、『うん、だけど咀嚼されて、胃の中で消化される時は実に醜悪だね』と言うんだ。何のためにそんなことを言うのかね？」〉〔7: 386-387〕と話を続ける。やりとりの中で、先に見たような両者の言葉遣いの特徴はさながら逆転している。それによって、文学によって万事を説明することへのラエーフスキーの密かな疑念と、ラエーフスキーに対するフォン・コーレンの理屈では説明のつかないような憎悪という、両者の「タイプ」的イメージと必ずしも一致しない個性が滲み出ている。さらに、補祭の言葉にも目を向けよう。〈信仰は山をも動かす〉と言った直後に彼は笑い出し、〈「どっかのヨボヨボ爺さんが霊感を感じて、たった一言もぐもぐ言う〔……〕そうしたら、何もかもいちどきにひっくり返るでしょうよ」〉〔7: 433〕と言う。先の〈信仰は山をも動かす〉という厳粛で宗教的な言葉と〈どっかのヨボヨボ爺さん〉〈もぐもぐ言う〉といった滑稽な言葉が合わさることで、〈その場に居合わすことは僧侶としてはもってのほか〉〔7: 440〕であると分かりつつ、面白いものを見たいという〈激しく落ち着きのない好奇心〉〔7: 440〕に負けて決闘の現場に足を向けるような、彼の個性が示されているのである。

人物の衣装、たとえばラエーフスキーの「スリッパ」に目を移そう。サモイレンコはラエーフスキーの

〈スリッパの踵の方が垂れ落ちて、靴下の不細工な繕いの跡を見せているあたり〉を見、〈いかにも気の毒だ〉と思い、ラエーフスキーを〈いたいけな子供〉のように感じる［7: 359］。一方フォン・コーレンは同じスリッパについて〈ラエーフスキーなるものは、極めて単純なオルガズムである。彼の精神の骨格は次のごとし。――朝、スリッパと海水浴とコーヒー。それから昼飯まで、スリッパと運動とおしゃべり。二時、スリッパと昼寝と酒〉［7: 371］と述べる。スリッパを通じて、彼はラエーフスキーを怠惰で周囲に悪影響を及ぼす人物だと見ている。また、ラエーフスキーの愛人ナデージダはラエーフスキーを〈潔白で思想的な男〉だと思いつつ、彼が〈二六時中スリッパをぺたぺたいわせ〉る点に、〈単調〉さや〈わがままばかり言ってうんざりさせる〉性質を認める［7: 379］。この意味でラエーフスキーの「スリッパ」は、レイキンの作品に見られたような人物の単なるメトニミー的呼称にはとどまらない。レフコーヴィチもまた『決闘』について、〈衣服の、グロテスクで具体的なディテールは、ある人物が他の人物からどう見られているか、ということと読者の印象において合一する〉[24]と述べている。

衣服に関して自分自身を評価するという場合もある。フォン・コーレンは鏡の前に立って〈自分の浅黒い顔や大きな額や、ニグロのように縮れた黒い髪の毛〉に始まり〈ペルシャ絨毯のように大きな花模様の、くすんだ色の更紗のワイシャツ〉〈チョッキ代わりの幅の広い革帯〉を逐一眺める。彼には〈自分の顔つきや、きれいに刈り込んだ小さな顎鬚や、健康と頑丈な体格の立派な証拠である広い肩幅を見るのが、ひどく楽しい〉。そして〈上はワイシャツの色に合わせて選んだネクタイから、下は黄色い短靴に至るまで〉、自分の衣装は〈洒落ている〉と考え満足する［7: 367］。フォン・コーレンが自らの外見や衣服に健全さと強さを見る様は、〈精神的肉体的に常軌を逸した者〉［7: 431］たちを絶滅させる使命を帯びた強者たる自己を疑わない彼の性質を表している。ただし、一方でこの〈浅黒い額や縮れ毛〉、些か風変わりな感を禁じ得ない〈絨毯のようなシャツ〉は、彼を苦手とし、ついには憎悪の念を抱くラエーフスキーとの和解を拒否する動物学者に困惑する決闘の介添人の目を通して、あるいはラエーフスキーの目を通して、〈頑固で強烈で専制的な性格〉[7: 397] や冷酷さといった別の面もまた描き出す。

さらに、〈サモイレンコは並木道を歩いて行った。でっぷりした堂々たる体躯をまっ白い軍服に包んで、きれいに磨き上げた長靴を履き、リボンのついたヴラジーミル勲章の輝く胸をぐっと張って、いかめしい顔つきで並木通りを歩いて行く時、彼は自分で自分が実に気に入ったし、世間の人もさぞほれぼれと自分を見ているような気がした〉[7: 361] という一文にもあるように、衣服をめぐるまなざしは他者に自らを「見せる」、あるいは他者から「見られる」という行為に容易に転換しうる。この観点では、ナデージダの衣服の描かれ方が特徴的だ。第五章の水浴の場面で、〈仕立て下ろしのかろやかな服を着て、大きな麦わら帽子をかぶった〉ナデージダは、〈麦わら帽子の広い縁が両耳のところでぐっと折れ曲がっているところは、ちょうど小さな箱から人形の顔が覗いてでもいるような具合に、実にかわいらしく見えるに違いない〉[7: 377] と考える。そのため彼女は傍を行き過ぎたヨットの舵手が〈じっと彼女を見ていった〉ように思い、〈人に見られるのが快い〉[7: 381] と感じる。同様にピクニックの場面でも彼女は〈青いパンジーを散らした更紗の安服に赤い靴を履いて、例の大きな麦わら帽子をかぶっているところは、我ながら無邪気でかわいらしくて、身軽でふわふわして、まるで蝶々のよう〉[7: 387] だと思う。彼女には〈男の連中がみんな [……] 自分の後ろ姿に見とれている〉[7: 388] ような気がする。ところが、こののちナデージダの夫が病死していたことが判明し、役人の妻マリヤがラエーフスキーとの正式な結婚を彼女に薦める際に、ナデージダの服装について次のように述べる。

「神様は大罪人には印をおつけになるそうですけれど、あなたもやっぱり印をつけられていたのですよ。思い出してごらんなさいな、あなたのお召し物は、いつもいつもぞっとするようなのばかりでしたわ！」

自分の衣装については常日頃自信をもっていたナデージダ・フョードロヴナは、この言葉を聞くと、泣くのもやめて驚いたように相手を見た。

「ええ、ぞっとするようなのばかり！」とマリヤ・コンスタンチノーヴナはつづけた。「あなたのお召し物の、気取った感じだとか、派手好きな感じを見れば、誰だってあなたのお身持ちが知れます。あなたを見ては皆さんくすくす笑ったり、肩をすくめたりなさるんですもの、私本当に辛くて、辛くて……。それに、ごめんなさいね、あなたって、綺麗好きではいらっしゃらないのねえ！　いつか海辺の脱衣場でお目にかかった時だって、私思わずひやっとしましたのよ。上のワンピースはまだともかくとしても、ペチコートやスリップときたら……ほんとに顔が赤くなりますわ！」［7: 403］

〈町じゅうで〔……〕安上がりに、それでいて優雅でセンスよく衣服を整えられるのは自分ひとりきりだ。たとえばほら、このワンピースにしたって二十二ルーブリしかしないのに、こんなにかわいいんだから！〉［7: 377-378］と自分では評価していたナデージダの服装が、実際には〈気取った〉〈派手好きな感じ〉で、〈不潔な〉（нечистоплотный）ものでさえあったことがここで明らかになる。さらに、警察署長キリーリンから強要された密会をラエーフスキーに知られた後の彼女の様子は次のように書かれる。〈ナデージダは格子縞の毛布に頭からくるまって、自分の寝床に長々と寝ていた。身動きもせず、とりわけその頭の恰好がエジプトのミイラを思わせた〉［7: 439］。『移り気な女』のオリガの場合にも似て、衣装はナデージダ本人が自分をそのように見なしていた〈若くて美しく教養のある女〉〔7: 377〕から、マリヤを始めとして町の人々の目に映っていた〈慎みというものをすっかり忘れ、開けっ広げに風変わりな生活をし、まるで罪が誇りであるかのように、はしゃぎまわったり大声で笑ったりする〉〔7: 402〕不道徳な女へ、そして〈絶望と羞恥のあまり自殺しようが〔……〕みじめに生きながらえようが〉〈死んだも同然〉の〈不幸な罪の女〉〔7: 435〕へと移り変わる、多面的な内面性を表す。

ゴンチャローフの『オブローモフ』(一八五九)でオブローモフの「スリッパ」や「ガウン」は、大西郁夫が分析する通り〈すでに若々しさは失っているが、その本来の善良さという美点は失っておらず、けれども一日中ガウンのままで、怠惰な生活を送っている主人公の言い換え〉[25]、すなわち分身として作中に存在し、オブローモフという人物の一貫性を形作る役割を果たす。これと異なり、ラエーフスキーのスリッパやフォン・コーレンのシャツ、ナデージダの衣装は、ある人物が別の人物を、あるいは自分自身を「見る/見せる/見られる」という行為を軸に、多様で一貫しない人物の内面を描き出す。М・Л・セミョーノヴァは、〈「非常な秀才」で、彼の不幸に同情し手助けしてやりたいという気持ちを起こさせる、インテリできちんとした人間〉〈「気まぐれで放埒で変」ではあるが心根は優しく、インテリで、自らの欠点に苦しんでいるのだから寛大にしてやるに値する人物〉〈無為怠惰、道徳的な無責任さ〉という具合に、周囲の人間の見解から複数のラエーフスキー像が生じることを指摘している[26]。セミョーノヴァの考えによれば、様々なラエーフスキー像には作者チェーホフ自身の評価がひそかに合一されているのだが、いずれにしても複数のラエーフスキー像はどれかが間違っているとか、どれかが正しいとかいう類のものではない。このように、人物が基本的にそのように振舞っている社会階層的「タイプ」が「言葉」や「衣装」を通じてパロディされる結果、それは人物の個別性を示唆するのである。

人物像に直接関わるタイプ的形象の他にも、この作品は先行する文学作品から様々な要素を幅広く取り入れ、パロディしている。たとえばナデージダについてラエーフスキーは〈スペンサーを読み、あなたの為なら世界の果てまでもという女〉[7: 356] と言う。理想を抱く男性に〈世界の果てまで〉ついていく女性の構図は、チェーホフが『無名氏の話』(一八九三) でも取り上げたツルゲーネフの『その前夜』(一八六〇) のインサーロフとエレーナの関係を思わせる。さらに、本作の舞台がカフカスである点は見過ごせない。プーシキンの『カフカスの虜』(一八二二) を先駆けに、トルストイの『コサック』(一八六三) でピークに達した、ロシア文学の一大ブームとも言うべき「カフカスもの」は、険しいが美しい山々、冒険すべき未開の地、土地の娘との刹那的な恋愛、異国の地での囚われの身分などの諸々のカフカス・パターンを生み出した。『決闘』にもそれらが感得されるのだが、注目したいのはカフカス空間をめぐるイメージが各々の人物に個別の形で現れる点である。〈唸りださずにはいられない〉[7: 385] ような壮大で魅力的な自然としてのカフカスが強調されるのは、サモイレンコやマリヤ・コンスタンチノーヴナなどこの地に馴染み、腰を据えて生活している人物にとってである。単に称揚し感嘆を誘う自然ではなく、それを見て、知るべき未開の土地としてのイメージでカフカスが立ち現れるのは、この地に〈海洋の動物相を研究する〉[7: 398] 目的をもってやってきた動物学者フォン・コーレンにとってだ。ナデージダにはカフカスの〈潮騒〉も〈宵闇〉も〈山々〉も〈恋せよとささやく〉[7: 379]。ここへ来る前に彼女が描いていた新生活への夢想の名残とカフカスのロマンチックなイメージが融合し、彼女を戯れの恋の欲望へと誘う。彼女をめぐる恋模様にアルメニア人の青年アチミアーノフが参加していることは、「カフカスもの」における土地の乙女との恋愛と相似している。〈さびれた海辺、耐え難い炎暑、それにいつ見ても黙々と同じ姿をして永遠に孤独な、紫がかった灰色の山々の単調さ〉が〈八方から取り囲〉んでいると考えるラエーフスキーの場合は、〈囚人〉〈看守〉という言葉を通して人を捉え閉じ込める地としてのカフカスのイメージが強調されている［7: 364-365］。

このように各人物に個別の形でカフカスの先行イメージを描くと同時に、チェーホフは特にラエーフスキーとナデージダを通じてこの空間から文学的ロマンチズムを取り除いてもいる。そのことを浦雅春は〈「ロマンチズムの聖地」〉で二人を出迎えたのは、〈思い描いていたもの〉ではなく、〈「山と荒地」ばかりの［……］現実〉だったと指摘している。(27) 実際、ナデージダはこの土地について次のように思いをめぐらせる。

> カフカスへの道中では、第一日目からもう海辺にひっそりした家が見つかる。木陰があって、小鳥も来て、小川も流れるそこの小庭に花や野菜を植えるのも良い、家鴨や鶏を飼うのも良い、隣人を招いたり、貧しい農民を治療したり、本を分けてやるのも良い、そんな気がしていた。ところが、カフカスとは禿山と森と巨大な渓谷ばかりで、気長に土地を選び、汗水して耕さなければならない場所だった。おまけに隣人など居ないし、大変な暑さで、追いはぎにさえあいかねない。［7: 378］

ラエーフスキーにおいても、かつてカフカスに抱いた〈生活の俗悪と空虚〉［7: 363］からの救済というイメージはのちに一八〇度転回する。

> 奇跡的な世界が存在し得るのはここではなく、つまり、飢えたトルコ人や怠惰なアブハジヤ人がうろついているこの海辺ではなくあそこ、そこにはオペラも、劇場も、新聞もあり、あらゆる種類の知的

労働がある北方なのだという風に彼には思われた。正直で、知的で、高尚で、そして誠実な人間になることができるのもあそこだけで、ここではないのだ。［7: 362-363］

そして、自分は〈毛皮外套にくるまって、ナデージダ・フョードロヴナと腕を組んでネフスキー大通りをぶらつきながら、南の国を夢見〉［7: 356］ていたにすぎないと告白する。「カフカスもの」が〈「リアリズム」の用語と入れかわるかのごとく〉一八四〇年代後半から下火となった後、むしろそれゆえに〈カフカスものの記憶がロマン主義やそのエキゾチシズムと強固に結びつ〉き、〈以後、ロシア文学でカフカスがとりあげられる際には、すべからくそうした連想をともなう〉[28]ことになったと乗松は指摘するが、ラエーフスキーとナデージダをカフカスに向かわせたきらびやかな空想は、まさにそのようなものではなかったか。この意味で、本作のカフカス表象は〈固有の民族的、精神的、日常的内容を有していない〉、つまり現実的正確さを有していないというグールヴィチの指摘は正しい[29]。中村唯史の言う〈ロシア文学の内で発生し、ロシア人の意識に根づいたもの[30]〉としてのカフカス表象をチェーホフは用いたのである。

K・D・クラマーは「カフカスへ行き、勤労生活を送る」というラエーフスキーの行動に『コーカサスの虜』（一八二二）の主人公、『現代の英雄』（一八四〇）のペチョーリン、『アンナ・カレーニナ』（一八七五―七七）のヴロンスキー、『その前夜』のインサーロフなど、先行するロシア文学の主人公の行動の反映を見ている[31]。だが、〈自分の才能があたらこの土地のために埋もれてしまっている［……］このラエーフスキイの論理には、己れの才能を生かす地を求めて各地を転々と流れ歩くルージンの論理が重ね合わせられている〉〈しかしこのラエーフスキイは借金のためにコーカサスから身動きのとれぬ状況に置かれている（実際、ルージンも人からよく借金をするが、それがダーリア・ミハーイロヴナ邸を辞去しようとしている彼の妨げになるようなことはない[32]〉という浦の指摘もある。ペテルブルグで夢見られた〈南の国〉が現実のカフカスと等しくないのと同様、そこに戻りさえすれば万事うまくいくとラエーフスキーが思う〈オペラも、劇場も、新聞もあり、あらゆる種類の知的労働がある北方〉もまた、現実のペテルブルグではない。ラエーフスキーはそのことを〈用心深く自らに隠している〉[7: 414]、つまり、理想的な〈あそこ〉は彼が語る、あるいは内心で考える言葉の内にしか存在しないことを実際には自覚している。そして、周囲の環境がますます耐え難いものになっていき、現実と直面せざるを得なくなっていくにしたがって、彼は借金を申し込んだり、せめて黒海東北岸まで行く計画を思いついたりして余計に奔走する。しかし結局ラエーフスキーはカフカスを出て行くことなく、ナデージダとともに土地に残る。僻地や理想の地に実際に赴いたり、そこから立ち去ったりする既存の文学の主人公とラエーフスキーはこの点で大きく異なっていることを強調しておきたい。

ラエーフスキーとフォン・コーレンの間の不和はピストルの撃ちあいによる決闘という形で頂点に達するが、「決闘」もまた、「カフカス」と並んで作品に取り入れられている文学的伝統として、この行為をめぐる諸人物の個別の態度と結びついている。ところでM・ユージヌィによれば、本作の決闘には〈いかなる明確な原因も存在しない[33]〉。ロシア文学・文化において決闘とは、侮辱を受けた者と侮辱した者の間で生じる、名誉を懸けた行為であるはずだが、ラエーフスキーは直接フォン・コーレンを侮辱してはいない。彼が侮辱的な言葉を放ったのはサモイレンコに対してであり、そのことは了解されている（〈僕［サモイレンコ］があの男［ラエーフスキー］を侮辱したんじゃない、あの男が僕を侮辱したんだ〉[7: 434]。あるいは反対にラエーフスキーが侮辱を受けたとすれば、それはサモイレンコやフォン・コーレンによってというよりもむしろ、彼の愛人ナデージダと密通していた警察署長キリーリンによって侮辱されたというべきだ。それにも関わらず決闘はラエーフスキーとフォン・コーレンの間で行われる。このように本作の決闘はそもそも奇妙な形で生じている。

『決闘』で一度ならず「オネーギン」の名が作中に登場すること、加えて決闘行為を大きく扱った先行作品である点からして、『エフゲーニイ・オネーギン』における決闘のありさまを一瞥し、本作の場合と比較してみたい。ロートマンによれば、オネーギンとレンスキーの決闘に際して〈流血を招くような侮辱はなかったのであり、十八歳のレンスキー以外の皆がことは誤解にもとづくものであることをはっきりと知っていた〉。それゆえオネーギンと介添人のザレツキーは〈双方とも、決闘の規則を破っている〉。オネーギンは〈自分が意志に反して陥ってしまったと同時に、まだその深刻さを信じていない出来事にたいして、いらだった軽蔑を誇示する〉ためにそうするのであり、ザレツキーは〈決闘を、ときには流血も招くとはいえおもしろい出来事、流言や冗談等々の対象とみていた〉ためにそうする。それでもとにかく決闘は行われ、結果オネーギンはレンスキーを殺してしまう[34]。しかもオネーギンは〈彼〔レンスキー〕を愛しており、彼を狙いながらも傷つけたくはなかった[35]〉というのに、そうなるのである。これは、〈これ見よがしなはずし〉は新たな侮辱を生み出すので和解をもたらし得なかったことに加えて、〈世論を形成していた決闘好き伝説は、殺された者ではなく殺した者を詩化していた〉ためでもあった。すなわち『オネーギン』における「決闘」を通じて、〈自分の人格を外面的に均一化するあらゆる形式を退けて〉いるにも関わらず〈ザレツキーや「世論」が彼に無理強いする行動規範の押しつけを、自分の希望に反して受け入れると、すぐさま意志を失い、決闘という個性なき儀式の人形になっていく〉ようなオネーギンの内面性が理解されるのである[36]。

これを踏まえた上で、決闘前夜から銃を撃つ瞬間に至るまでのフォン・コーレンとラエーフスキーの態度に目を向けよう。前日にはフォン・コーレンは〈決闘はどうにもなりやしないよ。ラエーフスキーは寛大に空を撃つだろう、彼には他に仕様もないし。僕の方は、まあ、まったく撃たないつもりだ。ラエーフスキーのために裁判にかけられて、時間を浪費するのは割に合わないからね〉［7: 434-435］と冷静さを示す。一方ラエーフスキーは〈手か、足を狙い撃って怪我をさせてやろう。それから笑いものにしてやればいい〉［7: 427］と考える。ところが、実際に決闘をする段に至ると、両者の態度は逆転する。ラエーフスキーは〈もし彼［フォン・コーレン］が罪は僕にあると断じるのであれば、僕はいつでも謝罪します〉［7: 446］と言い、撃ち合いを避けようとする。しかしフォン・コーレンは周囲の説得にも耳を貸さず、〈僕は決闘を望む！〉［7: 446］と感情的に叫ぶ。そして銃口を相手に向けたその瞬間にフォン・コーレンは激しい興奮状態に陥り〈あいつを殺してやる〉［7: 448］と考える。一方、ラエーフスキーは相手の殺意を理解しながらも、〈神秘的で、不可解で、おそろしい〉［7: 448］決闘の力のために、硬直して銃口に身をさらす。ここには、〈人びとを引き寄せながらも、彼ら自身の意志を奪い、玩具や自動機械に変えてしまう(37)〉演技的「論理」としての決闘の伝統的性格の反映が見出される。しかしながら、冷静に謝罪を申し出るラエーフスキーと流血を望むフォン・コーレンのコントラストは、「言葉」や「衣装」をめぐって見られたような彼らの内面的な個性を再び浮かび上がらせるものであることにも留意すべきだろう。

本作の決闘の最大の特徴が儀式としての暗い力にではなく、一貫して笑いにつきまとわれている点にあることはいっそう注目に値する。ラエーフスキーは決闘前夜に介添人と夕食を取るが、その席では〈大いに冗談が飛びかい大いに笑いあった〉［7: 427］。いざ決闘が始まった際にも、緊張感が高まる一方で居合わせた全員が笑い出す一幕がある。

士官ボイコが箱からピストルを二挺取り出し、一挺はフォン・コーレンの手に、一挺はラエーフスキーの手にわたされた。そこでちょっとごたごたが起こって、しばらく動物学者や介添人たちを笑い興じさせた。というのも、居合わせた連中は誰一人として、生まれてこのかた決闘に立ち会ったことが一度もなかったので、どういう具合に立ったらいいのか、介添人は何を言い何をするべきなのか、誰もよく知らないことがわかったからである。〔……〕

「諸君、レールモントフになんて書いてあったか、覚えている人はいないか」とフォン・コーレンが笑いながら聞いた、「ツルゲーネフにもバザーロフが誰かと撃ち合うところがあったが……」〔7: 446-447〕

このことから分かる通り、『大尉の娘』（一八三六）のグリニョフ、あるいは『戦争と平和』のピエールとは異なって、ラエーフスキーとフォン・コーレンという形式的対立者は名誉回復という決闘の根本的機能とその伝統の厳粛さを重視していない。フォン・コーレンが撃ち合いの実行を要求することにしても、それは〈決闘は愚かで欺瞞的〉だからこそ、それを〈より愚かで欺瞞的にするべきではない〉〔7: 446〕と考えるためにすぎない。そして過去の文学作品は、ここで現実味を欠いた出来事を説明するための道具として〈笑いながら〉想起されている。つまり本作の「決闘」は、人を支配する不可解な儀式としての伝統的性格を残しつつも、八〇年代から九〇年代にかけて決闘反対論者たちが主張していた、形骸化した時代遅れの行為としての決闘の無意味さや滑稽さを広く反映する形でパロディされている。面白い見ものを笑い、楽しむつもりで決闘の現場に向かう補祭の行動にもそのことはよくあらわれている。

これまでの部分で、『決闘』の人物の「言葉」と「衣装」は社会風俗的「タイプ」によく一致する一方で、逸脱する面も持ち合わせていること、そのような逸脱は、複数の作家や作品をまたいで、あるいは複数の時代や社会をまたいで定型的表現と化した「カフカス」や「決闘」に対するパロディを通じさらに強調される場合があることを分析してきた。浦は本作のパロディ性の特徴について〈この作品でチェーホフの意図はたえず二重に成層化している。主人公の対立を描きながら対立をパロディ化する、決闘を描きながら決闘をパロディ化する、《思想》を描きながら《思想》をパロディ化する[38]〉と述べている。そのような〈二重の意図〉を用いてチェーホフが描いた本作の人物造形の特質をより明らかにするために、次節では特にラエーフスキーとフォン・コーレンの人物像に絞って議論を進めていく。

4 『決闘』に見る人物造形の特徴 ②変化する人物像

本作の諸人物像をめぐって、チェーホフがなんらかの思想の体現者として人物を描くことで自らの立場や意見をひそかに表明しているという見方がしばしばなされてきた[39]。たとえばΓ・ベールドニコフは、互いに対する愛情を失った状態で同棲を続けるラエーフスキーとナデージダが、トルストイの『クロイツェル・ソナタ』(一八八九)に対する論争的解答と受け取られたことを指摘している[40]。人物と既存思想の結びつきに関してより支配的な解釈であったのは、〈一片の土地を買い入れ、額に汗して働こう、ぶどうもこさえよう、それに畑も〉[7: 355]という台詞もあるラエーフスキーが、文明を否定し勤労生活を送ることを信条とするトルストイの思想を体現し、対して、その彼を憎み、〈われわれの知識及び事実の明白さは、精神的、肉体的異常者が人類を脅かしていることを告げている。そういうことなら、その異常者と闘うのがいいのだ。彼らを正常にまで高めることはできないとしても、彼らを無害にする、つまり絶滅せしめるくらいの力ならあるだろう〉[7: 431]と言ってはばからない動物学者フォン・コーレンが、社会ダーウィニズムの極論たる優生思想を体現するという見方である。

しかし、ラエーフスキーがカフカスに思い描いた勤労生活は初めから実態を伴わない夢想であったことはすでに述べた。また、渡辺聡子はラエーフスキーの発言に恣意的で妥当性を欠く傾向が認められることを根拠に、彼がトルストイの思想を我流に歪めて受け取っていると指摘している。[41] この「歪み」はたとえば次のように描かれる。ラエーフスキーは〈今までに読んだ女性や恋愛についての反対論のことごとくが、この上ないほど自分とナデージダとその夫の場合に当てはまって見える〉[7: 362] ことを理由にナデージダに嫌悪感を抱く。ナデージダの〈白い首筋とうなじを這う巻き毛〉が彼には〈何より気に入らない〉のだが、そのことを〈夫への愛の冷めたアンナ・カレーニナ〉が夫の耳に抱く嫌悪と比べて、〈正しい！実に正確だ〉と思う [7: 362]。このようにラエーフスキーはトルストイの思想、あるいはその否定の教義の奥深いところを理解しているわけではなく、ナデージダに対する自己の否定的な感情と無責任さを正当化するために、トルストイの作中人物の感情を無批判に持ち出しているにすぎない。

フォン・コーレンについても渡辺は〈フォン・コーレンの議論は一見理路整然としているように見えるが、実に短絡的である。彼はラエフスキーの有害性について、①カルタ②酒③不倫④思想家きどりと列挙して、加えてこれらの特徴が伝染性が強く、また彼が女性にもてるので似たような子孫を多く残すという理由から、一足とびに「人類の敵」という結論を導くのである。これは、社会ダーウィニズムそのものの短絡性でもあるが、彼はこの見地を固く信じていささかの動揺もない[42]〉と述べる。この点に関連して、А・Д・ステパーノフの次の指摘は興味深い。

宗教は科学によって変更されなければならない、とフォン・コーレンは直接的に宣言している。彼の考えでは、キリストの教えは「人文科学的」意義であり、それゆえ様々な解釈——不公正なものも非理知的なものも——許す〔……〕科学の進歩に対する**信仰**こそが、宗教に対立する〔彼の〕説教の基礎なのである〔……〕科学は容易に信仰に変わる(43)。

実際に、〈「原始時代の人類は生存闘争や自然淘汰のおかげでラエーフスキーのごとき手合いからまもられていた。今やわれわれの文化は著しくこの生存競争および自然淘汰を弱めたので、われわれは自ら、虚弱者、不適者の絶滅を気にかけなければならなくなった。さもなければ、ラエーフスキーのごとき手合いが繁殖を遂げた時には、文明は滅び人類は完全に退化するだろう」〉〔7: 375-376〕というようなフォン・コーレンの断言からは、「弱肉強食」や「優勝劣敗」という誤った形で理解され歪められた進化論（＝社会ダーウィニズム）に対する盲目的な〈信仰〉が感得される。〈虚弱者、不適者の絶滅〉なる責務でもって、彼は〈ラエーフスキーのごとき手合い〉に対する自らの熱狂的なまでの憎悪を正当化している。

人類の発展と文明の担い手である〈われわれ〉と〈ラエーフスキーのごとき手合い〉を区別するフォン・コーレンや、〈「彼は素晴らしい人物だ。でも彼と仲良くするのは僕には無理だ。無理だとも！　性質が違いすぎるんだ」〉〔7: 397〕というラエーフスキーの発言に見られる互いの相異の強調にも関わらず、彼らは既存思想の枠組みに頼って自らの行為を説明する点で似通っているのだ。リンコーフもこのことを〈非の打ち所のない規範的な言葉によって整然と順序立てられたフォン・コーレンの哲学は、理論家たる彼自身から自らの行為の意味を隠すことで重大な役割を演じた。まさにこの点において、ラエーフスキーとフォン・コーレンという敵対する両者は完全に相似している。ラエーフスキーは自らのだらしなさを正当化するためにプーシキンやツルゲーネフの長編を引用し、フォン・コーレンは、身近な人間に対する自らの個人的な敵意を、堕落させる人々から社会を救済しなければならないという理論でもって覆い隠している(44)〉と述べている。

注目すべきは、彼らは「実は似ていた」というだけでなく、物語の進行中に似始め、変化し始めるということだ。決闘の前夜ラエーフスキーが〈「あの紳士さんを懲らしめてやらなければ」(Надо этого господина проучить)〉［7: 427］と言い、フォン・コーレンも〈「あの若造を懲らしめてやるといいんだが！」(Хотя следовало бы проучить этого молодца!)〉［7: 435］と言う時、両者の言葉が相似している。さらに、この決闘において、ラエーフスキーとフォン・コーレンが二人とも「モグラ」に喩えられることに触れておきたい。フォン・コーレンは「モグラ」について次のように言う。

「面白いのは、二匹のモグラが地下で出くわすと、二匹とも申し合わせたように小さな広場を作り始めることだ。闘いやすいようにこの広場が必要なのだね。それを作ってしまうと、モグラは容赦ない戦闘に入り、弱い方を打ち倒すまで戦い続ける」［7: 407-408］

この話を聞いていた補祭は、決闘の現場を見物しながら〈一同の沈黙の中、それぞれの位置についた〉〈敵同士〉であるラエーフスキーとフォン・コーレンを見て、〈『モグラだ』〉と思う［7: 447］。二匹の「モグラ」による〈容赦ない戦闘〉は、ダーウィンの言う〈一番厳しい闘争〉、すなわち〈同じ場所にいて、同じ食物を必要とし、同じ危険にさらされている〉〈同種の個体間〉［126］で行われる闘争のことを思わせる。確かに些細な点には違いないが、一方が〈青白い顔〉〈落ちくぼんだこめかみ〉［7: 359］をして一方が〈浅黒い顔〉〈大きな額〉［7: 367］であるといった外見的な対照にも関わらず、ここで両者は比喩の上では〈同種の個体〉になるのである。

好奇心から場に居合わせた補祭の叫び声に偶然注意をそらされたために、フォン・コーレンがラエーフスキーを殺さず、その結果として、ラエーフスキーが生き続けることに目を移そう。決闘の後、最終章でラエーフスキーは次のように描かれている。


ラエーフスキーが決闘後すぐに引っ越した、窓の三つある小さな家の前に通りかかると、フォン・コーレンは窓を覗いて見ずにはいられなかった。ラエーフスキーは窓に背を向けて机にかじりつき、書きものをしていた。

「驚くよ」と動物学者は小声で言った。「すっかり自分を縛り上げたものだ！」

「うん、まったく驚きだよ」とサモイレンコは溜息をついた、「ああやって朝から晩まで座りっぱなしで、働いているんだ。借金を払いたい一心にね。暮らしときたら、君、乞食よりひどいもんだ！」

半分間ほど沈黙のうちに過ぎた。動物学者も軍医も補祭も窓の下に立って、じっとラエーフスキーを見ていた。

「とうとうここから出て行かなかった、かわいそうに」とサモイレンコが言った。「覚えているかい、どんなにあの男がそのために奔走したか？」

「ああ、ひどく自分を縛りあげたもんだ」フォン・コーレンはくり返した。「結婚はする。一切れのパンのために一日中働く。顔や、それどころか歩き方にまで何やら新しい表情が見える。こうしたこと全部が、あまりにあり得ないようなことだもんだから、僕にはなんと呼んだらいいか分からないほどだ」

[7: 451-452]

世の批評はこのようなラエーフスキーの道徳的転回におしなべて不満を表明した。たとえばシェストフは、作者が同時代の〈実証主義的理想論者を怒らせるのを恐れた〉ために、純粋科学の徒と余計者の決闘の果てに前者が後者を〈改心〉せしめるという〈理想主義的〉で〈御芽出度い平凡な結末〉を導いたと非難した。[45]

しかしながら、フォン・コーレンが純粋な科学の徒としてのみ描かれているわけではないことはすでに確認した。批判の矛先の大半は、ラエーフスキーの変化が予定調和的だということよりはむしろ、唐突で根拠が薄いということの方に向けられていた。プレシチェーエフは〈中編の結末は完全に不明瞭〉であると述べた上で、〈全登場人物の関係における、この予期せぬ突然の変化〉の根拠に対する説明をチェーホフに求めた。プレシチェーエフの考えでは、〈作品はあまりにも気まぐれなかたちで終わって〉いた［7: 704］。

〈全登場人物の関係における〔……〕予期せぬ突然の変化〉という言葉に表れているように、あるいはまた、〈ラエーフスキーがナデージダの裏切り〔キリーリンとの密会〕を確信した後で彼女こそ彼にとって最も近しい人間だと悟る〉ことを正当化する〈明確な根拠〉がないと批判したП・А・ヴォエヴォドーフスキーにも感知されるように、[46] 問題にされているのはラエーフスキー一人の変化だけではなく、〈登場人物の関係〉の変化でもある点を強調しておきたい。先の引用に続く、補祭とフォン・コーレンの次のような場面に目を向けよう。

「なんという人たちだ！」補祭は後ろからついて行きながら、小声で口走った。「ああ、なんという人たちだろう！〔……〕ある一人が千人に打ち勝ち、またある一人は一万に打ち勝つ。ニコライ・ワシーリィチ〔フォン・コーレン〕」と彼は有頂天になって言った。「ねえ、あなたは今日人類の敵の中でも最も偉大なものに打ち勝ったんですよ――傲慢に！」

「何をばかな、補祭君！　僕や彼がどんな勝者なものか。勝者ならワシのごとく見えるものだ。ところが彼はみじめで、おどおどして、打ちのめされていて、中国人形みたいにぺこぺこして……。で、僕は……僕は憂うつなんだ」

〔7: 453-454〕

これまでに見てきたように、ラエーフスキーは「余計者」に自らをなぞらえたり、トルストイの作中人物に自分を重ねたりして現状を正当化していた。フォン・コーレンも同じく、人類の発展の推進者として振舞うことでラエーフスキーに対する冷酷なまでの嫌悪感を理由づけていた。しかし決闘行為を経て、自他に隠していたそれぞれの内実が浮き彫りになると、ラエーフスキーは大きく、フォン・コーレンはいくらか変わる。それに伴い両者の関係にも変化が生じ、最終章で二人は互いに敬意を払い気を遣いあっている。彼らは〈傲慢〉に〈打ち勝った〉という補祭の言葉はこのことを指していると考えられる。しかしながら、道徳的に更生し立ち直ったはずのラエーフスキーはぎこちなく、おずおずと萎縮し、みじめな有り様でいる。ラエーフスキーと同じように、フォン・コーレンもまた〈勝者〉として描かれてはいない。ラエーフスキー夫妻にかける言葉を見つけられずにいるフォン・コーレンの様子は、作中ずっと確信をもって自説を展開していた彼の姿と違っている。この結末において、彼らは一番似通っているのである。フォン・コーレンがラエーフスキーに別れを告げる場面を取り上げたい。

「どうか僕のことを悪く思わないでください、イワン・アンドレィチ〔ラエーフスキー〕。過去を忘れてくれと言うのは、勿論、できぬ相談です。それはあまりにも悲しすぎたし、それに僕がここへ来たのも、謝ったり、あるいはまた、僕は悪くなかったと言ったりするためじゃないんです。僕は誠意をもって行動したのですし、あのこと〔決闘〕以来も自分の信念は変わっていません。……確かに、今喜ばしくも目の当たりにしている通り、僕はあなたに関して間違っていた。しかし平坦な道でもつまずくことがあるように、人間の運命もそうしたことで、大体において間違わないにしても、部分部分においては間違うことがあるものです。誰も本当の真理を知る者はいません」

「ええ、誰も本当の真理を知る者はいません……」とラエーフスキーが言った。〔7: 452-453〕

〈誰も本当の真理を知る者はいない〉というフォン・コーレンの言葉をラエーフスキーがそのまま引き継ぎ、この後の場面でラエーフスキーは自分の言葉としてこれを二度くり返す。決闘を経て二人の言葉は同じものとなるのである。再びリンコーフによれば、この〈誰も本当の真理を知らない〉という言葉が、二人の主人公の自己および互いに対する幻想の終局である[47]。つまり、〈今喜ばしくも目の当たりにしている通り、僕はあなたに関して間違っていた〉とフォン・コーレンに言わしめるラエーフスキーの変化、あるいは自らの非を認める、かつてなかったフォン・コーレンの態度は、既存の社会階級的タイプ、文学的イメージ、思想など諸々の枠組みを通じて自他に見せていた彼らの人物像が崩れたところに、われわれの前に、見知らぬ新しい彼らの顔として垣間見えているのだ。

フォン・コーレンとラエーフスキーが〈同時にこの町に来た〉〔7: 370〕と書かれていること、結末でラエーフスキーの代わりのようにフォン・コーレンがカフカスから去ることは、偶然とは思われない。両者の関係は断絶した相違というよりは、今見る限りでは大きく分岐しているものの、基本のどこかには相似する部分が感知される関係であり、それが物語の進行中に表面化するのである。互いの言葉や行動を映し合うような関係はフォン・コーレンとラエーフスキーの間だけではなく、〈キリーリンとアチミアーノフは嫌悪すべき連中だ。しかし彼らは、自分が始めたことの続きをしただけではないか。彼らは自分の共犯であり、追随者なのだ〉［7: 437］という形で、他の人物とラエーフスキーの間にも生じている。キリーリンとアチミアーノフを「道徳的に転回しなかったラエーフスキー」像として捉えるならば、現在進行形で分岐が生じていることになろう。今目に見える差異を作り出した、共通する部分からの分岐が物語開始以前の時点ですでに生じたものであったり、進行中のものであったりすることは興味深い。ミシェル・フーコーは〈諸器官は同一性の知覚しえぬ中心から出発して配置され、そこから遠ざかるにつれて［……］変異の可能性、区別される諸特徴を次第に数おおくおびていく〉(48)と言ったが、この言葉を借りて言えば、チェーホフは〈同一性の知覚しえぬ中心〉はそれとして置いたまま、そこから分岐してきた末端の〈変異の可能性〉と〈区別される諸特徴〉に目を向けている。さまざまな要素の複合した「型」として人物像を描く一方で、同時に「型」から逸脱する部分をパロディ的に彼は描く。Ｂ・Ｂ・カミャノフはチェーホフの人物造形において〈タイプ性の破壊〉ののちに〈自律的個のエネルギー〉(49)が発生すると述べた。われわれの言い方で言えば、逸脱する部分が人物の関係性の変化において、密かな共通点を通じて拡大しついに「型」が破綻する時、個としての資格で人物に変化が生じるのである。

　だが、この変化の性質に注意しなければならない。ロシアの作家それぞれの人物像の変化（あるいは非変化）の特徴について、ゴールンフェリトは述べている。

ツルゲーネフの作品には主人公の歴史がない。主人公は発展がなく静的だ。ツルゲーネフは自分の主人公の履歴を細かく叙述するが、それは彼らの歴史ではなく、前歴である。リーザとラブレッキー、ナターシャとルージン、バザーロフとスサンナは成長せず、生まれ変わりはせず、高まるということはない。長編の最初で彼らがそうであったような者に、結末でも彼らはとどまっている。(50)

チュダコフもまたツルゲーネフを〈予め性格づけを行うタイプの物語形式の主たる創始者(51)〉であると認めている。ツルゲーネフの人物は既定の性格づけの枠内で行動しており、変化することはない。これに対しトルストイとドストエフスキーの人物には変化があるとゴールンフェリトは言う。トルストイにあっては〈個々の人物の性格設定のあれほどの明確性にも関わらず〉変化は〈集団的〉〈社会的〉なものとして描かれる。ドストエフスキーにあっては〈高まりの出発点〉に先行する〈落下〉、すなわち個人の〈意識と、不道徳さと犯罪――自らの意志、抑えきれない情熱、違法なまでの知的・インテリ的「傲慢さ」のためにその中に彼が落ち込む犯罪〉の深淵を前にした〈良心の爆発〉という形で変化が描かれるのだが(52)、いっそう重要なのは次の指摘である。

しかしながら、多くの相反する点があっても、ひとつの点では両者は似通っている。人物が開眼するのは、この開眼から何かが生じるためだという点だ。彼は単に開眼するのではない――彼は新しい生に生き返るのである。何人かの、より弱い人物たちは死ぬ――ニコライ・スタヴローギンやアンナ・カレーニナ、フェージャ・プロターソフなど――しかし〔開眼のあと〕小説の終わりまで広く、幸福をもたらすような人生はピエールとリョーヴィンの前にだけでなく、ラスコーリニコフの前にも、アルカージー・ドルゴルーキーの前にも、ミーチャ・カラマーゾフの前にも広がっている。

チェーホフにおいても同様に人物の、あらゆる開眼がある――彼はただその開眼についてのみ書いた。しかし開眼者はその時点にとどめ置かれる。この時点でわれわれはチェーホフの人物たちと別れ、この開眼から何も生じないこと、この開眼によって、悲しい、まれには喜ばしい、しかし常に孤独な熟考でもってすべてが終わることを知っている(53)。

この指摘を踏まえ、『決闘』の最後に置かれた、ラエーフスキーの次のようなモノローグに注目したい。

『誰も本当の真理を知る者はいない』とラエーフスキーは、外套の襟を立て両手を袖口に差し入れながら思う。

ボートは素早く埠頭を回って、沖へ乗り出した。波間にかき消えた、がすぐさま谷の底から高い丘へせり上がったので、乗っている人の姿だけでなく、オールの形まで見てとれた。ボートは三サージェンほど前に進んでは、二サージェンほど投げ戻された。

『そうだ、本当の真理は誰にも分からないのだ……』とラエーフスキーは、荒れる暗い海を哀しげに見やりながら思った。

『ボートは投げ戻される』と彼は思った。『二歩進んでは一歩戻る、だけど漕ぎ手は頑強だ、たゆまずオールを動かして、高い波も恐れはしない。ボートは前へ前へと進んでいる、ほらもう見えなくなった。〔……〕人生でも同じだ……人々は真理を探して二歩前へ進んでは、一歩戻る。悩みや、失敗や生活の倦怠が彼らを後ろへ投げ戻すが、真実への熱望と不屈の意志が、彼らを前へ前へと追い立てている。誰にも分からないじゃないか？　もしかしたら人間は本当の真理に泳ぎ着くのかもしれないのだ……』　［7: 454-455］

社会的な階級差（トルストイ）であったり、歴史文化的階級差であったり（ツルゲーネフ）思想的階級差であったり（ドストエフスキー）、ヴァリエーションは様々であれ、チェーホフ以前のロシア古典文学はおしなべて階級的であった。これに対し、〈チェーホフの見方からすれば、評価したり研究したりする際に不可欠なのは「この」人間であって、その人の社会的役割や地位ではない〉こと、そしてチェーホフは平均的な日常の相において彼らを描き出すことをスヒフは指摘している[54]。平均的な日常に置かれるからこそ、ラエーフスキーはスタヴローギンやアンナ・カレーニナが手に入れた劇的な死を経験しない。一方で荒海の中に消えるフォン・コーレンも、ピエールやミーチャのように幸福な未来を約束されていない。作品の結末でラエーフスキーは〈誰か〉や〈人々〉〈彼ら〉〈人間〉について考えてはいても、自分自身について、彼の変化については考えていないことを強調しなければならない。〈人間は本当の真理に泳ぎ着くかもしれない〉。そうだとしても、〈本当の真理〉まで〈泳ぎ着く〉のは彼自身ではない。フォン・コーレンの〈大体においては間違わないにしても、部分部分においては間違うことがある〉という言葉は、共通した響きを持っている。大部分の動きは確実に進んで行く。そうであっても個人は間違いを犯すし、行き詰まるだろう。

チェーホフの詩学と進化論の親和性を見出すのは、この点においてだ。『種の起源』でダーウィンは次のように述べていた。

決して忘れてはならない。われわれの周囲に存在する有機体は、極力個体数を増加するために努力しているのだ、と言えること。個々の生物は己の一生の間のいくつかの時期に闘争することによって生きているということ。若い個体や老いた個体には、各々の世代の間に、あるいは一定の間隔で、深刻な破壊が降りかかるということを。個体の減少に少しでも制止がかかり、大量死を免れれば、その種の個体数は、ただちにまたどれだけでも増加することだろう。［119］

〈個々の生物〉は限られた〈己の一生〉を生きる個体であると同時に、〈その種〉の一員でもある。各々の個体は、それ自体としては闘争することで生き残ったり、死んだりする独特な存在だが、種の観点から見れば、全体を左右するような大事ではない（〈大量死を免れれば、その種の個体数は、ただちにまたどれだけでも増加する〉）。進化論のコンテクストにおいて個体がもつこのような性質の意味合いについて、ジリアン・ビアは次のように指摘している。

進化論を人間的な用語に変換したあらゆる読みにおいて、個人主義は、ダーウィンによる変異性の強調によって、新しい、ほとんど耐え難い緊張のもとに置かれている。すべての逸脱、それぞれの個体は、突然変異の可能性をもつものとして、潜在的に貴重である。それでも、多くは何の跡も結果も残さず失敗し、浪費されなければならない。せいぜい、歴史としては残らない過去の一部分として、陽の目を見るくらいが関の山である。(55)

個体は〈変異の可能性〉をもつものである限りにおいて〈潜在的に貴重〉だとしても、〈多くは何の跡も結果も残さず失敗し、浪費されなければならない）。チェーホフの人物像はさまざまなレベルで社会階級的タイプとしての一面を有していた。彼らは時に自らそれを演じ、それに同化してもいた。それでいて、もろもろの逸脱を経て「型」が壊れ、機能不全となったところから、「型」に当てはまりきらない変化としての「個」が立ち現れてくる。しかしながら、フォン・コーレンやラエーフスキーがある時点で個であるとしても、それは結局語られることはないものであって、人物も読者もそこで立ちすくむ他はないのである。

だからこそ個体の変化は、前もって知ったり、定めたりすることできるものではなく、常に発見の一段階であり暫定的で当座であるような世界について語るための、一種の手段として捉えるべきなのだ。次章ではチェーホフの物語言説と語りの構造をめぐって、人物像の変化のこのような限界性と非決定性を再び検討したい。

第四章　出来事とその結果

チェーホフの詩学の特徴について、前章ではパロディ性と人物造形の観点から検討を行い、人物が自分自身、また他の諸人物との関係性において変化する点、そのような変化に際して、社会階級的タイプの枠組みに収まりきらない「個」性が垣間見られるのだが、しかし個体は結局限界でもある点に、進化論の観点における個体の限界性との呼応が見られることを示した。ゴールンフェリトは〈チェーホフの作品の大部分、その中でも重要な作品は、ドイツ人の間でEntwickelungsgeschichtenと呼ばれているもの――「発展小説」である〉[1]と述べていた。「発展小説」は「教養小説（ビルドゥングス・ロマン）」とは微妙に異なる。E・L・シュタールによれば、「教養小説」が人間の形成という明確な目標をもつのに対して、「発展小説」には一種の結果が存在するだけであって、典型的な目標というものはない。また、教養の探求の過程においては外的な影響が重要な役割を果たすのに対し、発展の過程はもっぱら内的な事件としての性質を帯びるという[2]。この区別にあるような「発展小説」の特徴に、ゴールンフェリトはチェーホフ的な人物の「開眼」に通じるものを見たのだと思われる。

とはいえ、文学作品における教養と発展の概念を厳密に区別することは本質的に困難だという登張正実の指摘もある。〈積極的な理念によるみちびき〉の有無という差があるとしても、教養と発展はいずれも〈成熟〉や〈人間性の充足〉といった前進的な変化を念頭に置いているからだ[3]。『決闘』の場合、ラエーフスキーの変化が真に〈成熟〉であり〈充足〉であるのか、敗残者のように弱った彼の描かれ方からは容易に判断し得ない。何よりも彼の変化は、教養／発展小説に見られるような人物変化と異なり、徐々にではなく突然に生じ、そして唐突に断ち切られている。デルマンは『決闘』の結末の全体が、あたかも人生の過程のあるひとつの段階が終わり、成長の〈新しい段階〉が始まったことを宣言すると述べているが[4]、換言すれば、結末はあくまでも途中にすぎないということでもある。

何がこのような特殊な「中断」を可能にしているのだろうか。本章ではより広い視座に立ち、人物がむかえる変化の意味をテクストの構造全体から再び探求していく。独自の厳密な方法論を用いて物語の修辞学を確立しようとしたフランスの文学理論家ジェラール・ジュネットの概念区分に倣って言えば、作品の〈物語内容〉〈物語言説〉そして〈語り〉の点に特に注目することになる[5]。

1　反復の手法

人物像の変化は独立した部分としてではなく物語のシュジェート[6]の一連の流れの中で描かれる、全体的な過程の一部であり、時には物語の内容そのものである。こうした観点から人物像の変化に注目するに際して、まずは、チェーホフの作品の構成で特徴的な「反復」について取り上げたい。テクストの諸要素の様々なレベルでの反復は、文学作品全般にとって重要な手法たり得るが、チェーホフにあってはとりわけ意義深いものでもある。M・C・ペトロフスキーは、語りの言葉やライトモチーフ、そして核となる構成の反復なくして、チェーホフの作品は成り立ち得ない旨をすでに一九二〇年代に述べていた[7]。ポロツカヤはそのことをチェーホフの「簡潔性」と結びつけ、〈作品の分量を削り、ときには素晴らしい芸術的発見さえ打ち捨てる一方、チェーホフは同一のモチーフ、状況、言葉にくり返し立ち戻る〉、なぜならそのような反復は、冗長さをもたらすのではなく、反対にチェーホフをして〈多くのことについて簡潔に語る〉のを助けたからだと指摘している[8]。

実際、「小さな刊行物」の諸条件が必然的に導いた簡潔性が初期からチェーホフの特徴としてあらわれていたのと同様、〈同一のモチーフ、状況、言葉〉あるいは人物の行動や外見描写の反復もまた、創作のもっとも早い時期から積極的に取り入れられている。たとえば一八八三年に書かれた『アルビヨンの娘』を取り上げよう。

> 大柄で肥っていて、とても大きな頭をしたグリャボフが、砂の上にトルコ風にあぐらをかいて座り、釣りをしていた。〔……〕彼のそばに背の高い、痩せたイギリス女が立っていた。エビのような出目に、大きく小鳥のような鼻、鼻は鼻というより、フックとでもいった感じだ。彼女は白いモスリンの服を着ていて、服ごしに細い黄色い肩がくっきりと見えた。金色のベルトの上に金色の小さな時計がぶら下がっていた。〔……〕
> イギリス女はひとつあくびをすると、餌を付け替え、針を投げ込んだ。
> [2: 195-196]

イギリス人女性ミス・トファイスに関する描写は、誇張された外見的特徴の羅列であって、観相学的な

「絵解き」にまでは至っていない。けれども彼女とグリャボフが日課のようにしている「釣り」という行為に伴い、ミス・トファイスが「あくびをした」「餌を付け替えた」「針を投げ込んだ」という動作が反復され、グリャボフが彼女をあからさまに嘲笑する、グリャボフの針が水底の石に引っかかってしまい、それを取るために彼が裸になるというその他の出来事が挿入されたのち、再び変わらぬこの一連の釣りの動作がくり返されることによって、彼女が周囲の状況に対して無関心であり、冷然とした態度を示していることが印象づけられる。H・A・コジェヴニコヴァは「チェーホフの散文における人物表象の方法としての反復」の中で〈A・ベールイは「反復はゴーゴリ的様式の中枢だ」と書いたが、反復は、チェーホフの様式にいっそう大きな程度関係している。チェーホフの小説の人物たちは出来事、兆候、会話、状況のくり返しの中で形作られている〉と述べた[9]。コジェヴニコヴァの考えにしたがうなら、反復を通じて、冒頭では写真的な外貌にすぎなかったミス・トファイスに「傲慢」や「軽蔑」といった性質の内面的な肉付けがなされるのである。

人物の内面性の深化と反復手法のさらなる結びつきを、同じく一八八三年の『嫁入り支度』に見出すことができる。冒頭で〈私〉はチカマーソフ夫人の家を初めて訪ねた時のことを回想する。

はじめて私がこの小さな家を訪ねたのは、もうだいぶ前のことで、用事のためだった。というのは、一家の主人であるチカマーソフ大佐から、その夫人や令嬢に宜しく伝えてくれと頼まれたのである。この最初の訪問を私は実によく覚えている。そう、忘れることなどできないのだ。 [2: 188]

この家にはめったに客など来ないらしいことに加えて、私が〈若者〉であることが家人に大きな驚きをもたらし、〈甲高い、喜ばしげな『あらまあ！』という声〉が家の中に響きわたる［2: 189］。〈私〉は夫人と令嬢マーネチカが、いつか嫁入りする日のために沢山の衣装を縫っていることを知る。ところが母親がこの〈嫁入り支度〉のことを口にすると、娘は恥ずかしがり〈「人が聞いたら本気にするじゃないの……私、絶対お嫁になんて行きませんから！　絶対！」（Они и вправду могут подумать... **Я никогда не выйду замуж! Никогда!**）〉と言う［2: 190］。〈私〉の滞在している間に、突然隣の部屋から〈男でなければできない〉ような大きなあくびの声がする。声の主はチカマーソフ大佐の弟のエゴール・セミョーヌィチで、職場のストレスから精神を乱したので、修道院に入るつもりでいることが分かる［2: 190］。〈最初の訪問から七年〉［2: 191］が経過して、この訪問がくり返される。ただしテクストの上では、それは文字通りただちにくり返される。

〔またいつか訪ねてくるようにという〕言葉を、私が実際のものとすることになったのは、最初の訪問から七年ほど経ってからだった。その時私は、ある裁判事件の鑑定人の役目で、この小さな町へ遣られたのだった。見覚えのある小さな家へ立ち寄るなり、私が耳にしたのは、あの同じ『あらまあ！』という声だった〔……〕同じ型紙の山、同じ虫よけ粉の匂い、すみっこの欠けた同じ肖像画。〔……〕［2: 191］

母娘も以前と同じく縫い物をしており、夫人が娘の〈嫁入り支度〉について言い及ぶと、娘はやはり当惑げに〈「人が聞いたら、そんなつまらないこと本気にするじゃないの……私絶対に、絶対にお嫁になんか行きませんから！」（Они и взаправду могут бог знает что подумать... **Я никогда, никогда не выйду замуж!**）〉

と言う［2: 191］。その時玄関間で、〈大きく禿げ上がった、焦げ茶色のフロックコートを身にまといブーツの代わりにオーバーシューズを履いた〉〈小柄な男の姿〉がちらつき、〈私〉はそれがエゴール・セミョーヌィチであると悟る［2: 192］。このように、〈私〉の登場から歓声、型紙の山、虫とり粉の匂い、嫁入り衣装についての母娘の会話からエゴール・セミョーヌィチの影がちらつくところまで、一連の流れがくり返されている。

とはいえ、以前との差異も同時に示されていることに注意すべきだ。夫人が〈前よりもさらに太って、もう白髪頭になっていた〉［2: 191］り、チカマーソフ大佐が〈将軍に出世して一週間後に死んだ〉［2: 191］りした変化に加えて、アルコール癖のために修道院から拒絶され家に居残っているエゴール・セミョーヌィチが、マーネチカの嫁入り衣装を持ちだしてはどこへやら寄付してしまうので、そうした気苦労のために夫人と令嬢が〈恐ろしいほど老け込み、やつれていた。母親の頭は白髪で銀色に光っていたし、娘の方もしおれ、溌剌とした感じもなく、母親と五歳ほどしか違わないように見えた〉ことが書かれている［2: 192］。

三度目に「私」が家を訪れる場面は次のようだ。

客間に入って行くと、チカマーソフ老夫人に私は気がついた。彼女は全身黒い喪服に身をつつみ、喪章をつけ、ソファに座って何やら縫い物をしていた。彼女のそばに、焦げ茶色のフロックコートを着て、ブーツの代わりにオーバーシューズを履いた小さな老人が座っていた。私に気がつくと、老人は飛び上がって客間から飛び出して行った……［2: 192］

縫い物やエゴール・セミョーヌィチの衣服に関してくり返しが見られるものの、以前とは異なる点の方がもうずっと多い。夫人はいっそう老け込み、縫っているものは娘の嫁入り衣装ではなく自分の肌着で、彼女のそばに座るのも娘ではなく義理の弟である。そして、マーネチカはどうやらもう亡くなったらしいことが暗示されて作品は終わる。

一回目の訪問の時点では、〈のっぽで痩せっぽち〉〈長い、いくらかあばたのある鼻〉[2: 190] をしたマーネチカと、〈小柄でぶくぶくした四十がらみの〉[2: 188] チカマーソフ夫人は皮肉めいた調子で滑稽な姿に描かれている。嫁ぎ先も決まっていない内から母娘が縫いためた嫁入り支度が〈気の滅入るような衣装箱の山〉[2: 191] と言われることからもそれが分かる。ところが最後の訪問で〈私〉が〈深い喪に服している老夫人〉[2: 192] を目にし、マーネチカの〈静かな内気な足音〉[2: 192] を聞かない時には、母娘の像はもはや滑稽ではなくむしろ同情を誘うものとして描かれる。しかもこの変化は母娘の人生の変遷を長々と語ることによってではなく、〈多くのことについて簡潔に語る〉ことよって、すなわち部外者による三度の短い訪問の反復によって成し遂げられているのである。

これを踏まえると、注目すべきはジュネットの次のような指摘である。

出来事というものは、単に生起しうるばかりではない。それはまた、繰り返し生起すること、つまり反復することも可能なのである。事実、太陽は毎日昇るのだ。もちろん、ごく厳密に考えるなら、無数に生起するこれらの出来事が同一であるといっても、そこには異論の余地が残る。毎朝「昇る」ところの「太陽」にしてからが、正確には、その日その日で同一のものであり続けるわけではないからだ。〔……〕「反復」とは、実は精神が構成するものなのである。精神は、個々に生起する出来事から、それに固有のものを一切排除して、同一部類に属する他のすべての出来事と共通するもののみを保持するわけだが、それがつまり、抽象化ということにほかならない。〔……〕すなわち、「同一の出来事」あるいは「同一の出来事の反復」というふうにここで言われるものは、相互に類似した、「同一の出来事」としてまた、もっぱらその類似性においてのみ考察の対象とされた、いくつかの出来事からなる連続であるということだ。(10)

見てきたように『嫁入り支度』における〈私〉の三度の訪問はそれぞれ厳密に同じ訪問ではなかった。あるいは『アルビヨンの娘』にもグリャボフの次のような台詞がある。

「座ってるのさ、君、朝っぱらからここに！　どんなに退屈か、口じゃ言えんくらいだよ。この釣りというやつにうっかり親しんじまったばっかりにさ！　くだらんことだと知りながら、やっぱり座っている！　どこぞのろくでなしか、懲役人か何かみたいに座り込んで、バカがやるみたいに水を眺めている！　草刈りに行かなきゃならん、それなのに僕は魚を釣っている。昨日はハポニエヴェで主教が勤行なさった、それなのに僕は行かなかった。ここでこのちっこいチョウザメと座り通してたのさ」　[2: 196]

グリャボフにとって昨日の「釣り」はハポニエヴェでの勤行を犠牲にして行われたのであり、今日の「釣り」は〈草刈り〉を犠牲にして行われている。この点で昨日の釣りと今日の釣りは微妙に異なっている。そもそも釣りに関するミス・トファイスの一連の動作にしても、コジェヴニコヴァも認めるように〈シンメトリーは壊れている〉[11]（一度目はあくびをしてから餌をつけかえ、針を投げ入れる。二度目は餌をつけかえてからあくびをし、針を投げ入れる）。それゆえ、グリャボフとミス・トファイスの「釣り」の諸行為もまた、〈相互に類似した〔……〕いくつかの出来事からなる連続〉である。〈個々に生起する出来事から、それに固有のものを一切排除して〔……〕共通するもののみを保持する〉ことで「反復」が構成されるとすれば、反復に潜む差異に目を向けることもまた可能だろう。事実、『嫁入り支度』にあっては〈私〉の訪問という行為や、嫁入り衣装や結婚についてのマーネチカの反応、エゴール・セミョーヌィチの行状に見られる共通点を通じて、〈しかし変化は、やはりあった〉［2: 191］こと、物事が変わりゆく様が感じられる。『アルビヨンの娘』においても、雇い主と家庭教師が来る日も来る日も並んで釣りをしている奇妙な反復の内に、お互いを理解しあうつもりはまるでない彼らの内面性が表出するという形で、ある種の変化が存在する。このように考えてくると、チェーホフの「反復」については、何らかの同一の要素が同一の形でくり返されているというよりも、それぞれ少しずつ異なる類似した要素が重ねて語られていると言う方が正確だ。そして、同一事の単なるくり返しではないそのような「反復」は、物語世界の非変化だけでなく、変化の相をむしろ強調的に描き出すのである。

さらに、「反復」が陰画的に浮かび上がらせる変化は、何ごとかが増大していったり、強まったりする（老婦人がますますもっと老いていき、ミス・トファイスの傲岸さがますますもっと示されるなど）形で表されていた点に注目したい。本書第三章で人物の「衣装」に関して引いたГ・П・コズボーフスカヤの指摘に見られた〈チェーホフのテクストにおいて描写はくり返されるのではなく、変形され、全体的または部分的な間違いをうまく利用する〉〈基本的な印象はしばしば増強されるディテールによって変えられる〉[12]という分析もこのことに近い。こうした特徴に鑑みて、これらのチェーホフ的手法を単に「反復」

ではなく、「累積」と呼ぼう。チェーホフの「累積」について、スヒフはB・Я・プロップら民俗学者が定義した「累積昔話」の特性と比較する観点から、すでにこのように述べていた。〈B・Я・プロップは〈これらの昔話の基本的な芸術的手法は、なんらかの同一の行為や要素を何度も、増大していくかたちでくり返し、こうして出来た鎖が切れるまでくり返すか、あるいは逆に減少していく順序でくり返し、鎖が解けるまでくり返す点にある〉と書いている。〔……〕度重なるくり返しと同一のシチュエーションの変形の上に作られ、思いがけない結末に終わる、こうしたシュジェートは八〇年代のチェーホフの作品に多く見られる。フォークロアと結びつけることが可能であるような、このタイプのシュジェートの由来の問題は、興味深く、重要であり、そして事実上研究されていない〉[13]。ただし、ここで念頭に置かれているプロップの累積昔話の定義に、文体と語られ方に応じて〈形式的〉累積昔話と〈物語的〉累積昔話の下位区分が存在することには注意すべきだろう。累積昔話に特徴的な、典型的なものは前者であって、その主眼は〈脚韻、韻文、子音と無力点母音との押韻、類似母音の繰り返しを好み〔……〕ためらうことなく大胆に新語を作り出〉すような言葉そのもののおもしろさにある[14]。昔話における累積の意義は、物語の基底にある反復の構成を作ることよりも、口から発される音の美しさとおもしろさを作ることの方に重点が置かれているのである。したがって、〈度重なるくり返しと同一のシチュエーションの変形の上に作られ、思いがけない結末に終わる〉タイプのチェーホフのシュジェートの問題を、フォークロアの累積的手法との関連によってのみ論じることは困難なように思われる。われわれはやはり、チェーホフ的な変化を伴う反復、すなわち筋の展開にとって不可欠であるような出来事やシチュエーションの連続とその結果が作り出す関係について、チェーホフの物語の累積的構造について、進化論との並行性において分析を試みたい。

2 累積的構成

『役者の最期』（一八八六）に目を向けよう。作品の導入部は次のようである。

良家の父親やお人よし役のシチプツォーフ、舞台の才能よりむしろその並外れた身体的能力で名を馳せた、背の高い、がっちりした老人が、上演中に劇場主と「とことんまで」罵り合った時、その真っ最中に突然自分の胸の中で何かがちぎれたのを感じた。劇場主のジューコフは、火のような毎度の言い合いのあとではいつもヒステリックに哄笑をはじめ、失神するのだったが、シチプツォーフは今回はそうした幕切れを待つこともなく、自宅に急いだ〔……〕

自分の部屋へ帰りつくと、シチプツォーフは長い間隅から隅へ歩き、それからベッドに腰を下ろして両手のこぶしで頭を支えると、考えこんだ。身動きもせず、一言も発することもなく、彼はそうやって翌日の二時まで座っていた。〔4: 345〕

〈背の高い、がっちりした老人〉であるシチプツォーフが突然体の具合を悪くし、家に帰ったことを発端として、彼を見舞いに入れ替わり立ち替わり客がやって来るという出来事がくり返される。最初の二人の客、喜劇役者シガーエフと若い恋人役ブラマ＝グリンスキイの場合を見ていく。

「どうしたんだよ、シュート・イワーノヴィチ、リハーサルにも来ないで？」と喜劇役者は、息切れをこらえつつも、部屋じゅうを酒臭いにおいでいっぱいにしながら食ってかかった。〔……〕シチプツォーフは何も答えなかった。ただにごった、くまのできた目で喜劇役者をちらっと見ただけだった。「せめてそのツラを洗ったらどうだ！」とシガーエフがつづけた。「見るのも恥ずかしいぜ！　二日酔いかい、それとも……お前さん病気か？　何を黙ってるんだ？　病気なのか、って聞いてるんだぜ！」

シチプツォーフは黙っていた。〔……〕

「なあ、ミシュートカ、お前、病気になったんだよ！」と彼は不安がった。「そうだ、病気なんだ！　顔が真っ青だ！」

シチプツォーフは黙ったまま、悲し気に床を見つめていた。

「風邪をひいたんだよ！」とシガーエフは、彼の手を取って続けた。「そら、こんなに熱い手をしてさ！　どこが痛むんだよ？」

「う……うちへ帰りたい」とシチプツォーフがつぶやいた。

「今うちにいるじゃねえか、違うってのか？」

「違う……ヴャージマへ……」

「へえ、どこへだと！　お前のそのヴャージマまでは、三年かかったって行けやしないよ」

〔4: 345-346〕

この後シガーエフはヒマシ油を飲むように勧め、自ら買いに行ってやり、シチプツォーフに飲ませる。彼が帰った後ブラマ＝グリンスキイがやって来て、同じ様に質問する。

「聞いたよ、君、病気になったんだって?」と彼〔ブラマ＝グリンスキイ〕は踵でくるりと回ってからシチプツォーフに声をかけた。「どうしたんだい? ねえ、どうしたんだい?……」

シチプツォーフは黙っていた。ぴくりとも動かなかった。

「何をまた黙ってるんだい? めまいでもするのかい? まあ、黙っているがいいよ、うるさく質問するのはよそう。黙っているがいい。……」

「……」

「うちへ帰らなけりゃ!」若い恋人役はこんな声を聞いた。

「その、うちへってのはどこさ?」

「ヴァージマへ……ふるさとへ……」

「ヴァージマまでは、兄弟、千五百キロもあるぜ。……」ブラマ＝グリンスキイは、窓ガラスをこつこつ叩きながら溜息をついた。「何だってヴァージマなんぞへ行くのさ?」

〔4: 346-347〕

結局ブラマ＝グリンスキイは〈「君は気が違ったのだ!」〉と決めつけると〈コニャック入りのお茶〉と〈ヒマシ油〉を飲むように勧め、自ら買いに行ってやり、シチプツォーフに飲ませる〔4: 348〕。「やって来た客がシチプツォーフに病気なのか・何故黙っているのか・どこが痛むのかといったことを聞く」「シチプツォーフは黙っている」「シチプツォーフがヴァージマへ行きたいと言うと客がそれに対し否定的な反応をする」「客がシチプツォーフの状態に診断を下し、ヒマシ油を飲ませる」といった諸々の状況が、言葉の上でもかなりの程度一致する形でくり返されていることが分かる。

もちろん、反復はここでも厳密なシンメトリーを成してはいない。翌日になるとさらに劇場主のジューコフ、悲劇役者のアダバーシェフ、劇場の床屋のエヴラムピイという三人がシチプツォーフを見舞いにやって来る。この三人は先に挙げた反復の要素を分担している。劇場主がシチプツォーフに状態を質問し（〈「ねえあなた、一体どうしてまた、病気をしようなんて考え出したのです？」〉［4: 348］）、床屋が病状の診断を下し（〈「もっと早くに私を呼んでくだされば、とっくに吸い玉をおつけしましたのに！」〉［4: 349］）、悲劇役者と床屋がヒマシ油を飲ませる（〈「いいかい！？　君はヒマシ油を飲まなけりゃいかん」〉〈「これなる油を飲みほしなさいまし。正真正銘、ほんもののヒマシ油で！」〉［4: 349-350］）といった具合である。些か例外的な形ではあるが、「客の来訪→会話→ヒマシ油」という大きな流れ、そしてその間ずっとシチプツォーフが沈黙しているという点で、やはりくり返しが行われていると考えることができる。

これらのくり返しに、どのような変化が伴うだろうか。客たちの行動はシチプツォーフの病を癒すようなものではないので、訪問がくり返される間にシチプツォーフの病状はますます悪化していく。病気の悪化のほかにもうひとつ、増大し累積していくものがある。それは故郷に帰りたいというシチプツォーフの願いだ。床屋のエヴラムピイが帰った後、最初の訪問者であるシガーエフが再びやって来る。

そのまた翌日の朝、喜劇役者のシガーエフがシチプツォーフの部屋へ立ち寄ってみると、病人は恐ろしい状態に陥っていた。彼は外套をかぶって横になったまま、苦しそうに息をし、きょろきょろと天井に目を走らせていた。しわくちゃの毛布を震える手の中に握りしめていた。
「ヴァージマへ！」喜劇役者に気がつくと、彼はささやき始めた。「ヴァージマへ！」
「ほらそれよ、兄弟、俺が気に入らねえのは！」喜劇役者は両手を広げた。「ほら……ほら……そいつが……兄弟、良くねえんだ！　悪いけどよ、兄弟……ばかげてるぜ」「ヴァージマへ行かなくちゃ！　本当に、ヴァージマへ！」「ま……まさかお前がこんなになろうとは！……」と当惑しきった喜劇役者はつぶやいた。「どうなっちまったんだ！　何のためにそんなにショボショボ言うんだよ！　え……え……え……よくないぞ！　火の見やぐらみたいなのっぽが、お前、泣いたりしてさ。役者が泣いたりしていいもんか？」「女房もいない、子供もいない」とシチプツォーフはつぶやいた。「役者になんかならないで、ヴァージマで暮らせばよかった！　無駄に終わっちまったんだ、セミョーン、人生がさ！　ああ、ヴァージマへ行きたい！」［4: 350］

シチプツォーフの願いは〈「うちへ帰りたい」〉という漠然としたものから、『三人姉妹』（一九〇一）の中で姉妹が〈「モスクワへ！」〉と叫ぶ時にも似た切実さをもつ〈「ヴァージマへ！」〉へと強まっている。それに対する訪問者の否定的反応もやはりくり返されるが、ここに至ってシガーエフが病人をなだめるかのごとく自分もヴァージマの話をし始める。

「いい町だよな！」と彼は慰めた。「素晴らしい町だよ、兄弟！　プリャンニク〔糖蜜菓子〕で有名だものな。クラシック・スタイルでさ――もっとも、ここだけの話――ありゃ……あんま良いもんでもないやね。あれを食ったあと、おれは丸一週間、ナンだったぜ……だけどあそこでいいのは、何て言っても商人だ！　商人の中の商人だ。おごってくれるとなりゃ、うんとこさご馳走してくれるものな！」

喜劇役者は話していた、シチプツォーフは黙って聞き、そうだそうだと言うようにうなずいていた。その日の夕方、彼は死んだ。［4: 350］

名物の糖蜜菓子をくさしている時点で、シガーエフは結局のところヴャージマを否定しているも同然だが（そもそも彼はシチプツォーフが本当にヴャージマへ行けるとは少しも考えていない）、少なくとも、「ヴャージマへ行きたい」と言うシチプツォーフの願いにある程度寄り添う点で新しい。しかしこの新しい展開はこれ以上広がることはなく、〈その日の夕方、彼は死んだ〉という一文で作品は唐突に終わる。

このように、作品ではシチプツォーフの発病を契機に、見舞いの客が次々と訪れ同じような行動をすることがくり返される。それに伴いシチプツォーフの症状が悪化し、「ヴャージマ」の存在感が拡大しその土地への思いが募る。このような累積的構成の最中に、体力自慢の喧嘩っ早い老役者というだけにとどまらないシチプツォーフの一面（「女房もいない、子供もいない〔……〕無駄に終わっちまったんだ〔……〕人生が」）が感じ取られるのだが、それが十分に展開されることはないままシチプツォーフは死ぬ。〈背の高い、がっちりした老人〉〈並外れた身体的能力で名を馳せた〉シチプツォーフがこれほどあっけなく死ぬ点で、この結末は意外なものであると言えよう。したがって、〈度重なるくり返しと同一のシチュエーションの変形の上に作られ、思いがけない結末に終わる〉シュジェートの累積的構成の典型を『役者の最期』に指摘することができる。

次に、『生まれ故郷で』（一八九七）に目を移そう。作品ではまず、読み手にじかに語りかけるプロローグによって、広野の〈巨大さ〉や〈果てしなさ〉［9: 313］といった、物語全体を貫く象徴的イメージが示される。そして、専門学校を卒業したヒロイン、ヴェーラが故郷の領地に戻ってきた場面がつづく。

停車場からかれこれ三〇キロの道のりだった。ヴェーラも同じように広野の魅力に身をゆだね、過ぎ去った過去を忘れた。そしてただ、なんてここは広々としているのだろう、なんて自由なのだろうと考えていた。健康で、利口で、美しく若い彼女にとって――彼女はようやく二十三歳になったばかりだった――これまでの人生に欠けていたのは、まさにこの広さと自由だけだった。

広野、広野……。馬は走り、太陽はますます高くなる。子供だった頃には、六月の広野がこんなにも豊かで、花盛りではなかったような気がする。草原は花満開で、緑色に黄色、藤色、白色に咲きみだれ、花々からも暖められた大地からも良い匂いがしている。[9: 313-314]

〈広さ〉や〈自由〉など広野の肯定的面が強められることで、若く希望にあふれ、未来が輝かしいものに感じられるヴェーラの現在の状態が描かれている。一方で清水道子は、ヴェーラが〈「ここでどうか楽しく暮らせますように」〉[3: 314] と祈りの言葉を口にすることをめぐって、〈不安を秘めての祈りという形でスタートした彼女の生活は、物語が進むにつれて、その不安を裏書きするかのように希望が失われていき、最後には絶望し、あきらめに達する〉と指摘している。[15] 第一章の末尾を見よう。故郷に到着した翌朝、ヴェーラは庭に出てみると、庭は荒れ果てていて、古く汚く、小道のひとつもない。この庭から広野を見渡しながら、彼女は故郷での新しい生活がどんなものになるだろうかと思い、〈何が自分を待ち受けているのか〉[9: 316] 知りたいと思う。すると、昨日と同じように、広野の広さ、美しさや穏やかさが、未来は明るいことを告げてくれているような気がしてくる。〈実際、何百何千という人が、美しく、若く、教養のある身で、その上自分の地主屋敷に暮らせるなんて、すばらしい幸せだと言うに違いない！〉[9:

316］と彼女は思いをめぐらせる。ところが、続く部分で大きく調子が転じる。

それと同時に、果てしない平原が、単調で、生き物の一匹としていない平原が彼女をおびえさせた。この穏やかな緑色の怪物が彼女の人生を飲みこみ、無に変えてしまうということが、はっと明らかになった。彼女は若く、優雅で、人生を愛している。彼女は専門学校を卒業し、三カ国語を習得し、たくさん本も読み、父親と何度も旅行も行った――しかし、はたしてこうしたことは全部、とどのつまり、田舎の広野の地主屋敷に移り住んで、来る日も来る日も、何もすることがないので、庭から野原へ、野原から庭へ歩き回って、そしてまた家に座って、おじいさんが息をするのを聞くためだったのだろうか？　しかし、何をしたらいいのか？　どこへ行けばいいのか？　彼女はどうしても自分に答えることができなかった。そして家に帰る道すがら、ここでは幸せになれそうもない、ここに暮らすよりも、駅からここまで広野を馬車で走ってくることの方がずっと面白いと考えていた。［9: 316］

広野の肯定的印象は損なわれ、〈彼女の人生を飲み込み、無に変えてしまう〉〈緑色の怪物〉という別のイメージに変わっている。一般的にロシアの文学で描かれる「広野」に関して言えば、人を無力化し圧迫するものとしてそれが語られる例は珍しいが、本作の広野の〈巨大〉さや〈果てしな〉さは肯定的性質と否定的性質の両面を併せもつ点に特徴がある。広野の否定的面の浮上に伴って、〈来る日も来る日も、何もすることがないから歩き回る〉という、灰色の未来が予感される。そして実際にこれ以後ヴェーラは無為の暮らしとそれに対する葛藤のくり返しに落ち込んでいく。本作における反復の描かれ方を見るために、第一章でのヴェーラと叔母ダーシャの会話を引用したい。

「ここに暮らすのは退屈じゃない？」とヴェーラがたずねた。
「なんて言えばいいかねえ？　地主の人たちは今じゃ引っ越してしまって、ここにはもう住んでいないけど、その代りにいくつも工場が建ったからね、エンジニアさんとか、お医者さんとか、鉱山技師さんとかがたくさんいて、良いわよお！　もちろん、お芝居や音楽会もあるし、でもなんといってもトランプ遊びだわね。うちにもお客がおいでになるわよ。お医者様のネシチャーポフさんが、工場からよくお見えだけど、ほんとにハンサムで、面白い方なのよ！」　［9: 315］

先に新生活へのヴェーラの不安（「ここで暮らすのは退屈じゃない？」）が示され、それに対して叔母が家に通ってくる客たちのことを答える。叔母のこの言葉をなぞるように、この家に客が通って来ていることが〈週に一度、時にはもっと頻繁に客がやってきていた〉［9: 318］と第二章で再び書かれる。〈週に一度、時にはもっと頻繁〉にくり返された出来事を一文で語るこのような叙述は、ジュネットの言う〈括復的物語言説〉の方法、つまり〈数度にわたって生起した同一の出来事〉を〈ただ一度〉で物語る仕方に一致するものだ(16)。だとすると次のような箇所は興味深い。

十二月六日、聖ニコライの日には一度にたくさん、三十人もお客がやってきた。晩遅くまでヴィントで遊び、多くの人たちが泊まっていった。朝からまたトランプのために座りはじめ、それから昼食をとった。食事のあとでヴェーラはおしゃべりと煙草の煙から逃れてひと休みするために自室に行ったが、そこにも客たちがいたので、彼女はがっかりして危うく泣きだすところだった。夕方に客たちが皆暇を告げ始めた時、ようやく帰ってくれる嬉しさから、彼女はこう言った。

「もっといらっしゃればいいのに！」

　客たちは彼女を疲れさせ、気づまりにもさせたが、それでいて同時に——これはほとんど毎日そういうことが起こったのだが——暗くなり始めるやいなや、彼女はもう気が惹かれて、どこかの工場や隣近所の地主の所へ客に行くのだった。そしてそこでもまたトランプ遊び、ダンス、罰金遊び、夕食……

[9: 318]

引用の前半部は〈十二月六日〉という特定の日の描写にあてられており、そのため叙述の全体的調子も一回の特定の出来事を個別的に語るものになっている。ところがそれに続くパラグラフでは再び、〈ほとんど毎日そういうことが起こった〉こと、つまり類似した多くの出来事を要約するような語りが置かれている。一回の出来事と多回の出来事が語りの上で混在しているのである。したがって情景の括復法は疑似的な様相を呈するのだが、このような語りの特徴と効果に関して、チュダコフは次のように分析している。〈語り手によって導かれる「大抵」「毎日」といった言葉や、現在形や過去形で用いられる、たとえば「言ったものだった」「言うのである」といった動詞の不完了体は、エピソードが「典型化」された性質をもつことの合図である。しかしそれに際してエピソードは一回きりの、「生き生きした」エピソードのあらゆる性質も同時に獲得する〉[17]。この考えにしたがえば、〈疲れさせた〉«утомляли»〈気づまりにさせた〉«стесняли»〈そういうことが起こった〉«бывало»といった不完了体の動詞と、〈十二月六日〉という特定の一日の描写の併在は、叙述が単調になることを防ぐアクセントのような役割を果たしつつ、基本的にはヴェーラの日々が似たようなことのくり返しであることを示すと言えるだろう。ヴェーラはお決まりの夜会にも客にも倦み、それにも関わらず彼女は自ら率先して出かけ、そしていっそう疲れ、幻滅する。こうした一連の流れが実際にくり返して書かれることは少なくても、千篇一律の印象は充分に感得される。

このような単調な日々の反復のなかで、〈どうしたらいいのか?〉〈何をすればいいのか?〉〈どこへ行けばいいのか?〉という彼女の葛藤が強まっていく。さらに、〈民衆に奉仕し、彼らの苦しみを和らげ、啓蒙することは、ああ、なんと気高く、神聖で、美しいことであるだろう。だが彼女は、ヴェーラは、民衆を知らない。どうやって彼らに近づけばいいのだろう? 民衆は彼女に無縁であり、面白くもない〉〈女医になるべきだろうか? しかしそれにはラテン語の試験にパスしなければならないし、その上彼女には、死体や病気に対して克服し難い嫌悪感がある〉［9: 319-320］と、事態の打開案とその否定もまた重ねて語られることによって、出口の見えない彼女の焦りや不安が次第に大きく募っていく様が描き出されるのである。

ヴェーラの葛藤のほかに、目に留まるのは人物の細部描写の反復だ。ディテールの積み重ねは主に叔母と祖父に関して行われている。第一章で二人の様子はそれぞれこのように描かれる。

おじいさんは大きな灰色の顎鬚を生やしていて、太っていて、赤ら顔で、息切れがしていた。そしてお腹を前につき出しながら、杖にすがって歩いていた。叔母さんは四十二歳だが、腰をしめつけた袖の短い、はやりの服を着て若やいで見え、まだ男から好かれたい様子だった。彼女は小股で歩く癖があり、歩く度に背中が揺れた。［9: 314］

このディテールはかなりの程度詳細なものである一方、外面的な記述に留まってもいる。第二章に進むと、このディテールがくり返される。

　家のことをするのはダーシャ叔母さんだった。ぴったりした服に身を包んで、両の腕にブレスレットを鳴らしながら、彼女は台所へ、納屋へ、家畜小屋へと小股で歩き回るのだったが、そうすると叔母さんの背中が揺れた。そしてまた、管理人や百姓たちと話す時には、彼女はどういうわけかいつも鼻眼鏡をかけた。おじいさんは一日中同じ場所に座っていて、トランプ占いをしたり居眠りしたりしていた。昼食と夕食の際にはうんざりするほどたくさん食べるのだった。[9: 317]

叔母さんが〈小股で歩き回る〉ことや背中の肉が揺れることなどが再び述べられると同時に、両腕のブレスレット、鼻眼鏡、祖父の食欲など、いくつかの新しい要素が付け加えられている。叔母に関するディテールは、第三章に至ってその意味するところが明らかになる。

　叔母さんは一日中庭でさくらんぼのジャムを煮ていた。〔……〕まるで神聖な行いでもするかのようにひどく真剣な顔つきをして、短い袖から小さくがっしりした専制的な腕をのぞかせながら叔母さんがジャムを煮ている時に、小間使いが自分では食べることのないこのジャムの周りを汗して、休む間もなく走り回るのには、いつも悩ましく苦しい思いが感じられるのだった……[9: 321]

〈小間使いが自分では食べることのない〔……〕ジャム〉を叔母が煮るこの場面で、先の引用にあった〈袖の短い、はやりの服〉から〈小さくがっしりした専制的な腕〉がのぞくことによって、叔母の内面にもまた強く専制的な面があることが示唆されている。ナボコフはチェーホフの『谷間』（一九〇〇）で、老グリゴーリーの後妻ワルワーラがすでにたくさんある〈ジャム〉を〈依然として作り続ける〉ことについて、それが〈ワルワーラの美徳が機械的な特色をもっていること〉の傍証であり、〈人物の実体〉を明るみに出すものだと述べたが、(18) これに倣って言えば、ダーシャ叔母さんの「ジャム」もまた、彼女の偽善性や冷酷さの合図である。

祖父にも同様に使用人に対する冷酷さがあり、そのことは〈「火が出るようなのを二十五！ 鞭だ！」〉[9: 315] という彼の言葉が反復されることによって端的に示されている。台詞は、往時彼がよくそう言ったということを叔母が伝える形で書かれているが、現在もなお召使いに対して腹を立てることがあれば祖父は〈杖を振り上げる〉[9: 315]。鞭と杖は意味合いの上で同様の役割を担わされているのであり、祖父の性質が召使いを鞭打った頃となんら変わっていないことは、第二章の〈突然彼の顔が赤紫色になった。首をふくらませながら、おじいさんは憎さげに召使いを見やる、と、杖をこつこついわせながら訊くのだった。「なんでわさびを出さなかった?」〉[9: 317] といった場面からも分かる。叔母や祖父に関するディテールはくり返されることで人物の特性や内実を次第に明確化する。スヒフの言葉を借りれば、身長や年齢といった〈記号的〉特徴は、累積されることによりもはや単なる〈記号（знак）〉ではなく、人物の特性を次第に浮かび上がらせるような〈兆候（признак）〉になるのである。(19)

本作の全体的な構成が出来事や言葉、人物のディテールのくり返しで成り立っていることは見てきた通りだが、反対に作中にあって「くり返されないこと」について考えてみたい。第三章に新しく〈若い、行きずりの兵士〉が登場する。ヴェーラは彼に言いつけて、庭に小道を作ってもらおうとする。そして、兵士は勤めを終えたところだが、〈勤めに行くまでは母親のもとで、義父の家に暮らしていた〉ものの、その母が死んだ今や家は〈他人の家〉であり、行くあてのないことなどを知る［9: 321-322］。「家」にまつわるこの会話は示唆的だ。それはヴェーラ自身の境遇に重なっているとも捉えられるからである。屋敷の家政を切り盛りするのは叔母だったことを想起しよう。実際、〈「私は〔……〕お前の大人しい奴隷よ」〉［9: 314］という言葉とは裏腹に、叔母は事あるごとにヴェーラの行動を指図する。叔母はヴェーラが屋敷に着いたその日のうちに、もう医師のネシチャーポフに嫁ぐという彼女の未来まで決定する（「私はもう決めたわ。そう、これこそかわいいヴェーラの運命なんだわ、って」［9: 315］）。兵士と違い叔母とヴェーラの間には血縁関係があるにせよ、ある意味でこの家はヴェーラにとって「他人の家」である。そして〈どの夜会でも、ピクニックでも、午餐でも、一番面白い女性はきまってダーシャ叔母さんだった〉［9: 319］という一文があるように、叔母は地主屋敷だけでなく土地一帯を征服している。清水は〈土地の人々の「無関心さ（равнодушный）」と暮らしの「単調」さは広野の威力に飲み込まれてしまった状態である〉と述べているが、周囲の女性と同じように暮らすことをヴェーラに強いる点で、叔母は広野に〈飲み込まれ〉ているだけでなく、積極的に同化しているとも言えよう。さらに清水は、私生児であることを理由に叔母が兵士を追い払ってしまうことについて〈主人公の「小径作り」は、広野という怪物と折り合いをつけ、広野も自分も生かす道を探ろうとする試みであるが、「広野の専制性」を体現する叔母によってむざんにも打ち破られる〉と指摘している。[20] この出来事が、これまでに募ってきていた葛藤のさらなる増幅をヴェーラの胸中に呼び起こし、再び〈しかしどうしたらいいのか？〉〈それをしたところで何になるのか？〉という疑問がくり返される。重要なのは、それに続く次の出来事だ。

アリョーナが入ってきた。低くヴェーラにお辞儀をすると、埃を落とすためにひじ掛け椅子を運び出しにかかった。

「こんな時に掃除だなんて」ヴェーラは腹立たしげに言った。「あっちへお行き！」

アリョーナはうろたえてしまって、恐ろしさのために、何が望まれているのかも分からなくなってしまい、箪笥の上を急いで掃除し始めた。

「あっちへお行きって言ってるのよ！」ぞっとしながらヴェーラは叫んだ。これほどの重苦しい感情を味わったことは、彼女はこれまでに一度もなかった。「お行き！」

アリョーナは小鳥のようなうめき声を上げた。それから絨毯の上に金時計を取り落とした。

「あっちへ行け！」全身を震わせ、立ち上がりながら、ヴェーラは自分のものではない声で叫んだ。「この女をあっちへ追い払ってよ、うんざりだわ！」足を踏み鳴らし、アリョーナの後を追って廊下を行きながら彼女は言い続けた。「出て行け！　鞭だ！　あの女をひっぱたいて！」［9: 323］

〈小柄な、顔色の悪いのろま〉［9: 318］のアリョーナ、彼女がダーシャ叔母のジャムづくりを手伝うために〈汗して、休むまもなく走り回るのには、いつも悩ましく苦しい思い〉［9: 321］をヴェーラは抱いていたはずなのに、ここでアリョーナに理不尽な怒りをぶつける。彼女は〈ふと我に返〉ると家を飛び出して行く。続く場面が次のように書かれる。

身じろぎもせず草の上に横たわった彼女は、泣きもせず、怯えもしなかったが、空を見上げながら、まばたきもせずに、生涯忘れられもしないし、自分を許すこともできないようなことが起こったのだと、冷静にはっきりと考えていた。

『いいえ、もうたくさん、もうたくさんだわ！』と彼女は思った。『いいかげん、自分を抑えなければ。でないときりがなくなる……もうたくさん、もうたくさん！』

〔……〕

昼頃にはドクトルのネシチャーポフが谷を越えて地主屋敷にやって来るのだった。彼の姿を見ていて、ヴェーラは新しい生活をはじめよう、無理にでもはじめようと素早く決心をした。この決心は彼女を落ち着かせた。〔……〕

それから彼女は再び野原へ出た。そして気の向くままにあてどなく歩きながら、お嫁に行ったら家事に精を出そう、治療を手伝い勉強をしよう、周囲の他の女の人たちのすることは何でもやろうと心に決めた。自分自身や人びとへのたえまない不満を、過去をふりかえるなり目の前に山のごとく積もるばかげた過ちの連続を、自分に課せられた本当の人生だと考え、よりよい人生など待ち望むのはやめよう。……よりよい人生などありはしないのだから！

[9: 323-324]

これまで見てきたように、作中ではくり返される出来事や言葉を通じてヴェーラの焦りと失望が増幅していった。その末に〈これまでに一度も〉味わったことのない〈重苦しい感情〉が爆発する結果、このことが起こったのである。ヴェーラは〈よりよい人生〉を送りたいと思う自分を抑えずにいたために、〈生涯忘れられもしないし、自分を許すこともできないようなこと〉、換言すれば、二度とくり返されてはならない一度きりのことが起こってしまったと考えている。それゆえ彼女は〈よりよい人生〉を〈待ち望む〉のはやめ、叔母が決定した通り嫁に行き、嫁いだら叔母のように〈家事に精を出〉すだけでなく、夫の仕事も手伝い、万事〈周囲の他の女の人たち〉と同じようにすることを決める。作品は〈一か月後、ヴェーラはもう工場で暮らしていた〉［9: 324］という一文で終わっている。この「新しい生活」が、物語冒頭でヴェーラが描いたそれからすれば、思いがけないものであることは言うまでもない。

以上をまとめると、『生まれ故郷で』において、現実に対するヒロインの失望の開始地点と原因は見えにくいものの、ヴェーラの葛藤が積み重なって行く様は二次的人物の進展的描写を含みこんで充分に示されてもいた。そしてまた、くり返しの中でただ一度しか起こらない出来事は、この作品において人物の急激で大きな変化と結びついていた。このようにして、ヒロインが理想的な暮らしを送る望みを捨て、土地の人々と変わらない生活を送ることを決意する大きな結果に至る、物語の累積的構成が作られている。

3　因果関係の欠如

それにしても、『役者の最期』で屈強なシチプツォーフが三日で弱り果てて死に、『生まれ故郷で』で美しく聡明なヴェーラがヒステリックに叫び出すようなことは、その性急さや突然さにも関わらず、さほど意外の念を呼び起こさないようだ。もっとも、シチプツォーフは〈胸の中で何かがちぎれた〉ために、つまり病気のために死んだと説明はできる。ヴェーラについては、〈健康で、利口で、美しくて若い〉〈ようやく二十三歳になったばかり〉という具合に〈極めて抽象的、一般的〉にしか描かれていないために、〈自分のものではない声〉で彼女が〈「鞭だ！」〉と叫ぶ急変が、〈主人公自身が祖父の「鞭打ち」の体質を受け継ぐ、専制者の性質をもっている〉ことの〈暴露〉として了解されるという見方もある。[21]

しかしながら、人物像の変化の理由に根本的な違和感が残されるにもかかわらず、なお反復の手法や累積的構成によってその変化が保証されるような例もある。以下では、そうした例における人物像の変化と物語言説の関係をめぐって、『イオーヌィチ』(一八九八)を分析する。

この作品では、〈若く、力に満ち、美や詩情を感じ取る能力を持った〉主人公スタールツェフが、作品の最後に〈ひからびた、何にも興味を惹かれない守銭奴〉へと変わる。[22] なんらかの変化を被るチェーホフの諸人物の中でも、外見的・内面的な変化の大きさの度合いはこのスタールツェフが最大であるかもしれない。いっそう特徴的なのは、彼の変化に明らかな累積的構成と同時に明らかな必然性の欠如が感じられる点である。

まずは空間の設定に注目しつつ、作品に見られる反復とそれを通じて増大していくものの様相を確認しておきたい。作品の主要な舞台は「S市」と伏せられているが、そのモデルはチェーホフの出身地であるタガンローグ市だという説 [10: 365]、あるいはモスクワの下方に位置するセールプホフ市だという説がある。[23] 作品に設定されたもうひとつの場所が「ヂャリージ」で、第一章に〈医師のスタールツェフ、ドミートリイ・イオーヌィチが、郡会医に任じられたばかりで、S市から八キロあまり離れたヂャリージへ引っ越して移ってきた〉[10: 24] とある。『イオーヌィチ』を翻訳・精読している村手義治は、この「ヂャリージ」は現実にモデルをもつ「S市」と異なり純粋に〈架空の町か村〉であることを指摘している。[24] 作者が主要な空間から離れた地点に架空の村を置き、主人公を住まわせたとすれば、一考に値しよう。そこには一定のねらいがあったと考えられるからだ。

少し注意して読めば、作品を通じてスタールツェフがS市とヂャリージの二点間をひたすら往復していることに気がつく。第一章では買い物や気晴らしのために、スタールツェフは村からS市までやってくる。第二章では町の名家であるトゥールキン家の主婦ヴェーラ・イオーシフォヴナから偏頭痛の診察をしてほしいと頼まれたので行く。そのうち「猫ちゃん」ことトゥールキン家の一人娘エカテリーナに恋をしたので、今度は彼女に会うために何度も市内に出かけていく。第三章ではプロポーズのために市内へ行く。第四章では、受け持ち患者の診察のためにスタールツェフは村から市内に通っている。これに加え、トゥールキン家から招待を受けたので出かけて行く。第五章でも、診察や気晴らしの目的で市に通って来ている。このような移動はその度ごとに少しずつ異なる理由を持っている限りにおいて、本章でこれまで注目してきた〈相互に類似した〔……〕いくつかの出来事からなる連続〉の反復に相当する。

そこで、くり返しに伴う変化の様相に着目しよう。まず目が行くのはスタールツェフの移動手段の変化である。第一章でスタールツェフは村とS市の間八キロの距離を徒歩で行き来している。第二章になると、すでに〈自分の二頭立て馬車〉を持つようになり〈ビロードのチョッキを着たパンテレイモンという御者〉も雇っている［10: 30］。さらに第四章では馬がもう一頭増えて、三頭立ての立派な馬車（トロイカ）にスタールツェフは乗っている。このようにスタールツェフの移動手段は次第に高級化する。加えて面白いのは、トロイカ・センターを創設したA・コルチャーギンが〈外国人は、トロイカは単に三頭の馬が並んで走ることだと思っている。愚かなことだ。トロイカは鳥なんだ[25]〉と述べたようなことだ。つまり、主人公が自分の住んでいる村とS市を行ったり来たりする移動の反復を通して、彼の移動手段は高級化するだけでなく次第にますます高速化していくのである。

移動の反復に連動して増補される二つ目の要素がスタールツェフの肥満だ。述べたように当初スタールツェフはヂャリージとS市の間八キロの距離を歩いて行き来しており、第一章で初めてトゥールキン家を訪問し帰ってきた後には、〈なんならさらにもう二〇キロくらい歩けそう〉［10: 28］だと考えている。ところが第二章の末尾、夜の墓場を彷徨ったあとで、彼はパンテレイモンにこのように言う。〈「疲れたよ。立っているのもやっとなくらいだ」〉［10: 32］。この台詞と、直後に彼が内心で思う〈「ああ、太るもんじゃないな！」〉［10: 32］という独白から、どうやらスタールツェフが太り始めたらしいことが推察される。これ以後彼の肥満は加速的に進む。第四章では次のようだ。

四年が過ぎた。今ではもうスタールツェフは町にもたくさん患者をもっていた。毎朝彼はヂャリージでの診察を急いで済ませてから、町へ往診に出かけるのだったが、その馬車ももう二頭立てではなく、じゃらじゃら小鈴のついたトロイカで、いつも帰りは夜遅くなった。彼は肥え太って、息切れがするので歩きたがらなくなった。パンテレイモンもやはり太った。横に広がれば広がるほどいっそう悲し気に溜息をつき、自らの非運をこぼすのだった。馬車にやられちまったよ！　と。［10: 35］

さらに第五章に至ると、スタールツェフの膨張ぶりは極限に達している。

スタールツェフはますます太って、脂肪がついた。息をするのも苦しいので、今や頭を後ろに反らして歩いている。ぶくぶくに太った赤ら顔の彼がじゃらじゃら小鈴のついたトロイカに乗って、これもぶくぶくに太って赤ら顔のパンテレイモンが肉ひだのついた首根っこを見せて御者台に乗り込み、両の腕をまるで木で作りつけたように真っすぐ前へ突き出して、行き会う通行人に『右へ寄れえ！』と怒鳴りながら行くところは、まことにすさまじい限りの光景で、乗って行くのは人間ではなく、異教の神かのように思われる。［10: 40］

かつて溌剌としていた青年医師を今や〈人間ではなく、異教の神〉のごとく見せるものとは、スタールツエフが〈ぶくぶくに太〉り、肥満したその姿で〈じゃらじゃら小鈴のついたトロイカ〉に乗り、猛スピードで行く外見的な変化にほかならない。

そしてもちろん、スタールツェフの変化は外見以外の点にも及ぶ。作中でくり返されている事柄として、もうひとつ、トゥールキン家でのサロン的な集まりに目を向けよう。サロンの様子については作品の導入部からそれとなく語られている。S市を訪れた人がここは〈退屈〉だ、〈単調〉だと文句を言うと、住民の方は〈S市には図書館も劇場もクラブもあるし、舞踏会もよく開かれる〉、まして〈知的で面白い、感じの良い家も多くあって、彼らとも知り合いになれる〉のだから、〈S市はとてもいいところだ〉と弁明する場面がそれだ。中でも〈最も教養があって才能がある家庭〉としてトゥールキン家が紹介される［10: 24］。

主人のトゥールキンは〔……〕しばしば慈善のためにアマチュア演劇を催して、自分でも老将軍の役を演じるのだったが、その時には実に滑稽に咳をしてみせるのだった。〔……〕その妻のヴェーラ・イオーシフォヴナは〔……〕手ずから中編や長編の小説をものしては、それをお客の前で朗読して聴かせるのが大好きだった。娘のエカテリーナ・イワーノヴナは妙齢のお嬢さんで、これはピアノを弾いた。［10: 24］

イヴァン・ペトローヴィチの演技とS市の住民が誇る〈劇場〉、ヴェーラ・イオーシフォヴナの小説と〈図書館〉、エカテリーナ・イヴァーノヴナのピアノと〈舞踏会〉——それには音楽が欠かせない——は対応する。つまりトゥールキン家はS市の優れた面を一堂に集めたようなもので、だからこそこの家は町で〈最も教養があって才能がある家庭〉だ。そして第一章でスタールツェフがトゥールキン家を訪れた際に、この「紹介文」にいっそう詳細さを加えた形でサロンの様子が語り直されることによって、この家の集まりがすでに何度となくこうしてくり返されてきたことが感得される。さらに、客たちがついに帰ろうとする時には、雇われている少年パーヴァがシェイクスピアの『オセロ』の一節を高らかに叫ぶという出し物が付け加わる。

第四章でスタールツェフは再びトゥールキン家を訪れるが、サロンの様子は第一章のそれと変わらない。なるほど、ヴェーラ・イオーシフォヴナが〈すっかりもう年をとって髪も白くな〉り、エカテリーナ・イワーノヴナが〈前より痩せて、少し青白くなり、いっそう美しく、スタイルもよくなっていた〉りする人物の加齢による変化や[10: 36-37]、第一章と違いスタールツェフが会合を中座するという違いはあるにせよ、「朗読」や「ピアノ演奏」といったサロンの「プログラム」には変わりがない。加えて、妻の小説をイワン・ペトローヴィチが〈「なかなかどうして（Недурственно）」〉[10: 37]と評したり、彼の〈「さっ、見せてごらん！（А ну-ка, изобрази!）」〉[10: 39]という促しを受けてパーヴァが『オセロ』の一節を演じたりする場面は、第一章と共通しているだけでなく使われている言葉も一致していることから、全体としてはいかにも同じことのくり返しという印象が強い。

それにも関わらず、サロンに対するスタールツェフの感想は一度目と二度目で真逆に変化する。第一章では、スタールツェフはトゥールキン家のサロンを全体に好もしく感じる。彼はヴェーラ・イオーシフォヴナの朗読を〈楽しく良い気持ちで〉聴き、エカテリーナのピアノ演奏も彼には快く新鮮なものに思われる。家を出る時には〈『おもしろかったな』〉と思い、寝る前にイワン・ペトローヴィチの〈「なかなかどうして」〉という言い回しを思い出してふっと笑いをもらす[10: 28]。しかし、この時には心地よく面白いと感じられたのと同じもてなしが、第四章で〈すべてスタールツェフを苛立たせ〉［10: 39］る。

馬車に乗り込んで、かつてはあれほど愛おしく大切なものだった黒々した家と庭を眺めると、彼はすべてを——ヴェーラ・イオーシフォヴナの長編も、猫ちゃんの騒がしい演奏も、イヴァン・ペトローヴィチの洒落も、それからパーヴァの悲劇的なポーズのことも、いちどきに思い出した。そして、町じゅうで一番才能のある人たちがこれほど無能だとすると、この町はいったいどうしたものなのかと少し考えた。［10: 39］

この変化に関連して注目すべきは、四章の冒頭に要約的に書かれている、一度目の訪問から二度目の訪問までの四年あまりのスタールツェフの暮らしぶりだ。S市の住民は〈カルタの相手にしたり、食事の相手にしたりしているうちは温厚で、親切でもあり、頭も悪くない〉［10: 35］のに、ひとたび政治や学問に話題が及ぶと途端に意地悪く疑り深くなる。そうしたことをスタールツェフが〈経験によって次第に覚え〉るようになるにつれ、住民の〈話しぶりや人生観、さらには風采までもがスタールツェフを苛立せ〉るようになった。それで彼は〈会話を避け、ただ飲み食いをしてヴィント［カードゲーム］をするだけになった〉。もう一つ別の楽しみを覚えたが、それは夜毎に診察で稼いだ色とりどりの紙幣をポケットから引き出して眺めることだった、という具合である［10: 35-36］。全面的に用いられている不完了体動詞や、〈次第に（мало-помалу）〉といった副詞から、若きスタールツェフの瑞々しい感性が、俗悪で偏見に満ちたS市民的思考にぶつかって疲弊させられ、損なわれるような出来事が四年の間にくり返されたと読み取れる。すでに指摘したようにトゥールキン家がS市の縮図であったこと、S市民と同様にトゥールキン家のサロンがスタールツェフを「苛立たせた（раздражать）」と同じ動詞が用いて書かれていることを考え併せれば、だんだんと形成されたS市民への否定的評価が、二度目のトゥールキン家訪問時の辛辣な評価につながると考えられる。

　このように、生活の退屈さや単調さの積み重なりに伴ってスタールツェフの内面の硬化が進行していくのだが、そのことについてチュダコフは〈性格における変化は［……］実際には、チェーホフの作品にあってはいたるところでそれが見られるように、外見的形象に結びつく一連の観察の内に存在している。「移動の手段」が変わり、夜毎に金を数えるという新しい「気晴らし」があらわれるといった風に〉[26]と指摘している。これを踏まえて、第五章のスタールツェフについて〈外見的形象〉と〈性格における変化〉を示す一文、〈脂肪で喉がふさがったためであろうか、彼の声まで変わって、細い鋭い声になった。彼の性格もまた変わった。気難しく怒りっぽくなった〉［10: 40］に注目したい。本作が「ニーワ」誌に掲載される際に加えられた改変を見ると、当初は声の変化についての描写のあとは、それと分けて〈彼の性格は気難しく、怒りっぽい（Характер у него тяжёлый, раздражительный）〉と性格の変化が書かれていた［10: 260］。これに対し改変後の〈声まで変わって、細い鋭い声になった。彼の性格もまた変わった（голос у него изменился, стал тонким и резким. Характер у него тоже изменился: стал тяжелым, раздражительным)〉では、肉体的変化と連動するかのような形で性格の変化が書かれている。すでに見た移動手段の高級化・高速化や肥満といった主人公にまつわる外面的変化と、内面的変化は連動して進行するのである。

　以上見てきたように、若く、仕事熱心で〈未だ現世の杯から涙を飲まざりし〉［10: 25］スタールツェフが、外見的にも内面的にも人ならざる〈異教の神〉に変化するという思いがけない結果に至る、累積的構成を明らかに指摘することができる。

本作が『箱に入った男』『すぐり』『恋について』（いずれも一八九八年）という、いわゆる「小三部作」の続編として構想されたことにも触れておきたい。渡辺聡子は、社会に存在する様々な「箱」の中に人間が囚われ、精神的に硬直していく様を描く点で三部作はテーマを共有すると分析しているが[27]、この観点からすれば、青年医師が次第にS市の精神的遅滞に取り込まれ同調していくという変化もまた、三部作とのつながりの上で予想可能なものであるとも言える。そのためか、スタールツェフが「イオーヌィチ化」することを妥当なものとして見る傾向が根強い。たとえば池田健太郎は〈かつては純真で繊細なところさえあったスタールツェフが、人間性をまるで喪失して、〝邪教の神〟のように思われている。この退屈で無能な、お話しにならぬほど俗悪な田舎町で、スタールツェフ自身、さらにそれを上廻る、粗暴で、粗悪な、俗悪かぎりのない人間になり果ててしまっている。――これが、この小説のオチであり、全編のテーマ〉であると断言している[28]。村手はまた、第五章が現在形で書かれていることから、作品は〈終章から出来事の全体を俯瞰して〉いると述べている[29]。つまりすべてはあたかも決定ずみの事柄として書かれていると言うのである。

しかし、見てきたように主人公の変化が最終的な局面に向かって進行していく様は累積的構成により明らかである一方、すでに『生まれ故郷で』においてヒロインの失望の始まりが定かではなかったのと同様に、いやそれ以上に、スタールツェフの変化の発端や原因について判断することは困難だと言わなければならない。たとえばスタールツェフはいつ、何のせいで太り始めたのか。中村唯史は次のように分析する。

第二章の最終部、深夜の墓場でエカテリーナに待ちぼうけをくらった後、突然スタールツェフは考える。

《Ох, не надо бы полнеть!》

それ以前にイオーヌィチの体型について言及されている箇所はないから、彼の独白はいかにも唐突に響く。確かに、第四章以降彼が肥え太っていくことを暗示する伏線ではあるのだが、第二章の独白と第四章以降の体形とが結びつくのは、ただ受け手の意識においてだけである。〔……〕言うまでもなく、「太りたくはないものだ」と思ったから太るという必然性は本来ないのである。[30]

ちなみにパンテレイモンについても四章以前に肥満に関する描写は見られないが、彼も同様に太っていく。コジェヴニコヴァはスタールツェフの肥満を示す二つの場面で両者を描写するのに同じ動詞が用いられていることから、二人の人物は〈双子型人物〉の好例だと指摘している。[31] この考えにしたがうのなら、〈馬車にやられちまった〉というパンテレイモンの不平をもって、つまり、歩かなくなったので太り始めたという風に、スタールツェフの肥満の開始時点を説明することができるかもしれない。しかし、チュダコフが言うように外見上の変化のより本質的な役割は彼の内面性の変化を示すことにあるとすれば、歩かなくなったために太り始めたというような「現実的」な理由づけは、いずれにせよあまり有意味なものではない。

強調しておきたいのは、〈外見的形象に結びつく一連の観察〉が内面の変化を指し示すものであるとしても、そのことは、前者が後者を理由づけ説明することを意味しないということだ。見てきたように、スタールツェフの性格変化の主たる原因は肥満したことにあったのではなく、S市やその住民の精神的遅滞や生活の千篇一律に存していた。しかしながら、中村は〈仕事に忠実で、時にロマンスを口ずさんだりするような青年スタールツェフが、何故、「異教の神」に成り果てたのか、そのことについては第四章前半部のS市の人々に関する叙述で説明がつくわけだが、S市の人々が人格化されていない分、印象としていかにも弱い〉、〈トゥールキン家の人々にはわずかなりと人間性が残されているのにイオーヌィチにそれが残されなかったのか、その理由は作品内に求めても見出せない〉と、内面的変化においても必然性の欠如が見られることを指摘している。[32] チュダコフにしても、主人公の精神的硬直という〈最終的な状態〉を説明するはずの〈以前に見られた何らかの特質〉については直接的に語られることがなく、〈何か別のことについて、それもただ間接的に、そうした特質をほのめかすようなことについて言われるだけである〉ことを認めている。[33]

『生まれ故郷で』を振り返れば、くり返されることの中で一回しか生じない出来事は人物像の決定的な変化と結びついていた。『イオーヌィチ』で一回しか生じない出来事といえば、スタールツェフのエカテリーナに対する恋愛であることは一読して明らかだ。そしてその恋愛は第二章での墓地の場面と、第三章でのプロポーズおよびその拒絶という、これも一度きりの出来事を付随的に生じさせる。しかしながら、ヴェーラがアリョーナに激高するエピソードを経て、理想を棄て周囲に同化する決意に至るのと異なり、エカテリーナへの恋はスタールツェフに実際のところ大した影響を与えない。プロポーズが失敗に終わったあとの場面も次のように描かれる。

それから三日ほどは何一つやる気がおこらず、食事もしなければ眠りもしなかったが、やがてエカテリーナ・イワーノヴナが音楽学校に入りにモスクワへ出発したという噂が耳に届くと、彼は落ち着きを取り戻して、また元のように暮らし始めた。

そののち、自分があの晩、墓地をほっつき歩いたり、町中かけずり回って燕尾服を探したりしたことを時たま思い出すと、彼はだるそうに伸びをして、こう言うのだった。

「ご苦労なこった、何しろ！」　[10: 35]

この述懐を、このあと彼が「イオーヌィチ化」することの〈弱い印〉であるとする見方もあるが、[34]〈弱い印〉である以上、エカテリーナから結婚を断られたことと、スタールツェフの性格変化の間に直接的な因果関係を見出すことはできない。

このようにスタールツェフの「イオーヌィチ化」は、外的にも内的にも、その発端は不明瞭であり、必然性にも欠ける。この点について、三度中村の指摘を引こう。〈『イオーヌィチ』には因果関係が欠けている。〔……〕各章がそれぞれ鮮やかに詳細に叙述されている一方で、章と章の間の出来事についてては――因果関係の観点から言えばそれこそが重要なのに――事実上、何も語られていないに等しい[35]〉。作品には〈昇天祭の日だった〉[10: 25]〈ある祭日〉[10: 29]〈翌日の夕方〉[10: 32] と時間を指示する文句が散見される。また、章と章の間には短いにせよ長いにせよ前章からの時間経過が置かれている（一章と二章の間に一年あまり、二章と三章の間に一日、三章と四章の間に四年、四章と五章の間に数年の時が経過する）。そして中村の指摘の通り、因果関係につながるような重要な事柄はその間隔に生じる。細かく見ていけば、一章の冒頭で〈郡会医に任じられたばかり〉のスタールツェフが冬の間ヂャリーヂで送った孤独な暮らしは、それと対照的に〈文化的な〉トゥールキン家のサロン、および一人娘のエカテリーナに彼が好感を抱く契機となるわけだが、詳しく語られず〈春になって〉[10: 25] の一語で片付けられている。二章の冒頭でも同様に、〈一年あまりの時が勤労と孤独のうちに過ぎた〉[10: 28] という一文があるのみだ。そして一年ぶりのトゥールキン家への訪問をきっかけに彼がエカテリーナ・イワーノヴナに恋をするようになったことが書かれるが、その恋心の進展についても〈このこと以来〉［10: 29］から〈ある祭日〉［10: 29］への時間経過の間に置かれ詳細は語られない。さらに、失敗した逢引の〈翌日の夕方〉［10: 32］に限ってなぜスタールツェフがプロポーズを決意したのかも、前夜に彼が考えたことについては〈「太るもんじゃないな！」〉という一文が示されるのみで、それ以上のことが語られないので判然としない。また、申し込みを断られた後で、彼が三日ほどどして〈落ち着きを取り戻〉すのはまだ分かるとしても、〈墓地をほっつき歩いたり、町中かけずり回って燕尾服を探した〉思い出に対し、〈そののち〉〈だるそうに伸びをして〉〈「ご苦労なこった、何しろ！」〉［10: 35］と言って片付けるほど冷淡になるまでにはどういった心境の変遷があったのかも、やはり明かされていない。第四章の冒頭ではスタールツェフはすでに太って性格的にも凝り固まっているが、そこに至るまでの「四年」に何があったのかは要約的にしか示されていないことはすでに述べた通りである。第五章で彼の「イオーヌィチ化」は完成しているが、前章からの〈それからまた数年〉［10: 40］の間に何がありそうなったのかは、章と章の間に空白として残されている。

このように、スタールツェフの変化が積み重なるように進行する様子はこの上なく明らかであるのに、そこには『役者の最期』『生まれ故郷で』にはまだしも感じられた、人物が変化する根拠が欠けているのである。スタールツェフはなぜイオーヌィチに変わったのか、イオーヌィチに変わったから変わったのだという同語反復以上のものをここに見つけ出すことはできない。このことを詳しくするために、次に、本作における語りと人物の関係について考えてみたい。

4　偶発性の物語り

チュダコフはチェーホフの叙述の特徴をほとんど全作品について分析し、主観的叙述の時期（一八八〇―一八八七）、客観的叙述の時期（一八八八―一八九四）、そして語りに主観性が再び戻ってくる時期（一八九五―一九〇四）に分類した。(36) この分類にしたがえば『イオーヌィチ』は第三期に該当する。これを踏まえた上で、『イオーヌィチ』の第二章でスタールツェフがエカテリーナを庭に誘い出す場面に注目したい。

彼女〔エカテリーナ〕はその新鮮さ、まなざしや頬のあどけなさで彼を有頂天にさせた。彼女の服の着こなしさえ、その飾り気のなさやあどけない優雅さによって、彼には何か並外れて愛らしく、胸を打つもののように見えていた。それでいて同時に、そのあどけなさにも関わらず、彼女は年に似合わぬほど賢く進歩的なようにも彼には思われた。彼女となら彼は文学についても、芸術についても、どんなことについても話すことができたし、彼女になら日々の暮らしについて、人々について愚痴をこぼすことだってできた。〔……〕彼女は、ほとんどすべてのS市の娘と同じく、たくさん本を読んでいた（大体からして、S市で読書をする人は極めて少なかったので、ここの図書館に娘と若いユダヤ人がいなかったら、図書館など閉鎖してもいいくらいだと言われていた）。［10: 29-30］

本作の語り手は作中人物として物語内容に登場してはいない。したがっていわゆる「神の視点」から全てを見通すことも原理的には可能であるはずだが、ここで語りは基本的にスタールツェフの思考の流れを追いつつ、〈年に似合わぬほど賢く進歩的なようにも彼には思われた〉といった一文に見るように、スタールツェフの認知能力の限界にとどまっている（あくまでもスタールツェフにはそう〈思われた〉にすぎないので、エカテリーナが事実年に似合わぬほど賢く進歩的なのかどうかは保留されている）。この意味においてて、これはジュネットの言う〈内的焦点化〉[37]に相当しよう。つまり語り手はスタールツェフの視点から、その〈視野の制限〉の中で物語るのである。しかしその一方で、〈彼女は、ほとんどすべてのS市の娘と同じく、たくさん本を読んでいた（大体からして、S市で読書をする人は極めて少なかったので、この図書館に娘と若いユダヤ人がいなかったら、図書館など閉鎖してもいいくらいだと言われていた）〉という注釈はスタールツェフの視点を超えている。後半部が括弧に挿入されている点からしても、この一文の視点は語り手に属すると考えた方がいいようだ。さらに、スタールツェフがエカテリーナにプロポーズする場面に目を向けよう。

「……お願いです、後生ですから」と、とうとうスタールツェフは切り出した、「僕の妻になってください！」

「ドミートリイ・イオーヌィチ」とエカテリーナ・イワーノヴナはひどく真面目な顔をして、ちょっと考えてから言った。〔……〕「おゆるしくださいね、あなたの妻になることは、私できません。真剣にお話しましょう。ドミートリイ・イオーヌィチ、あなたもご存知のように、私、人生で何よりも芸術を愛しているんです、夢中なの、音楽を崇拝しているんです、音楽に全人生を捧げてしまったんです。私は芸術家になりたいの、名声が、成功が、自由がほしいの。ところがあなたは、私にこの町での暮らしを続けろとおっしゃるのね、この空しい、役にも立たない、私にはもう我慢ならなくなった生活を続けろとおっしゃるのね。妻になるだなんて――無理よ、ごめんなさいね！　人間は高い、輝ける目的のために努めなくてはならないのに、家庭生活は私を永久に縛り付けてしまうに違いないもの。ドミートリイ・イオーヌィチ（彼女はかすかに微笑んだ、「ドミートリイ・イオーヌィチ」と発音した時、「アレクセイ・フェオフィラークトィチ」のことを思い出したので）、あなたは親切で立派な、聡明な方ですわ、あなたは他のどの人よりも素晴らしい人よ……」と言った彼女の目には涙が滲み出た。［10: 34］

「アレクセイ・フェオフィラークトィチ」とは以前エカテリーナが面白がっていた風変わりな作者名である。直接話法で書かれた長い対話が示すように、ここでは語り手が一旦その存在感を弱め、気配を断つかのように思われる。しかしその途端、〈彼女はかすかに微笑んだ、「ドミートリイ・イオーヌィチ」と発音した時、「アレクセイ・フェオフィラークトィチ」のことを思い出したので〉という一文が挿入される。物語言説の人称を定義した際のバルトのやり方に倣えば、(38) この文は問題なくエカテリーナの一人称に置き換えることができる（「私はかすかに微笑んだ、「ドミートリイ・イオーヌィチ」と発音した時、「アレクセイ・フェオフィラークトィチ」のことを思い出したので」）のだから、この場合内的焦点化はエカテリーナに対して行われていると言えよう。少なくとも、ここで語り手はスタールツェフの視点からは決して知り得ないことについて話しているのである。

今挙げた二つの例からもすでに明らかなのは、本作の外在する語り手はスタールツェフの視点に基本的に立ちつつも、彼に対する内的焦点化は徹底されてはいないこと、その上語りは時に応じて他の人物に視点を移すこともあり、いわばかなりの程度主観的にふるまっていることだ。長野俊一もこのことを〈語り手は、人物たちが属する世界の論理から解放されているというみずからの自由な立場を利用して、人物たちとの相対的な距離を巧みに操作する〉と指摘している。[39] だからこそ、本作の語り手は作品の最後の方で、物語りを終えるよりも早く〈これで、彼について言えることは全部である〉[10: 41]と、それまで主として視点の拠り所にしてきたスタールツェフを放擲することができるのである。

もちろん、ジュネットも認める通り〈焦点化の公式は、必ずしもある作品の全体に関わるものではなく〉、〈一つの限定された物語切片〉にのみ関わるものであって、その上〈いわゆる内的焦点化が、完全な厳密さをもって適用されることは稀でしかない〉ことは留意されてよい。[40] それでもなお、このような語りの性質は、直接話法による人物の「声」の特徴的な扱い方に関して興味深いものだ。第四章でスタールツェフの内声が次のように直接話法で示されている。

甘いピローグでお茶を飲んだ。それからヴェーラ・イオーシフォヴナが小説を朗読し、人生にはありそうもないようなことを読み進めた。スタールツェフは聞いたり、彼女の美しい白髪頭を眺めたりしながら、朗読が終わるのを待っていた。

『無能だというのは』と彼は考えた。『小説を書けない人間のことじゃなく、小説を書いたら隠してはおけない人間のことだ』

「なかなかどうして」とイワン・ペトローヴィチが言った。

それからエカテリーナ・イワーノヴナが騒々しく、長たらしくピアノを弾いた。演奏が終わると、みんなで長いこと彼女にお礼を言ったりほめちぎったりした。

『ああよかった、この女と結婚しないで』とスタールツェフは思った。 [10: 37]

トゥールキン家のもてなしはかつてと全く同じであるにも関わらず、スタールツェフの評価のみが真逆に変わることについてはすでに述べた。注目すべきは、ここで語り手は「イオーヌィチ然」としたスタールツェフの冷酷な内言を置くことで自分が物語ることの代わりとしている点だ。『生まれ故郷で』において、アリョーナを叱責したあとのヴェーラの二つの独白とこれを比較してみよう。

そこで身じろぎもせず草の上に横たわった彼女は、泣きもせず、怯えもしなかったが、空を見上げながら、まばたきもせずに、生涯忘れられもしないし、自分を許すこともできないようなことが起こったのだと、冷静にはっきりと考えていた。『いいえ、もうたくさん、もうたくさんだわ！』と彼女は思った。『いいかげん、自分を抑えなければ。でないときりがなくなる……もうたくさん！』 [9: 323]

ドクトルのすらりとした姿を目で送りながら、あたかも自分の決意の厳しさを和らげようとするかのように、彼女は言った。

『とてもいい人だもの……何とかやっていけそうだもの』 [9: 323]

いずれの場合も、まず語り手がヴェーラの心理状態を代弁し、その後直接話法で彼女自身の言葉が挿入されることによって、これらの「声」は彼女の心理を明らかにし説明する役割を担う。これに対しスタールツェフの「声」は、引用に見た通り語りによる準備を受けない形で唐突に置かれている。スタールツェフが太り始めた時も、エカテリーナへの恋に我ながら冷淡になった時も、同様にそれらが、発言に至るまでの詳細が語られないまま直接話法の独白（「太るもんじゃないな！」「ご苦労なこった、何しろ！」）に収束していたことを想起してほしい。直接的な形で示されることで、スタールツェフの「声」は逆に彼の心理を解し難いものにしているのである。

ここには、バフチン的な語りと内的（ときには外的）な主人公のことばにおける、〈異なる向き〉にも似たものが感じられる。プーシキンの詩『ポルタワ』でマゼッパが皇帝に訴える場面を例に、バフチンは書いている。

この断片では、シンタックスと文体はマゼッパの謙遜と涙ながらの訴えという評価的トーンによって規定されているのにたいして、この「涙ながらの訴願」は著者のコンテクストの評価的定位や物語るさいのアクセントに従属している。このばあいのアクセントは、「誰の処刑を？……ひとでなしの老人よ！　誰の娘がその腕の中にいるのだ？」という修辞的疑問においてついに爆発する〔著者の〕憤慨のトーンで彩られている。

この断片を読むさいにそれぞれの言葉の二重のイントネーションを伝えること、つまりマゼッパの訴えを読むことを通してその偽善を怒りをこめてあばくことは、十分に可能である。[41]

このように言う時、彼がモデルにしたのは〈まさしく主人公も著者も一度に話し、ここではひとつの言語構成の範囲内にふたつの異なる向きの声のアクセントが保たれている[42]〉形態、つまり疑似直接話法の形態であったのだが（物語るのが「著者」なのか「語り手」なのかを峻別することは今必要なことではないので省く）、この考えを援用して言うならば、『イオーヌィチ』の語り手は直接話法の内言に対する沈黙というかたちで〈異なる向きの声のアクセント〉を作りだし、人物に対する特有の「非協調」を示しているのである。

人物の「声」に仮託したこのような沈黙は、スタールツェフとエカテリーナが四年ぶりに再会した場面にも見出される。

今見ても彼は彼女が好きになれた。それどころか大いに好きになれたが、しかし今では彼女に何か足りないもの、あるいは何か余計なものがあって――彼自身にもそれが具体的に何だと言うことはできなかったが、しかし何かが、かつてと同じように感じることを彼に妨げるのだった。彼には彼女の青白さ、むかしは見られなかった表情、おずおずした微笑、声などが気に入らなかった〔……〕［10：37］

語り手はスタールツェフ自身にも〈それが具体的に何だと言うことはできなかった〉ことを理由に〈かつてと同じように感じることを妨げる〉ものが何なのかを自らも語らずにいる。だが、くり返して言えば、物語世界の外に在るという自らの資格において語りはスタールツェフ自身すら知らないことについて、なぜ彼が〈かつてと同じように感じること〉ができないのかについて因果関係を説明することもできるはずなのに、それをしないのである。

語りの言葉の選択にもこうした特徴は表れている。再会したエカテリーナを気に入らない理由が〈彼自身にもそれが具体的に何だと言うことはできない〉何かと語られたように、本作の地の文にはしばしば「なぜか（почему-то）」「なんとなく（как-то）」といった言葉が用いられている。たとえばスタールツェフが、冬に往来でイワン・ペトローヴィチの招待を受けて、時を経て初夏、実際に訪問することを決める時にも〈彼は公園をぶらついた。そのあと、なんとなくイワン・ペトローヴィチの招待のことが思い出された〉［10: 25］とある。「なぜか」「なんとなく」がもつ不定性や曖昧さは、ドストエフスキーの創作に多用されている「突然（вдруг）」のそれとは少しく異なる。たとえば『罪と罰』において、郡伸哉が指摘する通り、「突然」を含む〈不定性〉〈突然性〉〈動作の不随意性〉を示す表現は、ラスコーリニコフの内心の抵抗にも関わらず彼をして殺人、あるいは殺人の告白といった大きな行為へ〈引きずりこむ〉ような〈意志でコントロールできない力が働く場〉(43)を作り出す。このような〈人間のコントロールをこえた力〉を介在させる「突然」に対して、冬にイワン・ペトローヴィチの招待を受けたスタールツェフが忙しかったのでそのことを忘れ、春になり町にやってきた折に「なんとなく」それを思い出すことは、もっと些細でさりげない出来事にすぎない。チュダコフもまたこの訪問の思いつきを指して、〈チェーホフの語りは公然と主人公を導くことはなく、出来事の発端は故意でないかのように、独りでにそうなったかのように、「なんとなく」かのように描かれ、エピソードの間に優劣は存在しない〉と指摘している(44)。

この点に関連して、本作が雑誌に掲載される際に加えられた改変に再び言及しておきたい。ひとつは第二章でスタールツェフとエカテリーナが庭で話をする場面だ。最初の段階では〈彼女となら彼は文学についても、芸術についても、どんなことについても話すことができたし、彼女にならば日々の暮らしについて、人々について愚痴をこぼすことだってできた〉という文の後に〈そして、彼女も彼を理解し共感することができた〉という一文があったのだが、それは削除された［10: 257］。その結果スタールツェフの恋の因果関係が弱められることとなった。もうひとつはスタールツェフが四年ぶりにトゥールキン家からの招待を受ける場面で、この箇所は最初の段階で〈少し考えた。夕方、スタールツェフはトゥールキン家へ出かけたが、彼の胸は高鳴っていた〉となっていた。しかし〈胸が高鳴っていた〉という一文は削除された〔10:259〕。この部分が削られたことで、招待を受けるにせよ受けないにせよ、明確な理由や原因に突き動かされてのことではなく、何とはなしにそうしたという印象が強調され、必然性はやはり薄められる。

そしてまた、不定性を示す語や、因果関係を見えにくくするような改変のない場合でも、重要な行為や決断の根拠が提示されない例に目を向けよう。エカテリーナと再会して三日後、再びスタールツェフが彼女からの手紙を受けとる場面だ。


三日後、パーヴァがエカテリーナ・イワーノヴナからの手紙を持ってきた。

『あなたは私どもへいらしてくださらない。どうして？』と彼女は書いていた。『もう私たちへのお気持ちが変わってしまわれたのかしらと、心配しています。心配で、そのひとつことを考えるだけで、こわくなります。どうぞ私を安心させて、いらして、何も心配いらないっておっしゃって。私、あなたとどうしてもお話したいことがあります。あなたのE・T』

彼は手紙を読み終えると、少し考えた。そしてパーヴァに言った。

「なあ君、今日は行かれません、とても忙しいからって伝えてくれ。そう、三日ほどしたら参ります、とね」

しかし三日が過ぎても、一週間が過ぎても、彼はやっぱり行かなかった。ある時トゥールキン家のそばを通りがかり、せめて一分だけでも立ち寄るべきだろうと彼は思い出した。しかし少し考えて、そして……寄らなかった。

そしてそれ以後彼はもう決してトゥールキン家を訪れなかった。［10: 39-40］

〈あなたとどうしてもお話したいことがあります（Мне необходимо поговорить с Вами）〉という言葉は、第二章でトゥールキン家の庭でスタールツェフがプロポーズを考えてエカテリーナに言った言葉〈あなたとどうしてもお話したいことがある（Мне необходимо поговорить с вами）〉［10: 30］のくり返しである。だからと言って、エカテリーナの「話」の内容にスタールツェフが気付き、それを避けたという風に言い切ることはできない。書かれていることから分かるのは、彼が自ら指定した三日後に行かず、それ以後はもう決して行かなかったという事実のみであり、その理由は示されていないのである。

『イオーヌィチ』の末尾の一文に目を向けよう。

彼は孤独だ。毎日が退屈で、彼の興味を惹くものは何もない。ギャリージに暮らすようなってからこのかた、猫ちゃんへの恋が彼の唯一の喜びだった。そしておそらくは最後の。［10: 41］

池田健太郎は中央公論社版のチェーホフ全集の「解題」でスタールツェフの恋を〈物語の見事な艶にすぎない〉(45)と述べているが、作品の語り手が主人公の「イオーヌィチ化」については〈ごく切り詰めて〉語り、この末尾にも感知されるようにスタールツェフの恋については〈延々と物語る〉(46)こともまた事実なのである。

実際、エカテリーナとの関係においてのみ、スタールツェフには〈異教の神〉と化さずに済むいくつかの分岐点があったはずだ。たとえば第四章で再会したエカテリーナと庭に出る場面では、暗がりの中で彼女が〈より若々しく見え〉〈以前のような子供っぽい表情が戻って来た〉ように思われて、スタールツェフには〈過去が惜しまれ〉、〈胸の中で小さな火がかすかに燃え始めた〉とある。その火が〈いよいよ燃え上がった〉時、彼は〈とうとう喋りたく〉なり、勢い込んで〈生活の愚痴〉をこぼしはじめる[10: 38]。この章の冒頭で、すでに太り気難しくなったスタールツェフが〈会話を避け〉、食事の席に招かれても〈厳しく黙ったまま〉[10: 36]でいるようになったと書かれていることと、この衝動は対照的だ。しかし、エカテリーナがスタールツェフの生活や仕事を褒め称えたために、結局〈小さな火〉は消えてしまう[10: 39]。そしてスタールツェフはそそくさとトゥールキン家を後にし、以後二度と足を運ばない。この時思う存分胸の内を打ち明けられていれば、あるいはもっと以前に、彼にとり〈唯一の喜び〉であった〈猫ちゃんへの恋〉が実っていれば、スタールツェフはイオーヌィチにならずに済んだ、と考えることはできるのかもしれない。レヴィタンとツィレーヴィチは何かが起こりそうで起こらないチェーホフのシュジェートを〈成立しなかった行為の話〉と区別している(47)。今挙げたような点では『イオーヌィチ』もまたこのタイプに属すると見なせるのだが、実はこれまでに見てきた『役者の最期』『生まれ故郷で』もまた、〈成立しなかった行為の話〉に当てはまる(シチプツォーフは「役者にならないでヴァージマで暮らしていたら」と実際には起こらなかった出来事を夢想する。ヴェーラはより良い人生を思い描くが実際には思い描いたものと違う人生を始める)。これを踏まえると興味深いのは、『生まれ故郷で』のシュジェートに関するパペールヌィの次のような指摘だ。

短編にはひとつではなく、二つのシュジェートが存在している。ひとつめは、「生まれ故郷で幸せになる」というヒロインの期待や希望と結びついた、架空の見かけ上のシュジェートである。領地へ向かう道でヴェーラは祈るようにつぶやく。「神さま、ここでどうか楽しく暮らせますように」。そしてその後は始終考え通し、周囲の人が送っているようなのとは違う、自らの「物語」を作ろうと試みる。それは次のような具合だ。「興味深い人間になって、興味深い人間たちに気に入られ、恋をし、自分の本当の家族を持つことができるようなことのために、全人生を捧げられたらいいのに……」(IX, 239)。

しかしながらヴェーラが考え、夢み、予測していたことの上に、現実がそのありのままの姿で、ずっと以前からお馴染のその筋立てでもって覆いかぶさる。つまり、人生は決められたように生きなければならないのだ。客人と座っていなければならない、でないと高慢だと思われる。教会に行かなければならない、でないと不信心者だと思われる。医者のネシチャーポフ――「お似合いの夫婦」「ヴェーラの運命」――のところへ嫁がなければならない、という風に。

この二つめの、典型的で一般的な「人々と同じ」筋立ては一つめの筋立てに勝利し、それを廃止してしまう(48)。

『役者の最期』にもこのような〈二つのシュジェート〉が見出される。〈女房もいない、子供もいない〉〈役者になんかならないで、ヴァージマで暮らせば良かった〉[4: 350]というシチプツォーフの台詞を想起しよう。ヴェーラの場合まだ見ぬ未来に対する彼女の願望が実際のそれとは異なるシュジェートを作り出すとすれば、彼の場合は過ぎた過去に対する「もし……していたら……だったのに」という後悔が別のシュジェートを描き出すのである。

『イオーヌィチ』の場合は、第二のシュジェートを描くのはスタールツェフではない。先の部分でエカテリーナとの関係が違えばスタールツェフはイオーヌィチにならずに済んだかもしれないと述べたが、結局それは空しい仮定にすぎない。そもそもなぜ彼はエカテリーナを恋したのか、なぜ再会した彼女が気に入らないのか、なぜ彼女の願いに応えず二度とトゥールキン家へ行かないのかさえ、明らかにはされていないのである。見てきたように、物語内容の展開はスタールツェフがイオーヌィチと化していく出来事の積み重ねとして累積的に進行していた。一方で語りは章と章の間の空白や焦点化の混在、人物との距離の操作、言葉の選択などによって出来事の因果関係を曖昧にし、すべてを非決定性の内に置くので、スタールツェフがイオーヌィチと化す理由、その肉体も感性も〈脂肪につつまれて〉[49]いく必然性は作中に求めても見当たらなかった。語りのこのような非決定性によって、スタールツェフがイオーヌィチ化するという「起こったこと」が相対化される結果、もしスタールツェフがイオーヌィチと化さなければ、という〈架空〉の物語は、「起こり得たが起こらなかった」別のシュジェートとして、陰画的に浮かび上がるのである。

そうだとすれば、いっそう重要なのは次のようなことだ。ヴェーラは〈「鞭だ！」〉[9: 323]と叫んだのちに理想的な物語を棄て〈人々と同じ〉筋立てに同化する。シチプツォーフは失われた人生を取り戻す術もなく、ヴァージマへも行けずに死ぬ。つまり、これらの作品では、人物の夢想に対する現実の勝利という形で「別のシュジェート」が容易に解消され得る（〈典型的で一般的な「……」〉筋立ては一つめの筋立てに勝利し、それを廃止してしまう〉）。対して『イオーヌィチ』では、「起こったこと」と「起こり得たが起こらなかったこと」の間の食い違いは、それがテクストの構造そのものから生じる限りにおいて容易に解消されない。チュダコフも、チェーホフの語り手が〈しばしば説明を辞退する〉ことをめぐって、

〈語り手は一意的な説明を与え〉ず、たとえ説明が行われ、人物の心理や行動について多くの点が明らかになったとしても〈その説明の中に断固たるものはない。すべては厳密にこのように説明できるというのではなく、単にこのように説明できるかもしれないということなのだ。提供されているのは、本質的には、説明のヴァリアントなのである〉と述べていた。[50] そうだとすると、説明のヴァリアント――解消されない、起こり得たことについての多くのシュジェートは、これもまた生じた結果を相対化するだろう。この点に関連して、続けてチュダコフの言葉を引きたい。

チェーホフ以前の伝統では、結果を伴う出来事の全体図＝ファーブラは、あらゆる形でシュジェートに支えられていた。チェーホフの芸術的システムにおいては、シュジェートの運動は真逆に方向づけられている。シュジェートの運動をもとにファーブラはむしろ完成されない出来事の全体図に近づく。そしてファーブラもシュジェートも「偶然性」という新しい世界のヴィジョンを展開する。[51]

見てきたように、「スタールツェフがイオーヌィチと化す」というファーブラ／ストーリーを「語り尽くさない」ようなシュジェート／プロットの構成が、〈完成されない出来事の全体図〉を導く。このように考えてくると、われわれは、П・М・ビツィイーリがチェーホフの主要な特徴と見なしたような問題、すなわち彼の物語の最後には〈大団円も、完成も、生活のドラマの解決もない〉[52] という問題に行きついたことに気がつく。チュダコフによれば、チェーホフの物語に〈「結末」がない〉[53] ことは世界の偶然性――生や生活が偶然に満ちており、混沌としていること――に対応する。一方で、А・Д・ステパーノフは〈チェーホフの芸術構造をひとつにつなぐドミナント〉に〈偶然性〉という〈非構造性〉を置くことを批判していた。[54] しかし、〈偶然性〉もある場合には〈世界のヴィジョン〉というよりむしろ構造のドミナントたり得る。なぜならそれは、ダーウィンの理論で最も本質的なものとパラレルだからである。想起しよう。自然淘汰は、自然法則の下に一連の先行状態に続いて必然的に生じる。しかしそれは〈きわめて特別なはたらき方ではあるものの、盲目の物理的な諸力〉にすぎない[55]のであって、ダーウィンの考える進化には、あらかじめ決まった目的や目標は存在しない。このように理論の根本に抜き差しならぬものとして偶然性を内蔵したことで、ダーウィンの進化論は発展的・神学的進化論と袂を分かち、科学理論として大成した。進化論の考え方で言えば、出来事の〈すべては起こるべくして起こっている〉と同時に、結果は目指されてきた完成ではなくつねに偶然そのようになったもの、〈まるで予想もしていなかった〉ようなもの、〈ほかでもありえた[56]〉ものとして相対的に生じるのである。

物事が着実に進行する一方で、〈説明のヴァリアント〉しか存在しない、〈大団円も、完成も、生活のドラマの解決もない〉ような、いわゆるチェーホフの「開かれた結末」のことを、進化論の用語にしたがって「偶発性」の物語りとわれわれは呼びたい。しかしながら、〈ほかでもありえた〉ものとして結果が語られるとは言っても、実際には今ある結果がすでに生じた時点で、無数の可能性はいつもすでに消え去っていることを忘れるわけにはいかない。よくそう言われるような、〈開かれた結末は「テクストののち」に続いていく〉という見方、シュジェート上のもろもろの葛藤が〈未来〉において〈完成されるという希望〉があるという見方には慎重になるべきだろう。[57] 少なくとも『イオーヌィチ』の場合、〈これで、彼についてで言えることは全部である〉[10: 41] と語りが言う以上、『決闘』のラエーフスキー同様、あるいはそれよりも厳しく、スタールツェフの物語はそこで終わっているのであって、彼は物語の最後にとどめ置かれているのである。

このように人物が行き止まり、取り残されることは、チェーホフの詩学においてさらなる意義をもっている。そのことを明らかにするために、第五章では、チェーホフの作品における時空間の意義を検討したい。

第五章　生のヴォリュームとしての時間と空間

第三章と第四章では、チェーホフの人物が物語の進行中に変化することに注目して、変化の記述の断片性や、シュジェートの特性が導く変化の偶発性を分析してきた。以下では、チェーホフの時間と空間――バフチンの用語で言えば〈時間的特徴が、空間のなかでみずからを開示し〉、〈空間も、集約されて、時間・話の筋・歴史の展開のなかに引き込まれる〉[1]ような、相互に連関する時間と空間の点からそのことを追っていく。

もっとも、知られているようにバフチンにとって重要な作家はドストエフスキーであって、彼の文学論にチェーホフの詩学がそれほど馴染むものではなかったことは事実だ。ほとんど唯一といっていい言及は「小説における時間と時空間の諸形式」の中に見られる。

空間の系と時間の系とが交差するもうひとつの例についてもふれておく。〔……〕プチ・ブルジョワの田舎町とその沈滞した日常生活――これが〔……〕十九世紀において小説内での事件が生起する場、きわめて広い範囲で好んで用いられた場である。〔……〕この田舎町は、循環する日常の時間の場である。ここには事件がない。ここに在るのはただ、繰り返される「ありふれたこと」だけである。時間はここでは、前進する歴史の歩みを欠いている。時間は、ごくせまい範囲内で動く。一日・一週間・一月・一人の生涯それぞれの圏内で流れる。が、一日も決して一日ではない。一年も決して一年ではない。一生も決して一生ではない。ある一日から次の一日へと、まったく同じ活動が繰り返され、まったく同じ話題が繰り返し語られ、まったく同じ言葉が交わされる。こうした時間のなかで、人々は食い、飲み、眠り、妻をもち、情人（ロマンティックなそれではない）をもち、とるに足らぬ陰謀をたくらみ、自分のちっぽけな店か事務所にすわり、カードで遊び、おしゃべりをする。これは、平凡で通俗的な、循環する日常の時間である。われわれには、ゴーゴリ、トゥルゲーネフ、グレープ・ウスペンスキー、シチェドリン、チェーホフによって、そのさまざまなヴァリエーションがおなじみの時間である。(2)

ミルキナの個人ノートを見ても、チェーホフの名は右の例と同じく他の作家と（大抵はツルゲーネフと）並列されて出てくる程度である。しかし、小説の時間と空間に関する、バフチンの次のような別の言葉に注目すべきだ。

小説（および小説のさまざまな変種）のうち大部分は、出来あがった主人公の形象をしか知らない。小説のすべての動き、小説中に描き出されるすべてのできごとや冒険椿事は、主人公を空間的に移動させ主人公に社会的ヒエラルキーの階梯を上下させる。〔……〕しかし彼自身はそのさいに変わることがなく、自己同一のままである。〔……〕そのような出来あがった主人公の運命と生の動きこそが、筋立ての内容をなしているのである。しかし、人間の性格そのもの、彼の変化ならびに形成は、筋立てとはならない。〔……〕

こうした支配的な、量的に圧倒的な多数をしめるタイプとならんで、いまひとつの、比較にならぬほどはるかに稀少な小説のタイプ、形成されゆく人間の形象を提示するタイプが存在する。静態的な統一の対蹠をなすものとして、そこには主人公の形象の動態的な統一がみられる。この小説の数式にあっては、主人公そのもの、彼の性格が、**変数**なのである。主人公自身の変化が**筋立てとしての意義**を獲得しており、またそれと関連して、小説の筋立て全体も根底から解釈しなおされ、再編成されている。時間が人間の内部へもちこまれて彼の形象そのものの一部と化し、彼の運命ならびに生を構成するすべての要因の意義を本質的に変えてしまっている。[3]

主人公とその性格が固定されていない〈変数〉であって、それ自体が〈筋〉であり、かつ筋の全体を〈根底から〔……〕再編成〉する〈形成されゆく人物の形象〉は、これまでの議論を通じてわれわれが指摘した、チェーホフの人物変化の特徴に呼応するものではないだろうか。そしてこの場合とりわけ時間が、〈人間の内部へもちこまれて彼の形象そのものの一部と化〉す特殊なその有り様が問題となるのである。この点にバフチンとチェーホフを結び付けて考察をすることには十分意味があると考えるし、先述のチェーホフに関するバフチンの指摘に関しても、このような観点から批判的に見直すことで、陰画的にチェーホフの時空間の特徴を浮かび上がらせるものとなり得るだろう。

以上を踏まえた上で、前章でもそうしたように、われわれはまず何よりもチェーホフのテクストの〈物語内容〉〈物語言説〉そして〈語り〉の構造に目を向け、チェーホフ的時空間の特徴を明らかにしたい。

1　対立する空間

まずは、ロシア文学における「地方」と「首都」の対立の問題に目を向けよう。E・H・エールトネルによれば、ロシア文学にたえず存在した「地方」(村、地主屋敷、郡の町)と「首都」(モスクワ、ペテルブルグ)の対立とは〈地方と首都の衝突を凡例づけたところの、民族的かつ中心的な思考〉であった[4]。すなわち、「地方」と「首都」の対立はイデオロギー的な性格を帯びた、ロシア内部に見られるもろもろの思想的・文化的傾向を反映するものだった。ロシアの文学にはそれゆえ、社会生活のあり方の相違としての「地方」「首都」の水平方向の(地理的な)対立と、精神生活のあり方の相違としての「地方」「首都」の垂直方向の(文化的な)対立が組み合わされたような構図がしばしば見受けられる。そしてこれらの二つの空間の差を克服したり、一方から他方へと移動することは小説の伝統的な「試練」にも似たものとなって、この移動が作中人物を形成する。したがって、この場合人物の精神的成長に際して重点は彼の心理よりむしろ空間的な表象に置かれる。人物を取り囲む外界が先に存在し、それに対する理解が彼を成長させるのである。

M・O・ガリャーチェヴァは、チェーホフにもこのような「地方」と「首都」の対立が、しかもかなり深い質的な差として見出されるとしている。ガリャーチェヴァによれば、チェーホフの作品において〈首都は文化の中心地であるだけでなく、精神的なものの中心でもあり、本物の、調和に満ちた人生も首都と結びつけられている〉。これに対して地方は、反対に、〈人間の日常生活のもっともみすぼらしい面を自己のうちに取り込んでいる〉[5]。確かに、人物が首都の美しい暮らしに焦がれ、地方の「灰色」の、単調な暮らしをかこつような場面はチェーホフにあってしばしば見受けられる。しかしながらわれわれの考えは、チェーホフの芸術的世界において〈地理的・文化的空間としての地方と都市〉が重要なのではなく、重要なのは、〈地方と都市とへの人間の「関係」であり、地方と都市との「主観的・評価的な色どり」である〉というB・C・アブラーモヴァの見解により近い[6]。そこで『百姓たち』(一八九七)『新しい別荘』(一八九九)『谷間』(一九〇〇)に注目し、このことを詳しく見ていくことにしよう。

この三作品はいずれも農村を舞台とし農民の姿やその生活を描くことから「農民三部作」と呼ばれることがある。たとえばゴーリキーは作品がいずれも〈農民に対する鋭い非難〉であると批判を受けたことに言及し、三つの作品を一連のものとして扱っている[7]。なるほどチェーホフは『百姓たち』の中で農民の暗く貧しい一面を強調している。しかし『新しい別荘』ではロシア文学における典型的・理想的な「ナロード」のイメージと相通ずるような農民像を描いてもいる。一方『谷間』では都市化しつつある基幹村落(село)における新しい階層である富農=商人に焦点が当てられている。すなわち農民の形象をめぐるテーマ性の点で三つの作品はそれぞれに相違している。そもそも作家の「小三部作」(『箱に入った男』『すぐり』『恋について』)と異なり、この三作は人物および物語の舞台となる世界の一貫性を持たないため、三部作としての形式を正確に備えてはいない。したがって、従来の「農民三部作」という分類はもっぱら表面的な類似に基づいていると言う方が良いようだ。これらの作品は、物語の空間と時間の性格に関してより本質的な連関を有していると考えられる。

3・C・パペールヌィは『百姓たち』『新しい別荘』『谷間』の三作に〈互いにかけ離れ、互いの世界を理解しあうことのできない[8]〉二つの異なる世界が描かれていることを指摘している。まずはそのような対立的関係を空間構造の観点から詳しく分析していく。

『百姓たち』には、主人公ニコライの生家やふるさとの村に対する空間としてモスクワが置かれている。まず、ニコライが生まれ故郷のジューコヴォ村に戻って来た場面で、彼の百姓家の様子が次のように描写される。

いま掘立小屋に一歩足を踏み入れてみて、ニコライは驚きさえした。実に薄汚く、狭苦しく、不潔なのだ。彼と来た妻のオリガと娘のサーシャも、大きくて汚らしくて、小屋の半分近くを占めている上に、煤と蝿で真っ黒になった暖炉を、けげんそうに眺めていた。[9: 281]

ニコライの百姓家は他の家と比べても〈一番貧しそうで、外観も一番古そう〉な家だが、隣あう家も〈それよりましなことはない〉[9: 282] のであって、百姓小屋の貧しさ、みすぼらしさが、この後に展開されるジューコヴォ村の暮らし全体の特徴と呼応している。これとは対照的なモスクワの空間を第一章の末尾でオリガが義姉に語る。

「モスクワじゃ家は大きくってね、石でできているのよ」と彼女は言った。「教会だって、たくさんたくさん、無数にあるのよ、ねえさん。それで家々に住んでいるのはみんな紳士でね、そりゃもうきれいな、上品なひとたちなんだから!」[9: 285]

「家」という共通のモチーフをめぐる比較を通じて、「狭く (тесный)」「不潔 (нечистый)」な村に対し

「大きく（большой）」「美しい（красивый）」モスクワが対置されている。

次に『新しい別荘』では、技師の一家が住む別荘と、村人たちが暮らすオヴルチャーノヴォ村の相違が作品の冒頭から明確に打ち出される。〈テラスとバルコニーと塔と、日曜ごとに旗をかかげる尖塔のついた美しい二階建ての家〉［10: 114］や〈雪のように白い、均整のとれた、よく肥えた馬〉〈太って美しい御者〉［10: 116］等が示す豪華さと裕福さが、村の〈狭くて暑苦しい〉［10: 119］百姓小屋の不潔さと貧困の対極に位置している。技師の妻エレーナが別荘から村にやってくる場面では、彼女の〈二頭の濃い栗毛の小馬にひかせた、車輪の黄色い四輪幌馬車（коляска）〉と対面する鍛冶屋ロヂオンの〈汚い不恰好な四輪荷馬車（телега）〉がコントラストをなす［10: 117］。技師一家が〈モスクワからやってきた〉ことからして、この背後にもまたモスクワと村の対立が感得されるだろう。

以上からすれば、『百姓たち』『新しい別荘』における異質な二つの空間の対立は、「地方」――ジューコヴォ、オヴルチャーノヴォ村――と「首都」――モスクワ――の伝統的な対立によく当てはまるように見える。しかし、『百姓たち』の冒頭で〈「あなたの村って、素敵ねえ！」〉［9: 282］と妻が言う言葉に対して、〈「今頃スラヴャンスキー・バザールじゃ、ディナーだな」〉［9: 282］とニコライが返答する場面に目を向けよう。〈草刈りももうすんで、いまでは百姓たちの家畜の群れが放たれ〉ている〈あざやかな緑の野原〉や、村から一キロほどのところを流れる川、その川の〈うっそうと木々の茂った〉［9: 282］素晴らしい岸辺を前にしながら、彼の脳裏にただちに浮かぶのは正反対のもの、すなわち首都モスクワの高級ホテルなのだが、そのことはこの村の特徴的な事情と関係していると考えられる。ジューコヴォはモスクワのレストランやホテルに出稼ぎ者を多く輩出しているために〈下男村〉〈給仕村〉［9: 288］と呼ばれている村だ。ニコライもまた、〈十一の時〉に〈イワン・マカールィチという［……］エルミタージュ公園の劇場の切符売りをしていた男〉［9: 288］の世話でモスクワへ行ったのだが、誰にでもそうしたチャンスがあるわけではなく、〈読み書きのできる者〉［9: 288］だけが都会へ行くことができる。そして、この村で読み書きのできる者は多くない（実際に、村生まれのニコライの義姉は〈ひどく知能が遅れていて〉［9: 286］読み書きができない）。このことと、モスクワに行かせてもらえたおかげで自分は〈りっぱな人間〉［9: 288］になれたとニコライが断言することを考え併せれば、そこには一種のステータスが感得される。だが彼は病気のために仕事を辞め、モスクワを去らざるを得なかった。だから彼は故郷の村を前に落胆し、スラヴャンスキー・バザールの習わしに思いを馳せるのである。モスクワ時代の職業に対する彼の強い思い入れについては、第六章の末尾にも次のような場面が見られる。

ひと晩じゅうまんじりともしなかったニコライが、暖炉から這い降りた。緑色の長持から自分の燕尾服を取り出して、羽織ると、窓の方に近寄って行って、袖を撫でてみたり、折り目をつまんでみたりして、にっこりした。それから注意深く服をぬぎ、長持にしまって、また横になった。［9: 301］

一方で、これらの例が同時に示すのは、ニコライの「モスクワ」が都市としての十全たる姿を現してはいないことだ。彼が知るモスクワとは唯々「スラヴャンスキー・バザール」なのである。〈八つの時にモスクワに連れて行かれた〉［9: 287］オリガも同様に、モスクワの〈教会〉や〈紳士たち〉についてのみ断片的に語る。そして、読み進めるうちに〈教会〉や〈紳士たち〉に彼女が過度なほど愛着を覚え、尊敬と感動の念を抱いていることが明らかになる。そうであるとすれば、本作のモスクワと村の空間的対立は、文化的中心地としての首都の優位性が前者に保たれているにせよ、それだけにとどまらず、もっと狭く個人的なものとしてもあらわれていると考えられる。
『新しい別荘』に目を移そう。第三章で村を訪れたエレーナが、自分は貴族ではないが〈夫の両親は家柄のいいお金持ちで、彼らは夫が私と結婚するのを望まなかった〉［10: 122］ために家庭に不和があること、それに伴う現状の不満を農民たちに打ち明ける場面を取り上げる。

「本当の話、人は自分の居場所にいると感じるのでなければ、幸せにもなれないし、満足もできませんもの」とエレーナ・イワーノヴナは続けた。「あなたたちは一人ひとりが自分の耕す土地を持っていて、一人ひとりが働いていて、それに何のために働くのかも知っています。私の夫にしても橋を建てているし、一言で言って、皆それぞれに自分の居場所があるわけです。ところが私は？ 私はただ歩き回っているだけ、耕す土地もなければ、働いてもいないし、よそ者みたいに自分のことを感じているのです。〔……〕」

　彼女は帰るために立ち上がって、娘の手を取った。

「私はあなたたちのこの土地が好きです」こう言って彼女は微笑んだ〔……〕彼女は青白い、やせた顔をしていて、眉は黒く、髪は金色だった。娘も同じように、母親に似て、やせて、金髪で、ほっそりしていた。彼女たちからは香水の匂いがした。

「川も気に入っているし、森も、村だって……」エレーナ・イワーノヴナは続けた。「ここに一生住めたらいいのに。ここでなら体もよくなって、自分の居場所を見つけられるような気がする〔……〕

［10: 122］

この言葉から分かる通り、エレーナにとって村の生活は「灰色」でも〈みすぼらしい〉ものでもなく、その反対である。ここでは村の空間は、モスクワのそれよりもむしろ希望的なものとして語られている。ナロードニキ主義的文学にも感知されるような「農村」の逆転的称揚も読み取れるものの、彼女が村の空間に懸けるのは〈自分の居場所〉という個人的な希望であることを強調しておきたい。

『谷間』の空間は少しく異なっている。注目したいのはタイトルでもある「谷（овраг）」という空間設定である。「谷」の内部に存在するウクレーエヴォ村について、第一章の冒頭で〈寺男が葬式の場でありったけのイクラを平らげた〉という〈重要でない〉十年前の出来事以外には、この村について語られるべきことは何もないことが示される［10: 144］。ここから分かる通り、谷間の村での暮らしはいかにも「灰色」で単調なものとして描かれている。さらに、物語の主要な舞台となるのは「谷」の中でもさらにツィブーキンという富農の一家の家屋空間であるが、〈罪業がつもりつもって霧のように空中に立ち込めているような〉［10: 146］この家の欺瞞と罪の性格が谷間の空間全体に影響を与え、支配している。第二章以後でウクレーエヴォ周辺の空間的広がりが示されるが、これらの新しい空間は名前が挙げられるのみで詳細に描かれないか、描かれたとしてもわずかな情報が伝えられるだけにとどまる。たとえば〈町〉や〈駅〉は第二章で、ツィブーキン家の長男アニーシムがそこから思いがけずやって来る基点としてのみ示される。同じく第二章で〈トルグーエヴォ村〉が書かれるが、これも〈半分はついこの前町に編入されたが、残りは元の村のまま〉［10: 149］というディテール以上のものはなく、ツィブーキン家に嫁に取られるリーパの生まれた村、ないし彼女とアニーシムの見合いの場としてのみあらわされている。あるいはまた、第三章の初めには〈仕立てものをする姉妹の鞭打ち教徒〉が住む〈シカローワヤ村〉［10: 150］が追加されるが、この村もまたツィブーキン家の性格を強調するためにのみ機能している。〈〈縫い上がると、ツィブーキンは金でなく店の品で支払った。ふたりは、まるで要りもしないステアリンろうそくやイワシの包みを手にしょんぼりと帰って行ったが、村を外れて野原にさしかかると、小高いところに座り込んで泣きだした〉[10: 151])。

とはいえM・O・ガリャーチェヴァが指摘するように、〈間接的に表されたトポス〉[9]であれそれがとにかく「谷」の外部に開けた、別の空間が存在することを示唆するのも間違いのないことだろう。実際に、第八章でリーパが空を仰ぎ、死んだ自分の赤子の魂は〈あの高い、星のあたりを飛んでいるのだろうか〉[10: 173]と、神秘的で個人的な考えにふける場面からは、「谷」の外部に開放的な自然の空間が広がっていることが分かるのである。

以上の分析から、三つの作品においては異なる性質をもった空間が対置されていることが確かめられる。しかしながらこの空間的対立は「地方」と「首都」の伝統的な対立にとどまらない。第一に、『谷間』には「地方」と「首都」ではなく「谷」の内部と外部という形で空間の対置が見られる。第二に、より興味深い点として、首都と村のヒエラルキーは場合によって相応の程度認められたものの、これらの作品において空間は人物に対して先在する外的世界ではなく、人物の個人的経験や主観、願望に即して形作られていると見なせるからだ。

スヒフもまたこの点に関連してバフチンに反駁した。彼はまず、〈片田舎の町〉や〈貴族の地主屋敷〉、また〈商人の家〉を舞台とする諸作品の共通した特徴や近似する特性を概観する。

バフチンによって言及された「片田舎の町」(同様に地主屋敷、商人の家)の「循環的な日常生活の時間」は、「片田舎の町」や「地主屋敷」の二つの特性、つまり「閉鎖性」と「同種性」によって説明することができる。

貴族の地主屋敷とその周辺、片田舎の町とその周辺とは、閉鎖され完成された「それ自身の」世界であり、そこで人々は極めて緊密に、身近に、退屈に生活し、そこでは全員が全員を知っている。したがって、偶然の出会い（バフチンは「出会い」のモチーフの特別な時空間的意義を強調している）さえ全然まったく偶然ではなく、シュジェートにあらかじめ決定され、結果として生じたものなのだ。〔……〕

なんと多くの偶然の出会いがロシアの古典で書かれ、しかもそのすべてのなんと偶然でないことか！「偶然」という言葉はこれらの例では括弧に入れることが不可欠である。けだしその偶然性は合則的なのだから。〔……〕空間が限定されている場合、あらゆる出会いは潜在的に可能なもの、原則的には不可避のものとしてあらわれるのである。

こうしてスヒフは〈偶然を装った合則的出会い〉を軸に〈チェーホフ以前〉のロシア古典の世界――プーシキン・ゴーゴリ・ドストエフスキー――の「ペテルブルグもの」において〈時空間の閉鎖性と同種性〉が作用しており、トルストイの歴史的長編小説にあっても〈ロシアとヨーロッパを包括するはるかに大きな時空間ではあるが〉、同種の特性を指摘することができるとする。スヒフによれば、〈それ自身の〉ものとして完結する、均質なこの空間は〈大きな村（большая деревня）〉と言うにふさわしい[10]。

これに対し、チェーホフの人物たちは〈同様に極めて緊密に生活している〉一方で、〈彼らのそばにはもっと頻繁に見知らぬ他人がいる〉〈チェーホフの人物たちは実際に互いを全く知らないし、その出会いもまた真に偶然的なものである〉。したがって、次のような結論が導き出される。

チェーホフはバフチンによって定められたゴーゴリ、ツルゲーネフ、グレープ・ウスペンスキーの列には、部分的にしか後続しないだろう。確かにアントーシャ・チェホンテーの作品の多くのものが、そして晩年のチェーホフのほとんどすべての作品が片田舎の町か貴族の地主屋敷に結びついている。しかしこの類似はおそらく表面的なものだ。この伝統的な空間の典型的特徴――閉鎖性と同種性――はチェーホフの作品ではどこか遠くの外辺にあらわれているにすぎない。〔……〕チェーホフの時空間の主要な特質は、別の、直接的に相反する前提にもとづいている。すなわち、世界の「閉鎖性」のかわりに「散開性」「非限定性」があり、従来の「同種性」と「極の接触」のかわりに「構造性」と「心理的非同種性」があるのである。[11]

『百姓たち』『新しい別荘』『谷間』における時空間はいずれも〈それ自身〉としての規定的性格を持つものではなかった。ニコライやオリガにとってのジューコヴォ村とモスクワ、エレーナにとってのオヴルチャーノヴォ村とモスクワ、リーパにとっての谷間と夜空はいずれも、これらの人物の個人的な思い入れの空間としてもっぱら存在し、彼らがいなければこの空間もまた先に見たような形で存在することはないからである。郡伸哉もまたこのことを〈チェーホフの世界には、身体的空間感覚とでもいうべきものが特徴的である〉〈空間は〔……〕登場人物たちが、なんらかの感情とともに体験する「生きられる」空間なのである〉[12]と述べている。個人の〈感覚〉や〈感情〉に基づいて形成される空間は、それゆえ、スヒフの言うように同種のもので満たされてはいないし、その意味で開放されている。

だが一方で、そのように非限定的で開かれたチェーホフの空間が〈構造性〉を有する、ということに関しては、スピフの分析は〈構造的非同種性〉あるいは〈モザイク〉と言うのみであまり明確ではない。われわれは、空間に認められた二項対立的関係が、人物にとってすでに失われたかまだ到来していないために今は存在しない理想的な生活と、現在の状況の対立として捉えうる点に注目したい。チェーホフの人物たちがしばしば抱く、このような〈自分の生活を変えたいという願望〉をК・Д・ガルドーヴィチは特徴的な「逃避」のモチーフとして取り上げ、〈主人公たちが生きている空間はしばしば生活の不穏と結びついている〉ために、このモチーフが基本的に〈空間からの逃亡〉としてあらわれると述べている(13)。以下、「逃避」のモチーフは空間的であるだけでなく時間的な性格をもまた有していることを明らかにしつつ、チェーホフの時空間の構造について議論を進めていこう。

2　「逃避」のモチーフと「異言語性」

最初に『百姓たち』について見ていく。本作には複数の「逃避」のモチーフが錯綜しているが、中でもニコライがモスクワに行きたいと訴える場面が典型的である。彼は妻に〈「オーリャ、なあ、もうこれ以上ここにはいられないよ。もうもたない。〔……〕ここから出て行こうよ」〉と言い、〈「せめて一目だけでもモスクワを眺められたらなあ！　せめて夢で見られたらなあ、母なるモスクワを！」〉と願望を口にする。［9: 293］〈もうもたない（силы моей нет）〉〈せめて夢で見られたら〉という言葉から、モスクワに戻ることは実際には難しいことを彼は理解していると読み取れる。つまりこの願望は「モスクワへ行く」ことよりも〈もうこれ以上ここにはいられない〉こと、つまり「ここから出て行く」ことの方に重点が置かれたものと考えられる。本作の「逃避」のモチーフのこうした特徴は、第九章の末尾にもよく示されている。

オリガは雪解けの出水や、太陽や、まるで若返ったように見える明るい教会を長いこと眺めていた。どこかへ去ってしまいたい、地の果てでもいいから足の向くままに逃れたいという恐ろしく強い思いのために、涙が流れ、息が詰まった。しかし、彼女がまたモスクワに行って女中奉公をすることは［……］すでに決まっていた。ああ、早く行ってしまえたらいいのに！［9: 310-311］

近い未来にモスクワへ行くことが決定しているのにも関わらず、オリガを捉えるのは〈どこか（куда-нибудь）〉へ行きたいという願望である。また、作品は村を出たオリガが〈愉快に〉歩き進むうちに村のことを忘れ去り、町に着くところで終わるが、池田健太郎が指摘している通り、未発表原稿やチェーホフの「手帖」に残された書きつけから、続編であれほど逃れたがったジューコヴォ村をオリガが恋しがり、今度は村に戻りたがる様が描かれる予定だったことが分かる[14]。つまり、ジューコヴォあるいはモスクワが問題なのではなく、今いる場所から〈去ってしま〉うこと、〈逃れ〉て行くことに重点があるのだ。このように『百姓たち』においては具体的にどこへ向かうかということよりも、ひたすら「ここ」から逃れ行く願望として「逃避」のモチーフが展開されている。

次に『新しい別荘』では、技師の妻エレーナに目を向けよう。すでに引用した、第三章での村人との会話の場面でまだ見ぬ〈自分の居場所〉を求める内容を彼女が口にする時、〈幸せ〉でもなく〈満足〉もできない現状から逃れ去る願望として「逃避」のモチーフが展開されている。のちに詳しく述べるが、〈「ここに一生住めたらいいのに。ここでなら体もよくなって、自分の居場所を見つけられるような気がする」〉［10: 122］と彼女の言葉にあるように、この場面において理想的空間がオヴルチャーノヴォ村そのものとしてあらわれていることは重要である。直後の場面で村人とエレーナの会話は結局不和に至り、絶望した彼女は娘を連れて村を去ろうとする。すると娘が〈「モスクワへ〔……〕出て行こう」〉と叫ぶ［10: 124］。〈母と娘はふたりとも、広いつばが耳のあたりまで垂れ下がった麦わら帽子をかぶっていた〉［10: 117］〈彼女〔エレーナ〕は眉の黒い、青白い、痩せた顔をし、ブロンドの髪をしていた。娘も母親と同じように、痩せて、ブロンドで、ほっそりしていた〉［10: 122］といった描写を通じ作中で母と娘の類似が度々強調されることから、母子は一心同体のような存在として描かれていることが分かる。そうであるとすれば、娘の訴えはエレーナの本心とも重なるものと取れる。住人とのやりとりの不首尾によって、彼女が望む理想的な生活の場を村に求めることが困難になった今、別の逃避先として「モスクワ」が浮上してくるのである。しかし、そもそも彼女はモスクワの生活に疲弊し、幻滅し、〈「ここでなら体もよくなって、自分の居場所も見つけられる」〉という期待をかけてモスクワから村にやって来たのではなかったか。『百姓たち』同様、本作でも重視されているのは今居る「ここ」からの速やかな脱出である。

最後に『谷間』における「逃避」のモチーフを検討する上では、「谷」を介して内部と外部が存在するという作品の空間構造に再び注目したい。第五章でカザンスコエ村の祭から帰ってきたリーパが村を見下ろす場面を引用する。

　日はすでに落ちて、小川の上や教会の構内や工場のまわりの空き地には、牛乳のように白い霧がたっていた。今、闇がすばやく押し寄せて、下の方で火影がちらちらとし、そして霧がその下に底なしの深淵を隠しているように思われた時、赤貧に生まれつき、自分のおびえた大人しい心以外のすべてを人に与えながら、最後までそのまま貧しく暮らしを送る覚悟でいたリーパと彼女の母親にも——もしかしたら、こうした巨大な神秘的な世界の中で、終わりのない生命の連なりの中で、彼女たちも一つの力なのだ、他の人よりも偉いのだというような気が一瞬したかもしれない。〔……〕二人は幸せそうに微笑を浮かべ、結局は谷間へ帰って行かなければならないことを忘れていた。 [10: 163]

第一章での陰鬱さとは異なるウクレーエヴォの姿が描かれると同時に、その様を見るリーパと母親は〈幸せそう〉であり、〈結局は谷間へ帰って行かなければならないことを忘れて〉いる。ここで逃避の願望はそれほど明確な形で表れてはいないものの、「谷」を外部から見る常ならぬ自然の光景を通じて、人物が「ここ」という現実を忘れ束の間の安らぎを「どこか」他の場所から得ていることは指摘できよう。他の二作同様『谷間』においても、人物が結び付けられている現在地点からの空間的な脱却という形で「逃避」のモチーフが展開されているのである。

こうした逃避の願望は、しかし、作中で実現しない。それは、病身のニコライや〈「私は病気だし、体も弱いから、自分の人生を望んだ風に変えることは、私にはもうできないでしょう」〉[10: 123] と言う時のエレーナのように、人物自身があきらめているためでもある。だがそれ以上に、彼らの願いが「モスクワ」や「オヴルチャーノヴォ村」といった空間の水平線上にある場所へ具体的に向かうものではなく、今居る「ここ」ではない「どこか」へという曖昧な形をとっているために、実現しないのである。A・Д・ステパーノフもまた、〈自由〉や〈開かれた空間〉等曖昧な形で思い描かれるチェーホフの主人公の夢にとって〈逃避〉は唯一の実現手段であり得るものの、ほとんどの場合その試みが失敗することを指摘している。(15)

このことをより詳しくするために、「異言語性」というチェーホフの特徴に目を向けることが有効だ。

われわれは第二章、第三章を通じ、八〇年代の「小さな刊行物」の書き手たちが社会階層に根付いた言語の「複製」を得意にしたこと、さらにチェーホフはそうした特定の言葉遣いの規範からの逸脱を利用して独自の人物像を形成したことを見てきた。今あらためて彼の人物の「言葉」をめぐり、「異言語性」と呼びたいのは、И・Н・スヒフがゴーゴリの『外套』とチェーホフの『小役人の死』を比較して次のように述べていることに関してだ。

「有力者」とアカーキー・アカーキエヴィチは共通の心理的ロジックを拠り所にしている。〔……〕そのためのちに有力者は良心の呵責を感じ、アカーキー・アカーキエヴィチの亡霊に驚く。要するにここで葛藤は共通の土壌の上に生じており、社会的地位の空間が心理的に克服されている。チェーホフにあっては人物たちがそもそも「様々な言葉」で話しており、彼らの間には単一ではなく、二つのロジックが存在し、互いの理解は原則的に不可能である。長官がチェルヴャコーフの善良さと素朴さを信じないのと同様に、「官吏等級表」が意識の奥深くで育ち切ってしまったチェルヴャコーフも決して長官のそうした性質を信じようとしない。そのため彼らの間の社会的空間は心理的に克服されないし、葛藤は解決されない。(16)

ゴーゴリの『外套』において、アカーキー・アカーキエヴィチを叱責した〈有力者〉は、〈ともすれば、官位がそれを表白することを妨げ勝ちであったとはいえ〉〈多くの善心〉を内心に持っているのであり、同僚の手前見栄を張るためにアカーキーにした仕打ちを密かに後悔していた。それゆえ、亡霊の〈「貴様はおれの外套の世話をするどころか、かえって叱り飛ばしゃあがって。――さあ、今度こそ、自分のをこっちへよこせ！」〉という言葉は彼によく通じる。[17] つまり、〈有力者〉と〈耐え難い不幸に圧しひしがれた人間〉との社会階級の隔絶にも関わらず、心理的には両者が同一空間上に存在しているのであり、そのことが言葉の疎通によって示される。これに対しチェーホフの場合、言葉の相違は個人的感覚や経験（〈長官がチェルヴャコーフの善良さと素朴さを信じない〉〈「官吏等級表」が意識の奥深くで育ち切ってしまったチェルヴャコーフも決して長官のそうした性質を信じようとしない〉）を含むことで、人物間の相互無理解という形で食い違ったまま収束する。空間がそうであったように、言葉もまた、個々人の身体的経験を通した点に「異なるもの」として形成されるのである。もちろん、『太った男とやせた男』に見られたように、互いの理解を阻む言語の相違は、社会的な言語使用域（相手の立場や年齢、状況に応じて言葉遣いを変えること）を前提としているだろう。しかしながら、『百姓たち』『新しい別荘』『谷間』においてはそのような直接的な形にとどまらず、異なる言葉が「逃避」のモチーフと結びついて独自の時空間構造を開くことを以下で明らかにしたい。

『百姓たち』の言葉の問題に関してまず指摘したいのは、「何せ（шибко）」「ねえさん（касатка）」「ぷりぷりする（серчает）」「くたばっちまえ（Чтоб их розорвало）」「太っちょ（гладкая）」等の口語的な表現が作中で頻繁に用いられている点だ。これは農村階級に特有の言語の「複製」とも言えるが、それだけではない。第五章で火事により燃え尽きた家の女房に対しニコライの父オシップがかける言葉〈「おっ母ァ、何を気にすることがあるんだよ！　この家は保険がかかってるんじゃねえか――何てこたぁねえよ！（Чего, кума, колотиться! Изба заштрафована — чего тебе!）」〉［9: 296］に注目しよう。正しくは〈保険をかける（застраховать）〉という動詞の被動形«застрахована»と言うべきところを、オシップは«заштрафована»と言っている。少し後の第七章で彼が滞納金の抵当にサモワールを取られ、返してもらうために三ルーブル払うことを要求される出来事からも分かるように、彼の生活と「罰金（を払うこと）（штраф, штрафовать）」が密着していることにこの言い回しは関係があると考えられる。そして、ひんぱんに罰金を払わされているのはオシップ一人ではなく、〈四十戸しか家がないのに、国税と地方税の滞納額が二千ルーブル以上になっていた〉［9: 302］村の住人全体でもある。つまり、農民の俗的な言葉遣いは社会階級に根差す言語の複製の域を超え、ジューコヴォというこの村の日常的な暮らしぶりと密接に結びつく言葉遣いとして選択的に描かれているのである。以上を踏まえた上で、ニコライの妻オリガが聖書を読む場面に注目しよう。

彼女は毎日聖書を読んだ、声をだして、寺男のように読むのだった。大部分は分からなかったが、神聖な言葉は彼女を泣くほど感動させ、「もし」や「まで」といった言葉の古い言い方を、胸を甘くしめつけられる思いで発音するのだった。［……］彼女は聖書に書いてあるままを信じていたので、聖書の言葉を口にする時には、それが理解できぬ言葉でさえ、その顔が慈悲深い、感動に満ちたものになるのであった。

［9: 286-287］

〈もし（аще）〉や〈……するまで（дондеже）〉といった古い言葉は、それ自体として特別な意味を持つものではないし、そもそもオリガは聖書の大部分を理解していない。それでも彼女は〈神聖な言葉〉に〈泣くほど感動〉し、〈胸を甘くしめつけられ〉る。一方村の住民はオリガが聖書を読むというので彼女に一目を置く、というのも村には聖書がなく、〈読んで説明してくれる人もいない〉ためだが、それでいて同時に誰もが〈聖書をやさしく敬虔に愛して〉いる［9: 306］。つまり、オリガを含め村の人々にとって、聖書に書かれた神聖な言葉は先に見たような日常的な言葉と異なる、理解しがたいものだからこそ価値があり、愛着の対象ともなるのである。

この異なる言葉が「逃避」のモチーフと結びつく様子が、第八章の宗教儀式の場面に見出される。祭典で運ばれてきた聖母像を見た村人たちは、全員で〈「守り神様、聖母様！（Заступница, матушка!)」〉[9: 307]という言葉をくり返す。普段〈神を信じていない〉〈神について一度も考えたことがない〉〈何一つ理解していない〉[9: 306]彼らが叫ぶのは、〈侮辱や、奴隷の境遇や、耐え難い苦しい貧困や、恐ろしいウォトカ〉[9: 307]といったジューコヴォ村の現在の生活から逃れ、神に護られた別の世界に行くことを内心で願うからに他ならない。そして、神に対する呼びかけの言葉のうちに、人々は今の境涯に対する〈守護の存在〉を悟ったかのようになる。しかし短い祈祷が終わり聖母への呼びかけが居酒屋からの〈酔っぱらった野蛮な声〉にとって代わられると、〈すべてが以前の通り〉に戻ってしまう[9: 307]。

このように、『百姓たち』においては、特別な宗教的な言葉とジューコヴォ村という「ここ」から逃れたいと欲する人々の「逃避」のモチーフが結びつく時に、耐え難い現在の現実に対する別の空間が展開される。しかし、神聖な言葉は結局のところ人々に馴染み薄く理解し難いものである以上、それは村の日常的な言葉に容易に打ち負けてしまう。その結果、神の〈守護〉が存在する理想的な「どこか」は、聖母に対する呼びかけが終わると共に、すぐに失われることになる。

次に『新しい別荘』について見ていく。村の近くに建った「新しい別荘」の持ち主である技師一家と村人たちとの関係を描くこの作品では、森から帰る村人たちが技師と出会うという出来事が二度くり返される。この作品の「異言語性」はここにはっきりとあらわれている。一度目の出会いは以下のように書かれる。

ある日、百姓たちが、ロヂオンもその中にいたが、草地を分配するために自分たちの森へ行き、家へ帰るところでばったり技師と出会った。〔……〕

「こんにちは、諸君！」と彼は言った。

百姓たちは立ち止まり、帽子を脱いだ。

「もうずいぶん前から、あなたたちみなさんと話がしたいと思っていたんですよ」と彼は言葉を続けた。〔……〕彼の声は実に柔らかく、さとすようで、目つきも厳しくはなかった。「〔……〕一体なんのためにあなたたちは毎度私に悪さをするんです？　私がどんな悪いことをあなたたちにしたでしょう、後生だから言ってくれませんか？　私と妻は、あなたたちと仲良く平和に暮らしていこうと全力で努力しているし、可能な限り百姓たちを助けてもいる〔……〕だというのにあなたたちは善に対して悪で報いている。不公平じゃないですか、諸君。このことについて考えてみてください。たってのお願いです、考えてください。私たちはあなたたちに人間らしく接しているんです、だからあなたたちも私たちに同じように返してください」

彼は身をひるがえして立ち去った。〔……〕言われたことを必要な風にではなく、いつも何やら自己流に理解するロヂオンは、溜息をつくと言った。

「払わねばならん。払えとおっしゃっているんだよ、みんな。金でさ……」

[10: 118-119]

技師は村人と友好な関係を築こうとし、彼らに〈人間らしく接し〉、言い分を分かってもらおうと〈さとすよう〉な話し方をしている。〈善に対して悪で報いている（Вы же за добро платите нам злом）〉という言い回しに含まれる「支払う（платить）」という動詞とかけた、〈あなたたちも私たちに同じように返してください（платите и вы нам тою же монетою）〉という比喩（直訳すれば「同じ金で支払ってください」となる）も、そうした態度から選択されたものだろう。しかし、この比喩が「罰金の支払いを命じられた」という誤解を生んでしまう。続く第四章で村人たちは技師と再び出会うが、技師の態度はすでに硬化しており、彼は〈怒りに燃える目をロヂオンに留め〉［10: 125］次のように言い放つ。〈「私も妻もあなたたちに人間らしく対等に付き合ってきたのに、あなたたちときたらどうです？　ええ、何をか言わんやだ！終いにはきっと、私たちはあなたたちを軽蔑するようになるでしょうよ（Кончится, вероятно, тем, что мы будем вас презирать）」〉［10: 125］。この場面で原語 вы（あなた、あなた方）がロヂオン一人のことを指しているのか、それとも村人全体のことを指しているのかは分からないが、ロヂオンの方は技師の言葉を自分に向けられたものと捉え、帰宅すると妻に伝える。

「わしを見てこうおっしゃるんだ、自分と妻とでお前の面倒を見てやるつもりだって（я, говорит, с женой тебя призирать буду）。わしは旦那の足元に突っ伏したいと思ったが、おじけづいちまってな。〔……〕」

ステパーニダは十字を切って、溜息をついた。

「旦那方は心の優しい、人の良い方たちだ……」ロヂオンは続けた。「『面倒を見てやる』って……みんなの前で約束してくれなさった。わしは年だから……構わんだろうさ。……未来永劫旦那方のことを神様にお祈りしてえものだ(18)」

［10: 125-126］

スヒフが〈ロヂオンは家で嬉しそうに技師の言葉を妻に伝える(19)〉と指摘しているように、あるいはA・

A・ベールキンが〈ロヂオンにはインテリゲンツィヤの難解な言葉である《презирать》の意味が分からず、自分にとってより馴染み深い言葉である《призирать》、すなわち地主の好意をあらわす言葉として理解する[20]〉と述べる通り、ロヂオンは「軽蔑する」という意味の動詞の不完了体 презирать と音の似通った「世話をする、面倒を見る」という動詞の不完了体 призирать を取り違え、言われたことと真逆の意味を誤解して受け取っている。

以上のように本作において技師と農民たちの言葉は相容れないものとして描かれ、彼らの間に相互の理解が成り立たないことから、両者の間に「異言語性」が存在することは明らかである。その上、村人たちが技師一家の言葉を理解できないのは、たんに彼らと技師一家の社会的地位が異なることに拠るのではない。第二章で〈奥様〉のエレーナ・イワーノヴナは〈心の優しい、情け深い人で、貧しい人びとを助けるのが好き〉だということや、一家は〈新しい領地で耕作も種まきもしないつもり〉[10: 116] だということを聞いて、村人の一人が〈あざけるように〉、〈「あれで地主だとさ!」〉[10: 116] と言うことに注目しよう。典型的な地主像に当てはまらない事柄(心優しく情け深い奥様、領地経営の放棄)に対するこの懐疑的態度からも分かる通り、村人たちにとっては技師らの「地主らしからぬ」言葉、つまり〈人間らしく〉[10: 119]、対等な関係としての言葉、〈隣人として〉[10: 123] 村人と付き合おうとする言葉こそ逆に理解し難い、見知らぬ言葉なのである。作品の末尾にある、技師一家が去った後にやってきた〈とても偉い役人のような話しぶり〉[10: 127] をする別荘の新しい持ち主となら、村人たちは〈平和に暮らす〉[10: 127] ことができるという一文もこのことを証している。このように本作の「異言語性」は社会的な階級差に起因しつつ、初期の作品のように直接的な形ではなく、話者の属する社会的地位から逸脱する言葉がむしろ誤解と決裂を生むという形で手法が複雑化されている。

ところで、エレーナもまた社会階級に根差す不和を家庭の中に抱え、それゆえ〈自分の居場所〉を求めていた。彼女は〈「善き争いより悪しき平和、領地を買うより隣人を買え」〉とことわざを挙げ、〈「道路も直します、あなたたちの子供のために学校も建てます。お約束します」〉とくり返し、〈善き隣人として〉共に平和に暮らそうと村人に訴える［10: 123］。指摘しておいたように、この瞬間においてはオヴルチャーノヴォ村が彼女の理想的生活の場になり得る可能性が提示され、〈約束〉の言葉の中にエレーナの〈自分の居場所〉の具体的な有り様が描き出されている。しかし彼女の言葉は村人から返ってくる冷ややかな言葉に拒絶される。彼女が〈奥様〉である限り、エレーナの丁寧な依頼や対等に語り掛ける言葉は、かえって村人の反感を生む。村を去る彼女を追いかけながら、ロヂオンが〈「中にゃ、正直な口をきいて、あんたの味方をしたいと思うやつもいるが、それができねえ。魂もあるし、良心もあるんだが、言葉（язык）がないんだよ」〉［10: 124］と言うことは興味深い。エレーナの〈約束〉する暮らしは村人にとってもまた理想的な生活であるかもしれないのに、言葉の相違のために彼らは自らその可能性を潰してしまうのである。本作ではこのような「異言語性」が「逃避」のモチーフと結びつくことで、まだ見ぬ理想的な生活の空間が一瞬浮かび上がった後に否定されることが指摘できる。小説の最後にエレーナはモスクワへ去るが、モスクワが彼女の〈居場所〉足り得ないことはすでに述べた通りである。

さて、『谷間』においても社会的な地位の差は言葉の相違と関係している。第五章で大工のエリザーロフは、自分が工場長に反論した際、相手は〈「よくもお前はおれにそんなことが言えるな」〉と激昂したこと、翌日になって相手は謝ってきたが、なお〈「仮におれが余計なことを言ったとしても、それはそれでいいんだよ、おれは一級商人で、お前よりも偉いんだから。お前は黙っていなきゃならないんだ」〉と言ったことを話している［10: 162-163］。一級商人の言葉と請負大工の言葉は違うものだという考え方が示されていることに加えて、工場主がエリザーロフに対して「黙る」よう命じていることに注目したい。先んじて言えば、この作品に特徴的な「異言語性」は人物同士が会話をしない「沈黙」の形で描かれているのである。そのことは主要な登場人物の一人であるリーパの言葉に特にあらわれている。彼女は第三章で登場するが、同章の末尾の披露宴の場面に至っても、夫であるツィブーキン家の長男アニーシムは〈知り合ってからまだ一言も言葉を交わしたことがなかったので、リーパがどんな声をしているのか未だに知〉らない［10: 155］。続く第四章で再びアニーシムはリーパが〈しじゅう黙っている〉［10: 158］ことを言い、別れの挨拶を交わす際にもやはり彼女が口を開くことはない。リーパが話し始めるのはようやく第五章に入ってからである。それまでの沈黙とは打って変わって、彼女は嫁入り先での生活をエリザーロフに饒舌に語って聞かせる。その内容は彼女がツィブーキン家の面々を恐れ、馴染むことができず、彼らの会話をただ黙って聞いているというものである。このことからリーパは自分とは異なる価値観を持つ、言わば違う世界に属する人間に対して言葉を発さないことが指摘できる。作中で彼女が会話するのは母親とおじ、大工のエリザーロフと、第八章で偶然に出会う農民の老人に限られている。リーパがツィブーキン家の誰かから話しかけられる、あるいは彼女の方が話しかけるという例も作中に存在してはいるが、その場合も話はどちらかの一方的な発言に終わり対話は成立していない。第五章では、納屋で寝ていたリーパ母子の面前でアクシーニヤとツィブーキン老人が贋金の処理をめぐって言い争う。ここでも、リーパと母親は黙ってその場に存在し、アクシーニヤとツィブーキンはリーパたちがその場にいないかのように自分たちだけで話している。その後の場面を引用したい。

慰めるすべのない悲哀が、母と娘を襲おうとしていた。けれども彼女たちには、誰かが今高い空の上から、星のまたたいている青い夜空から下界を見下ろしていて、ウクレーエヴォ村で起こっているすべてのことをじっと見守っているような気がしていた。たとえこの世の悪がどんなに大きかろうとも、夜は静かで美しく、神の世界にもやはり同じように静かで美しい真実があるのだし、これからもあるだろう。そして地上のすべては、月の光が夜と溶けあっているように、真実と溶け合う時をひたすら待ち望んでいるのだ。

そうして二人は落ち着き、互いに身を寄せ合うと、眠りに落ちた。

［10: 165-166］

金に対する執着や犯罪といった、リーパ母子の価値判断とは異質なツィブーキン家の世界に対する沈黙のあとに、母子の目線に同調するような語り手によって、彼女たちが今居るのとは異なる〈神の世界〉が語られている。『谷間』においては「異言語性」に起因する人物の沈黙の内に、「ここ」ではない空間が形成されると言える。しかしそれはあくまでも束の間の出来事にすぎず、人物が別の空間へ完全に移動することはない。のちにリーパを待つのは赤ん坊を殺される過酷な現実であり、作品の最後で彼女はツィブーキンの家こそ出ているが、母親と共にウクレーエヴォ村に日雇いに通ってきている。したがって『谷間』においても、垣間見える「どこか」はすぐにその姿を消し、人物が現在の空間にとどめ置かれるのである。「ここ」よりも良い、逃れて行くべき「どこか」をめぐって人物が描く「逃避」のモチーフに関してさらに述べておかなければならないのは、彼らの移動が時間的にも不可能なものとして描かれている点だ。たとえば、すでに見たようにニコライにとりモスクワとは〈スラヴャンスキー・バザールのボーイ〉だった頃の自分と分かち難く結びついている。そしてもちろん、ニコライは決して彼の思い描く「モスクワ」へ、つまり過去の時間へと戻って行くことはできない。

過ぎ去った時間を思い、そこに戻ることを願うゆえに逃避が実現し得ない例に対して、逃避先がまだ未到来であるためにそこへたどりつけない例もある。『決闘』のラエーフスキー、『百姓たち』のオリガ、そして『新しい別荘』のエレーナは、都会にいる間は田舎に行きさえすればと思い、田舎に行けば都会に戻りさえすればそこで万事がうまくいくと思う。彼らはまだ来ていない、しかしすぐ近くの未来により良い暮らしがあることを期待し、そこへ逃れて行きたいと思うのだが、未来の時間が現在の時間になり変わったその瞬間からすでにもう幻滅がはじまる。〈二年前〉にはペテルブルグを捨て愛人と共に〈カフカスへ行く〉ことが〈生活の俗悪さと空虚さから自分を救う〉ことにあたると考え、今ではカフカスと愛人を捨てて〈ペテルブルグへ行く〉ことで〈自分に必要なすべてを手に入れる〉［7: 363］ことになると考える、ラエーフスキーの次の台詞は典型的だ。

自分たちの未来はこういう風に思えたんだ。まずカフカスへ行って、そこの土地や人々に通じるまでは、文官の制服を着て勤める。それから自由の身になれば、一片の土地を買い入れ、額に汗して働こう、ぶどうもこさえよう、それに畑も、それから……［……］ところが初っ端の一日目から、僕は、自分は破滅した、って感じたのさ。町にいればいたで、どうしようもない暑さに退屈さ、人はいないし、かといって畑へ出たところで、どこの藪の下にも石の下にも、ヒヨケムシだの、サソリだの、ヘビだのがうじゃうじゃしている。畠の向こうはといえば山と荒野だ。馴染めない人々に、馴染めない自然、みじめな文化レベル［……］。 ［7: 355-356］

そうして自分は非力で労働に向かない人間だと断りながら、〈「ペテルブルグで煙突掃除夫になるのと、ここで侯爵になるのと、どちらかを選べと言われたら、煙突掃除夫を取る」〉〔7: 359〕とラエーフスキーは言い切る。ここには明らかに矛盾が生じている。だがこのことはわれわれに、バフチンの言う「歴史のさかしま」を思い起こさせる。

歴史のさかしまとは、もう少し単純化して定義するなら、本来は未来にのみありうるもの・あるはずのもの、つまり、実際には目標・当為であり決して過去の現実ではないものを、すでに過去に実在していたものとして描くことである、といえる。〔……〕

未来は〔……〕それがいかに永いものと考えられようと、それは、内容の具体性を欠く。空虚で希薄である。そこで、あらゆる肯定的なもの・理想的なもの・当為・希望が、さかしまによって、過去に移される。(21)

もちろん、ラエーフスキーの思考はバフチンが「歴史のさかしま」の基点とする〈神話的・芸術的思考〉のレベルにまで至ってはいないが、〈なんらかの理想〉を〈一層重みのあるより現実的でより立証能力のあるもの〉とするために〈豊かなものに変えられた〉過去としてのペテルブルグは、まさしく「さかしま」であると言える。

したがって、ラエーフスキーの言う「ペテルブルグ」は彼がかつて暮らしていたそれと同じものではなく、時間軸上に生じたねじれのようなものだ。オリガとエレーナもまた、思い描いていた「少し先」のことが、思っていたのとは違う形で現在の時間の中で実際に生じた時に、むしろ過去に居た空間の方に希望を見出そうとする。しかし、書き変えられた・実在しなかった過去に移された未来に到達することが不可能であることは言うまでもない。

また、『谷間』ではある種の「逃避」が常に自然の空間（上から見下ろした谷、夜空）として描かれていた。チェーホフが自然の空間を描く際には希望や美しさだけでなく、救いのなさや憂愁もまた気づかれるのが特徴的である。たとえば『ともしび』（一八八八）では〈さびしい気分でいる人間が、海とか、あるいは総じて、雄大と思われる風景なんかに一対一で直面すると、なぜかいつも、自分はもう少しだけ生きたら人知れず死ぬのだという思いがさびしさにまざりこむ〉［7: 113］と書かれるが、注目すべきは、ここで救いのなさや憂愁は、自然の永続性に対する人間の短さという形で時間的な対立に転換している点だ。これを踏まえた上で、『谷間』で赤子を失ったリーパが病院から〈生きものたちが声をそろえて鳴きたて、この春の宵に誰ひとり眠らせないように、またあらゆる生き物に、気短なかえるにまで、一瞬一瞬を惜しんで楽しませるために〉［10: 173］歌っているような野原を通り家に帰る場面に目を向けよう。

ああ、夜更けの野原のまんなかで、自らは歌うことができない時にこうした歌声にかこまれ、自らは喜ぶことができない時に――今が春だろうと冬だろうと、人が生きていようと死んでいようと関わりのない月が同じようにひとり寂しく夜空のかなたから見下ろしている時に、絶え間ない歓喜の叫びにかこまれているのはなんという寂しいことだろう！……心に悲しみがある時に、ひとりぼっちでいるのはつらい。もしいま母親のプラスコーヴィヤか、『松葉杖』か、料理女か、せめて誰か百姓でも一緒にいてくれたなら！［10: 173］

この場面で〈リーパは生命の絶え間ない奔流に溶け合っている〉[22]というE・E・ジェレブツォーヴァの分

析には賛同し難い。〈自らは歌うことができない時に〉（когда сам не можешь петь）〈自らは喜ぶことができない時に〉（когда сам не можешь радоваться）といった箇所に用いられた普遍人称文からは、リーパ一人をめぐる視点ではなく、やはり永続的な自然の時間と人間の一回きりの時間の埋め難い対立が見出されるからだ。なるほど、〈生きものたち〉もまた〈一度限りの生〉を送ってはいるが、それとても巨視的に見れば、自然の大きな時間の流れの中でくり返されている永続的な営みの一部であることに変わりはない。そうであるとすれば、この時間はバフチンが〈フォークロア的時間〉に関して述べた次のような時間の特徴に近い。

この時間は、**物が育つ成長**の時間である。芽が出、花が咲き、実を付け、実が熟し、果実や仔がふえる時間である。〔……〕一粒の種が播かれると、一粒の種のかわりに、多くの種が産み出される。家畜の仔の数は、常に、一頭の親の死滅にまさる。しかも、これらの死滅する個体も、いまだ個別化されず、互いに分離してもいない。死滅する個体は、新たな生命の、たえず成長したえず増加してゆく集団のうちにまぎれて、気付かれない。死も死滅も、**種播き**にほかならないと解される。〔……〕個がまだ分離独立していないために、老化・解体・死も、産まれ、成長・増加する過程に欠かせぬ一要因として、生育し増殖する過程に従属する要因でしかありえない。老化・解体・死などがその否定的な負の側面を示し、その純粋な破壊・終りとしての性格をあらわにするのは、純粋に個の領域においてのみである。生産的な時間とは、孕み、実をむすび、産み落とし、ふたたび孕む時間である。これは、〔従って〕最大限に未来を志向する時間である。(23)

しかし、チェーホフの人物たちはこのような循環的な自然の時間に参入してはいない。人物は自然の時間に束の間何事かを見出したとしても、そこにとどまることはゆるされていないのだ。リーパはとにかくもウクレーエヴォ村の義父の家に帰って行かなければならない。そしてのちに詳しく述べるが、死や老化は常にまったく〈純粋な破壊・終り〉として彼らの前に現れる。

以上から、表面的な対立以外の、「異言語性」を介した形而上学的な時空間の創出とその解消を通じ、人物が現在にとどめ置かれる様を描き出す点に、これらの作品の時空間構造の共通の特徴があると結論できる。そのことはスヒフが言うように〈チェーホフの世界では空間内の移動はいかなる問題も解決しない。いかなる「あそこ」も存在せず、人生は今日、ここで、今進んでいる〉[24]ためなのだろうか。「今・ここ」に重点を置くこうした時空間的特徴の意義を、より時間の方に注目して明らかにするために、以下では『僧正』(一九〇二)の分析に取り組みたい。

3　交錯する時間

イワン・ブーニンは『僧正』をして〈最近の作品群でチェーホフは、じつに高い完成度を示している。たとえば『僧正』は驚くべきものだ。みずから文学に従い、このような地獄の苦しみを味わった者だけが、この作品のあらゆる美しさを理解できる〉[25]と述べた。その一方で、この作品についての見方は一面的なものにとどまってもきた。それは、表題の示す通り、作品がロシア正教会とその周辺に材を取っていることに拠るところが大きいようだ。『僧正』の分析をめぐっては、実在した幾人かの僧正と作者の伝記的関わりを裏付けることだけに終始したり、チェーホフ個人および彼の創作と宗教との関わりを積極的に論じるためにのみ作品を扱ったりしたようなものが少なくない。反対に、作品が「宗教的」でない、つまり宗教に対する深い理解と信仰を有していないとする批判も存在していて、その代表的なものはソルジェニーツィンの「チェーホフに没頭して」に見られる。

ソルジェニーツィンは作品の内容面について、〈留学していた間に、おそらくは、ロシアの生活習慣を忘れてしまったのだろう、ロシアの生活は僧正に重荷になっていた〉[10: 194]といった一文に見られるような、主人公が自身ロシア人でありながらロシアの一般的生活に対して抱く拒否感に不満を表明し、また僧正という高位聖職者であるにも関わらず、その信仰が疑わしいことを述べる。同時に、僧正の知的成長の理由や外国生活の詳細などの、書かれるべき事柄が十分書かれていないか、もしくはあり得ないような事柄が書かれていること（〈僧正の眼前を野蛮で、退屈で、愚かな請願者たちだけが行き過ぎていく〔……〕どうしてそんなことがあり得るだろう〉）を批判する。作品の構造面については、無意味で不必要に思える細部と、短い作品にも関わらずくり返しが目立つことを指摘している。二つの観点は絡み合ったものだが、全体としてソルジェニーツィンは作品のテクストを社会的立場から見ており、〈ロシア正教会（また、ロシア社会全体）の病める問題〉に関して〈作品にほとんど何も書かれていない〉ことを批判している。(26)

しかしそもそも、チェーホフはこの作品の中で〈正教会の病める問題〉を提出していると言えるのだろうか。主人公の生活環境と職業のいずれもが教会に属しているとしても、だからといって『僧正』が「正教会についての物語」だと即断して良い理由にはならない。そうではなく、作品と聖書の記述の間に、ポドテクストとしての相関関係を指摘する見方もある。たとえばセルゲイ・イシコフは、作品の冒頭、〈やなぎの日曜日の前夜〉の時点で僧正ピョートルが〈もう三日ほど体調がすぐれない〉[10: 186]からには、体調不良は火曜か水曜に始まったはずで、その日というのは新約聖書でイエスの友人ラザロが死んだ日に他ならないと言う。そして、僧正ピョートルの死をある種の復活と捉えることで、そこに「ラザロの復活」の物語との類似を見出している。(27)

イシコフのこの指摘はさほど根拠十分なものとは言えないが、彼がピョートルとラザロだけでなく、ピョートルとイエスの間にも類似点を見つけていることはより興味深い。イシコフによれば、晩祷式の際に僧正ピョートルが流す涙は、エルサレム入城の際にイエスが流す涙と重なっている。木曜日に僧正が洗足式を行うのは、最後の晩餐の日（『清潔な木曜日』）にイエスが弟子たちの足を洗うことと通じる。そして、あくる金曜日に僧正が〈十二福音書〉を読む間、〈第八福音書が朗読された途端、彼は自分の声が弱って咳さえ音にならず、頭がひどく痛み出したのを感じた。今にも倒れるのではないかという恐怖にそわそわしはじめた〉［10: 198］ことは、第八福音書にキリストの磔が書かれていることと関係があると言う。さらに、この点に関連して、カターエフは「チェーホフと新時代の神話」の中で次のように述べている。

チェーホフの後期の諸作品においては、シュジェート、性格付け、描写はリアリズムの詩学の境界にとどまりつつも、意味的連想的な充実を獲得している。そのような充実のために、読者は「匿名の事実」、すなわちチェーホフがそれについて書いているところの私人の人生のエピソードと、フォークロアや神話の中に確立されている人類的な経験を関連づけ得る。多くの点で、このことのためにチェーホフにあっては〈リアリズムが、感動に満ちた、深く考え抜かれたシンボルにまで達している〉〔ゴーリキーからチェーホフへ、一八九八年十二月の手紙〕のである。

チェーホフのもっとも完璧な創作のひとつである『僧正』の内容もまた、リアリズム的シンボルの高みに達している。そのために作者は、一見すると気づかれないような、それでいて執拗な、作中の出来事が進行する日時への指示を用いている。

僧正ピョートルの最後の、死ぬ前の一週間は「受難」週間にあたるが、これはキリスト教信者がキリストの地上での生の最後の一週間を思い出し、しかるべきお勤めを行う一週間である。そしてチェーホフは、俗界には見えぬ自らの主人公のあらゆる「受難」と苦しみを書きだしている。〈やなぎの日曜日〉〈火曜日に、昼の勤行のあとで〉〈木曜日に彼は聖堂で勤行を行い、洗足式をした〉〈「受難祭にお出かけの時間です」〉〈土曜日の朝方ちかく（……）僧正は息を引き取った〉〈翌日は復活祭だった〉と、彼が徐々に、しかし首尾一貫して正確に曜日を強調する日付を読者に思い起こさせているのは偶然ではない。

チェーホフにとりイエス・キリストの生と死そして復活は詩的な神話であって、それ以上のものではなかった。しかし〔日時の指示という〕このような遠回しのほのめかしは、主人公の世界観の様式において、彼に重要な芸術的課題を解決することをゆるしたのである（もちろん、チェーホフは〔主人公とイエスの〕直接的な比較は行っていない。彼には遠回しの、かろうじて分かるか分からないかくらいの暗示的シンボルで充分であった）[28]。

カターエフの考えによれば、イエスの孤独によって僧正ピョートルの孤独に深みを与え、かつ読者にそれを解しやすくすることがチェーホフのねらいだった。『大学生』（一八九四）の中で死を前にしたイエスが〈思い悩んで庭で祈りをあげていた〉［8: 307］姿が書かれていることからも、万人の知るようにチェーホフも「キリストの最後の一週間」の物語をよく知っており、それを『僧正』に用いていることは疑いがない。だが、イエスと異なり僧正ピョートルの最後の一週間は土曜日に始まり土曜日に終わる。このことはとりもなおさず、「復活」のための日曜日が彼の物語に欠けていることを意味する。そして復活祭はまったく彼抜きで、しかも滞りなく喜ばしく執り行われ、一か月後に彼はほとんど誰からも忘れ去られる。この点で『僧正』のシュジェートはキリストのシュジェートから離反している。そのことは、死後の復活という宗教的奇跡に反対するのみならず、〈十九世紀ロシアの画家たちにとって、重要なテーマだった〉〈人間キリスト〉像ともまた相容れない。というのは、腸チフスの末期的症状がどれほど克明に書かれているとしても、僧正ピョートルの死が、ゲーやクラムスコイが目指した〈人間キリストの生を身をもって経験させる〉ような死であるとは、どのような観点からも読むことができないからだ。[29] 僧正の死は、むしろ、唐突であっけないものとして極少化されている。したがって、イエスや受難習慣、復活等の宗教的モチーフは、本作において一種のパロディとして作品に取り入れられていると言える。

いっそう注目すべきは、『僧正』とチェーホフ自身の過去の作品の間に見出される類似だ。まずは、作品と作家の「手帖」の関連に目を向けよう。従来指摘されてきたように、一八九九年の「手帖」の書きつけには〈僧正が泣くと教会内の人々に涙が伝染する〉〈僧正は望み得る限りのものを手に入れたが、まだ何かが足りないと思い、死にたくないと思う〉〈僧正の死後、母親が息子のことを話すが、誰も彼女を信じない〉[17: 72] ことが書かれており、この書きつけが『僧正』の骨子を成すものであることは疑いを容れない。しかし一九〇一年三月、妻オリガ・クニッペルに宛てた手紙で〈目下『僧正』という作品を執筆しています。この作品のシュジェートは、十五年ほど前から僕の頭に居座っているのです〉とチェーホフは書いた[II. 9: 230]。一八九九年に書かれた「手帖」メモを〈十五年ほど前〉の範疇に含めることはできまい。するとわれわれの目を引くのは、一八八七年に連続して書かれた『受難週間に』『神秘』『コサック』『手紙』

という、いずれも復活祭をモチーフにした四つの作品だ。復活祭までの残り数日が子供の目線で書かれた『受難週間に』、「フェジュコフ」という謎の署名人をめぐる滑稽譚『神秘』、教会からの帰り道に出会った一人の行きずりのコサックのために主人公の人生が変わってしまう『コサック』、町で人妻と暮らす息子を戒めるために口述してもらった手紙を、余計な付けたしで台無しにする補祭を描く『手紙』と、作品はそれぞれまったく異なる趣を持つ。それにも関わらず、これらの作品には共通する要素も多く見出される。たとえば、喜びと春のイメージで描かれる復活祭の有様は以下の場面でよく似ている。

教会ではすべてが喜びと、幸福と、春とに息づいている。聖母や聖ヨハネの顔も、昨日のように悲しげではなく、聖体拝領を受けに来た人々の顔も、希望に輝いている。すべての過去が忘れ去られ、すべてが赦されたような気がする。

（『受難週間に』）［6: 145］

復活祭の前夜にはいつもそうであるように、外は暗かったが、空一面にあかるい、きらきらした星が輝いていた。静かな、そよとも動かぬ大気の中に、春と祭日の香りがただよっていた。

（『手紙』）［6: 160-161］

トルチャコフは馬車を進めながら、復活祭ほど楽しく素晴らしい祭日はないと考えていた。〔……〕何を見ても、何を思っても、すべてが彼には明るく、嬉し気に、幸せに思われた。〔……〕東の空の朝焼けも、若草も、きいきい音を立てるがた馬車も、彼を喜ばせた。

（『コサック』）［6: 164］

こうした〈ほがらかな春のトーンの上の、受難週間の特別なお勤め[30]〉が『僧正』にも描かれていることは一読して明らかだ。

さらに、復活祭に向けて、あるいは復活祭そのものによって進行する時間の様が四つの作品のすべてに書き込まれている。『受難週間に』は表題の通り、復活祭当日までの数日が現在進行形で書かれ、作品の展開そのものともなっている。『神秘』では、毎年巡り来るという祝祭日の性質を利用することで、〈クリスマスと復活祭のたびに〉未知の署名人フェジュコフが〈義理堅く署名する〉ことが十三年もの間続いていることが簡潔に記されている［6: 148］。『コサック』では、朝に病身のコサックを見かけたトルチャコフが、その時彼に施しをしなかったことを気に病み、次第に重苦しい感情に囚われていく様が、復活祭の一日の時間の経過と共に描かれている（〈東の空の朝焼け〉［6: 164］〈太陽が昇った〉［6: 166］〈精進おとしの食事がすむと、みんなはひと眠りした〉［6: 166］〈昼どきに近かった〉［6: 167］〈夕方の礼拝の頃まで〉［6: 168］〈夕方、暗くなると〉［6: 168］〈祭日の翌朝〉［6: 168］）。また、『手紙』では人物の会話の途中に挟まれる〈管長はあと二時間ほどのちには復活祭の深夜ミサを行わねばならぬ〉［6: 154］〈「明日の昼ミサで管長さまが、ラテン語で福音書をお読みになる」〉［6: 161］といった勤行に関する時間の指示が、会話に終始してとどこおりがちな物語の筋の展開を促している。

これを踏まえると、『僧正』に関する清水道子の指摘は興味深い。

> 主人公の僧正ピョートルはチフスにかかっているのだが、体調の異変を感じつつも、復活祭に至るまでの一週間の勤めを果たしていく。そして復活祭前日に病状が悪化して死ぬのだが、物語はこの「事件」に向かってやはり日程を刻むように進んでいく。そしてこの物語においては［……］時の経過

の指摘が頻繁になされ（「今何時か」「十一時になったところでございます」「もうそんなにおそい」「一時半に朝の勤行の鐘が鳴った」「夕べの勤行の鐘が鳴り」「一日が過ぎていった」「勤行が終わったのは十二時十五分前だった」）、日々の決まった時刻に決まった仕事、決まった生活をくりかえすことが語られるが、この同一モチーフ（勤行に行く。勤行から帰り、自室で床につく。月光がさしている。壁の向こうでシソーイ神父と母の話し声が聞こえる。思い出にふける。最後に部屋に入って来たシソーイとの対話）のくりかえしと時の経過の感じが、この物語の主要なイメージをつくりあげている。(31)

したがって『僧正』に見られる復活祭のモチーフはその「宗教性」の点ではなく機能の点で、すでに一八八七年の時点で作品全体のイメジャリーやシュジェートとして用いられていたものと呼応していると考えられるので、以下の議論では本作をチェーホフ個人の宗教観や、宗教思想の点から分析するような見方には立ち入らないこととする。

チェーホフの過去の作品と『僧正』の関係についてさらに見ていこう。ソルジェニーツィンはこの作品に〈十数年を経てチェーホフの作品から作品へ移動しているおきまりのうずき(32)〉が見られると述べる。このように言う時、彼は『退屈な話』（一八八九）の老教授ニコライ・ステパーノヴィチのことを考えていたと思われる。〈過去についての回想と、現在への不満、孤独が老教授と僧正を駆り立てている(33)〉と端的に指摘したシャリューギンをふくめ、『僧正』と『退屈な話』の類似については多くのことが言われてきた。実際、職業に対する愛着と現在の肉体的衰えの並行、不眠の傾向、学生や請願者ら招かれざる客の絶え間ない訪問が彼らに与える苛立ちと腹立たしさなど、両者に類似点は多い。〈私はわれわれの妻たち、子供たち、友人たち教え子たちが、われわれの名前や称号やレッテルではなく、われわれの中の平凡な人間を愛してほしいと思う〉〔7: 307〕という老教授の言葉、〈「私はどんな僧正だろう？〔……〕私は村の司祭か寺男に……それともただの平僧侶になればよかった」〉〔10: 199〕という僧正の台詞に感得されるような、「名声と個人」の齟齬というテーマの点でも二つの作品の間に共通性を見ることができる。

しかしながら、〈僧正が泣くと教会内の人々に涙が伝染する〉場面で僧正が泣く理由（テクストには僧正の涙は〈なぜか（почему-то）〉流れたとだけある）をめぐり、А・Д・ステパーノフは次のように指摘している。

たとえば、〔僧正が涙を流す理由の〕このような説明もある。「母親を見かけたことが彼の考えを過去へ、子供時代へと向けさせる。そのことが同時に、彼はもう老人で、人生が終わりかけていて、間もなく死ぬのだという考えを促す」からだと。残念ながらこの解釈は、それがどんなにもっともらしく見えようとも、テクストに真っ向から反対している。第一に、チェーホフのピョートルは全然老人などではない。彼はせいぜい四十歳を出たところだ。〔……〕

第二に、主人公はまさにその最期の日まで自らの病気が死に至るものであることを知らない。したがって、〔『僧正』に関する〕死を前にして人間が自分の人生に対する考えを変えることについて述べたあらゆる解釈は、伝統的なテーマをチェーホフのテクストに読みこんだことの上にのみ成り立っているにすぎない(34)。

ステパーノフの考えによれば、最後に明かされる僧正ピョートルの病が「腸チフス」であることからして、『チフス』（一八八七）と『僧正』の間にこそ、身体症状（喉が渇く、手足のだるさ）や考えが朦朧とすること、食事に対する嫌悪感などの形で、より具体的で根拠のある類似が見られる。『チフス』もまた先述の四つの作品と同じ時期に書かれたことも無関係ではないように思われる。

いずれにせよ、〈死を前にして人間が自分の人生に対する考えを変える〉点で『僧正』と『退屈な話』に類似を見るのでは、解釈は表面的なものになりかねないということだ。そして実際、『僧正』に見られる「異言語性」と「逃避」のモチーフに関する観点からは、二つの作品における時空間構造の相異がむしろ浮かび上がってくるのである。

作品の言葉をめぐってまず指摘したいのは、僧正ピョートルと他の人物の間に会話が成立しない場面が散見されることだ。先の部分で、『谷間』において「異言語性」が沈黙の形で表れていたことにも似て、〈食後、二人の裕福な地主夫人がやって来た。彼女たちは一時間半ほど、驚いたような顔をして座っていた〉[10: 192]〈つい最近、ある女の請願者、それは年取った村の坊主の妻だったが、恐怖のあまり一言も言いだすことができず、空しく帰った〉[10: 194] といった箇所から分かるように、僧正と周囲の人々の間は沈黙によって断絶されている。あるいは、裕福な商人エラーキンは僧正相手に〈ほとんど叫んでいるような大声で〉話をするが、僧正には〈何を言っているかはよく分からない〉し、エラーキンは〈「どうか、そうありたいもので!」〉〈「ぜひとも!」〉といったほとんど意味を持たない言葉を叫んでいるだけなので、会話は成り立たない [10: 195]。僧正本人は〈物静かで、おとなしい性質〉である以上、こうしたことはすべて〈自らは望みもしないのに人々の間に彼が呼び起した恐怖〉[10: 194]、つまり彼が他でもない僧正という高い地位に上った時から始まったはずだ。そうであるとすれば、ソルジェニーツィンが前述の評論で、作品は〈司祭の目からも、補祭の目からも、それどころか単に勤行に訪れた人の眼からも書き得たのだ。なんのためにこれらの人々よりずっと高位の、僧正が必要だったのか?〉と疑義を呈したことには反論できる。僧正ピョートルの現在の孤独は、僧正という地位が彼と「ただの人」との間に言葉の差異を作り出すことによるからである。

傲岸な性格で僧正の前でも〈言いたいことをなんでも言える〉［10: 195］シソーイ神父と、まだ幼く叔父の社会的地位のことを理解していない姪のカーチャの二人には、僧正との対話の機会がある。しかしながら、この二人との間にもやはり言語のずれと相互の無理解が生じていることを強調しておきたい。シソーイ神父は僧正が不眠や体調不良を訴えても気に留めず、自分の言葉をくり返す（「風邪でもひかれたのでしょう。ろうそくの脂を塗ればよい」［10: 190］「酢入りのウォッカ［……］これを十分すりこむと、たいそう効き目がありますでな」［10: 199］「ほら、こういう風に……こういう風に……」「イエスキリストさま」［10: 193, 199］）。そして、今日自分に起こった「気に入らない」ことについて一方的に喋る（「わしには気に入りませんわい（не ндравится）」［10: 190, 193］）。クプリーンは、今ではほとんど廃れた、訛りのような（とはいえ、特定地方の方言とも異なる）この«не ндравится»という言葉は、作家によって〈実生活からとられた〉、つまり〈なかば酔っ払いで、なかば精神異常で、なかば予言者といったところの、ある一人の気難しい浮浪者〉の言葉だったことを証言している。[35] これらを考え併せると、彼は僧正ピョートルとは異なる、自分だけの独自の言葉を判で押したように口にしていると言えよう。僧正がシソーイと教会のことを色々と話すつもりでいたのに、結局話し合えずに終わることもこれを証している。カーチャは、〈「下で戸を開けたり閉めたりしているのは誰かな？」〉と僧正が訊ねる時、彼女にはそれが聞こえず、〈「あれはおじちゃんのお腹の中よ！」〉と噛み合わない返答をする［10: 197］。あるいは〈「あたしたちに、ほんのちょっぴりお金をちょうだい……お願いだから……おじちゃん！」〉とカーチャが訴える場面では、〈「助けてあげるよ、……助けてあげるとも。……」〉という僧正の返事のあとには会話はもう続かず、途切れる［10: 197］。総じて、叔父と姪の会話も活発なやり取りには至らず、どちらかの一方的な発言にとどまる傾向が認められる。

いっそう興味深いのは僧正の老母マリヤの言葉だ。作中で彼女の言葉について次のように書かれている。

老母が他人相手なら当たり前の素朴な態度をとるのに、我が子である彼が相手だと、おどおどしてろくに口もきかず、話したいことも言わないで、そればかりか、ここ数日は彼が居る前では座っているのも遠慮して、席を立つ口実ばかり探しているように見えたことが、僧正にはまたしても腹立たしく、次第に憎たらしくなってきた。もし父だったら？　いや、父も多分、まだ生きていたとしたらだが、やはり彼の前では一言も言いだすことができなかっただろう……。［10: 196］

一見、母親も他の人物——請願者だけでなく、実の父までふくめ——と同じ様に、僧正の地位の前に沈黙しているかのようである。しかしながら彼女は他と異なり、その沈黙を破る時がある。

腸出血のために、僧正は一時間そこらのうちにひどく痩せて青ざめ、やつれた。顔はしわだらけになり、眼は大きくなり、まるで急に年取ったように背まで縮んだ。彼はもう、自分が誰よりも痩せて弱く卑しくなったような、今までに起こった一切がどこか遠い遠いかなたへ去って、もう二度とくり返されも続きもしないような気がしてきた。

［……］

年老いた母が来た。息子のしわだらけの顔や大きな目を見るなり、彼女はびっくりして寝台の前にひざまずき、彼の顔や肩や手に接吻しはじめた。彼女にもなぜか、彼が誰よりも痩せて弱く卑しくなったように思われ、もう彼が僧正だということも忘れてしまい、彼女は彼を、身近な生みの子供として接吻した。

「パヴルーシャ、坊や」と彼女は言い始めた。「わたしの子！……わたしの息子！……どうしてお前はこんなになったの？　ね、パヴルーシャ、返事をしておくれ！」
[10: 200]

シャリューギンはパヴェルという名が「小さい」という意味をもつことから、主人公がもはや「僧正」ではなく〈誰よりも弱く卑し〉い、一個の人間に戻ったことがこの呼びかけに呼応すると指摘している[36]。つまり、僧正が〈身近な生みの子供〉であったことを再び気づいた瞬間に、母親の言葉は身近な間柄のそれに変わる。ロシア語には「共通の理解に達する＝共通の言語を見つける（найти общий язык）」という言い回しがあるが、母親はかつて息子と共通の言葉を持っていたのであり、のちにそれを失い、そして僧正の死の間際に再び取り戻すのである。とはいえ、僧正は母の呼びかけに答えないこと、〈もう口をきく力もなく、何ひとつ理解もできなかった〉[10: 200] ことを見逃すべきではない。A・Д・ステパーノフも同様に、僧正が〈痩せて弱く卑しくなった〉ことを母親は共有するものの、それはあくまでも〈なぜか〉という弱いレベルにとどまっており、母子の間に真の接触は成立していないことに注意を促している[37]。原則的な相互の無理解と解消されない言葉の齟齬という「異言語性」は本作においても保たれている。その上さらに、〈パヴルーシャと呼ばれていた〉当時 [10: 189] と大人になり僧正の職について以後の日々、そして死の直前までという具合に、今まで見てきた他の作品よりも長く、明確な形で時間の動きが取り込まれていることが本作の「異言語性」の特徴的な点だ。

これを踏まえた上で、次に作品の「逃避」のモチーフに目を向けよう。木曜日の勤行を終えたあとで僧正が〈突然、外国へ行きたくなった。たまらないほど行きたい気がしてきた！　このみじめな、安っぽい鎧戸や、低い天井を見ないで済むなら、この重苦しい僧院の匂いを嗅がないで済むなら、生命を投げ出してもいいような気がする〉［10: 199］と考える箇所に、はっきりと逃避の願望を認めることができる。しかし、外国滞在中には〈「よく夕方に、ひとりっきりで開け放した窓辺に座って音楽を弾いていると、急に故郷が恋しくなって、家へ帰ってお母さんに会うためなら、何を投げ出してもいいという気になったものです」〉［10: 191-192］という僧正自身の言葉からは、外国もまた理想的で素晴らしいだけの場所ではなかったことが読み取れる。〈このみじめな、安っぽい鎧戸や、低い天井を見ないで済むなら、この重苦しい僧院の匂いを嗅がないで済むなら、生命を投げ出してもいい〉と書かれていることからしても、今までに見てきた「逃避」のモチーフと同じく、これもまた実際には〈外国へ〉ではなく、「ここではないどこか」への逃避の願いであることがまず指摘できる。

僧正ピョートルは祈りや讃美歌の文句に慣れ親しんでおり、それらの言葉が彼の心を安らかにすることに目を向けよう。第四章には〈一番長く、一番美しい第一福音書は彼自身が読んだ。元気で健康な気分がみなぎってきた〉〈教会にいる時、わけても自分自身で勤行に携わる時、彼は自分は活発で、元気で、幸福だと感じるのだった。今もそうだ〉［10: 198］と書かれている。やや弱いものではあるが、こうした場面にも現在の状況からの一時的脱却と言う意味で「逃避」のモチーフを見ることができるだろう。聖なる言葉を契機として宗教的・理想的な別の時空間が開かれた『百姓たち』とは異なるのは、「どこか」が持続し得ない原因がはっきりと時間に存していることだ。言うまでもなく、どれほど長い時間がかかったとしても、勤行は必ず終わる〈間もなく勤行も終わった〉［10: 187］〈勤行が終わったのは、十二時十五分前だった〉）［10: 198］。これに輪をかけて重要なのは、勤行の最中に僧正が感じる時間の性質である。

朗読しながら、僧正は時々目をあげて両翼の火の海を見、ろうそくのはぜる音を聞いていたが、過去の年々にもそうであったように人は目に見えてこず、これらすべての人々が、少年時代や青年時代と全く同じ人々であって、これからも毎年――神だけが知る行く末まで――同じであるような気がした。［10: 198］

ここには、不変的で永続的な循環する時間が見出される。〈家に帰るために僧正が馬車に乗った時、月明かりに照らされた庭いっぱいに、高価な重い鐘の、喜ばしい美しい音色が響き渡った。白い外壁、墓地の白い十字架、白樺、黒い陰、そして空高く僧院のちょうど真上に出ている遠い月、いま、それらが人間に近しくはあれ不可解な、自分の生を送っているような気がした〉［10: 187］といった箇所に感知されるように、また復活祭をモチーフにした一八八七年の作品群にも見られたように、本作でも教会や勤行をめぐるイメージは循環的な自然の時間と近しいものとなっていることを付け加えておきたい。それは、『谷間』における自然の時間についてわれわれが見たような、悠久の流れであると同時に人物が立ち止ることをゆるされていないような時間である。

さらに、僧正ピョートルは〈神の世界〉にいる時幸せであり、若返っているとA・バラーンディナが述べているように、(38)〈神の世界〉は悠久の時だけでなく同時に僧正自身の過去の時間と結びついてもいる。

僧正は、夜半に来たるという花婿のことや麗しの宮殿についての合唱を聞きながら、罪の悔悟や悲しみを覚える代わりに、精神の安らぎと静けさを感じ、思考に乗って遠い過去へ、——同じように花婿や宮殿のことが歌われた少年時代や青年時代に連れ去られて行った。今はこの過去が、おそらく今までにはなかったほど生き生きと素晴らしく、喜ばしく思われた。［10: 195］

讃美歌の内容は僧正を通して彼自身の過去に接続される。勤行を執り行う時、あるいは祈祷を読む時、僧正はほとんど必ず〈少年時代や大学時代や外国滞在中〉［10: 195］のことを思い出している。しかもこの過去は、〈今までになかったほど生き生きと素晴らしく、喜ばし〉いものとして立ち現れるのである。そうであるとすれば、祈祷や讃美歌の言葉を契機に開かれ、僧正の心を惹き、彼が真に逃れて行きたいと思うのは〈外国〉でも〈神の世界〉でもなく、〈人生がかろやかで楽しかった〉［10: 192］頃、あるいはもっと〈むかし〉、〈パヴルーシャと呼ばれていた〉［10: 189］当時、〈永遠に去ってしまった、二度と帰り来ぬ時〉［10: 188］に他ならない。

このように本作において「逃避」のモチーフもより時間的な形で展開されている。それゆえ、やはり脱出は実現し得ない。とはいえ〈今や鳥のように自由な彼は、どこへでも行くことができるのだ！〉［10: 200］と高らかに言われる僧正の死を、逃亡の完成と見なすことはできるかもしれない。しかし、結局はそうではない、ということを示すために、本作の語りと時間の問題に議論を進めよう。

本作の語りは三人称の形式を取るが、一章冒頭の〈夢でも見ているか、熱に浮かされでもしたかのように、僧正は、もう九年も会っていない実の母親、マリヤ・チモフェーエヴナが、群衆にまじって近づいて来るような気がした。それとも、母に似た老婆であろうか〉［10: 186］という一文に見られる認識の局限（本当に母なのか、そうではないのか分からない）からも分かるように、基本的に僧正ピョートルに対して内的焦点化が行われている。しかしながら、次のような箇所も見られる。

レソポーリエ村の司祭シメオン神父の姿が思い浮かぶ。柔和でおとなしい、気立てのいい神父。本人は痩せていて背も高くなかったけれど、神学生の息子の方はとてつもないのっぽで、声はすさまじく低かった。ある日この息子が料理女に腹を立てて、『ええ、イエグディエルのロバめ！』と怒鳴ったことがある。それを聞いたシメオン神父は、ひとことも言わず赤面しただけだった。と言うのは、聖書のどこにそんなロバのことが書かれていたか、思い出すことができなかったからである。

［10: 188］

〈聖書のどこにそんなロバのことが書かれていたか、思い出すことができなかった〉ために神父が顔を赤らめたのは僧正に分かるはずのないことだ。同様に、オブニーノ村では司祭の甥のイラリオンが〈時々勤行の代金に五コペイカか十コペイカずつ貰いながら〔聖餅に書いた文句を〕読んでいた〉が、〈もう髪が白くなって禿げて来た頃に、つまり一生が過ぎてしまった頃になって、突然、紙切れに、「お前は本当に馬鹿だよ、イラリオン！」と書いてあるのを見る〉［10: 189］という文も僧正の視点を超えている。すでに『イオーヌィチ』の語りに関して述べたような、時に焦点人物から離れ独自の情報を開示する語りがここにも使われていると言えるのだが、本作でもっと注目すべきなのは、本書第四章で言及した、一回性と多回性が混在するような語りの特徴の方だ。

僧正が請願者に応対する場面に目を向けよう。

この県の人たちは皆、僧正が彼らを見る時にはいつも、誰も皆ちっぽけで、おどおどしていて、やましそうに彼には思えるのだった。彼の前に出ると、誰もが、長司祭の老人たちでさえびくびくして、彼の足元に「身を投げる」のだった。つい最近、ある女の請願者が、それは年取った村の坊主の妻だったが、恐怖のあまり一言も言いだすことができず、空しく帰った。彼は、かわいそうに思うので説教では一度も人を悪く言ったり、なじったりしたことはなかったが、請願者といるとついかっとなって我を忘れたり、請願書を床へ叩きつけたりするのだった。　［10: 194］

前半部の不完了体動詞過去形 «глядел» «казались» «робели» «бухали» で、こうしたことが何度もあったことが要約的に示されたのち、完了体動詞過去形 «ушла» を用いた〈つい最近〉の一回の出来事が置かれている（〈つい最近、ある女の請願者が［……］空しく帰った〉）。そのあとにはまた «решался» «упрекал» «было» «выходил» «сердился» «бросал» と不完了体の過去がつづく。つまり、単起的情景と括復的な語りが混在している。同時に気にかかるのは、〈物静かで、大人しい〉［10: 194］僧正が請願者に応対するたびに〈ついかっとなって我を忘れたり、請願書を床へ叩きつけたりする〉ようなことだ。しかも彼は〈ほとんど毎日〉〈おびただしい数〉［10: 194］請願者を受けつけているのである。すなわち、出来事の性質からして何十回もくり返されるはずもないようなことも、また、ここで括復的に語られている。

このことと比べて見るために、『生まれ故郷で』から今一度別の例を引こう。

叔母さんはヴェーラの部屋に入って来ては、言うのだった。

「お客さんと一緒に座っていてくれないかしらねえ。じゃないと高慢ちきと思われるわよ」

ヴェーラは居間に出て行って、長いこと客たちとヴィント〔トランプでするゲーム〕をしたり、ピアノを弾いたりするのだった。すると客たちはダンスをするのだった。叔母さんは、楽しげに、ダンスで息を切らせながら、ヴェーラに近寄るのだった、そしてささやくのだった。

「マリヤ・ニキーフォロヴナにもう少し優しくしてあげてね」　[9: 318]

元の動詞の形を強調する目的でいささかぎこちない訳出をしたが、〈週に一度、時にはもっと頻繁に〉来客があると「反復される動作」を示す不完了体動詞が並ぶ中にあって、叔母が〈言った（говорила）〉〈ささやいた（шептала）〉こととその内容もまた不完了体動詞で書かれている。われわれは第四章で、語りの上での一回の出来事と多回の出来事の混在は、エピソードの典型性を示しつつ叙述のアクセントの役割を担うものだと述べた。今付け加えるならば、そうした効果は、叔母がヴェーラに〈「マリヤ・ニキーフォロヴナにもう少し優しくしてあげて」〉[9: 318] と言ったのは仮に一回きりのことであるにせよ、〈ほとんど毎日〉客がある度に、これに類したような指図がなんらかあったのだろうという理解を暗黙裡に前提しているはずだ。したがって『生まれ故郷で』の疑似括復的な語りは、実際のところ、「全く同じエピソードが何度もくり返し起こったわけではない」ことを意味するにも等しい。

叔母の指図に対するヴェーラの心情などは明らかでなく、語りが外的視点に立つ。これに対し、たとえば先に挙げた請願者と僧正の関係を示す箇所〈この県の人たちは皆、僧正が彼らを見る時にはいつも、誰も皆ちっぽけで、おどおどしていて、やましそうに彼には思えるのだった〉は、〈この県の人たちは皆、「私」が彼らを見る時にはいつも、誰も皆ちっぽけで、おどおどしていて、やましそうに「私」には思えるのだった〉と一人称の文に問題なく置き換えられる。つまり、『僧正』に見られる疑似括復的情景において語り手は僧正に対する焦点化を徹底している。そして実際、僧正ピョートルの感覚からすれば、請願者の受け入れは何度もくり返された総合的なもの（彼の前に出ると、誰もが〔……〕彼の足元に「身を投げる」のだった）であると同時に単一のもの（つい最近、ある女の請願者が〔……〕恐怖のあまり一言も言いだすことができず、空しく帰った）でもある。ジュネットが言うような〈ある単一の出来事を、まったく文字通りに、しかもまったく公然と援用して、一つの括復的系列の例証ないしは確証とする〉[39]、「括復」という言葉の本来的定義に反対するようなねじれは、ある一人の人物の内部における時間感覚として存在し得るのである。語りは、請願者の単一の受け入れと総合的な他の応対の時系列的な関係を整理しておくこともできたはずだが、僧正の目に「隠れる」ためにそれをしない。前章で指摘したような人物の知覚に仮託して「語り尽くさない」という語りの特徴は、本作では時間的な混乱として表されているのである。そのことをよく示す、別の例を引用する。

> 僧正は、外国滞在中に勤めていた真新しい白い教会を思い浮かべた。暖かい海のざわめきまで思い出された。住まいは、天井の高い、明るい五部屋からなり、書斎には新しい書き物机や書架があった。よく本を読み、よく書き物をしたものだった。僧正はまた、故郷が懐かしかったこと、盲の女乞食が毎日窓の下で恋の歌を歌い、ギターを弾いていたこと、その歌声を聞くと、なぜかいつも過ぎ去った過去のことを考えていたことを思い出した。〔10: 193〕

全体的に不完了体動詞の過去形が用いられているが、〈よく本を読み、よく書き物をした〉ことについては反復を認められるにしても、八年にも及んだ外国滞在の間、一日も欠かさず〈女乞食が毎日窓の下で恋の歌を歌い、ギターを弾〉いたというようなことがありうるのだろうか。しかし、それが現実にあったかどうかは、もはや問題ではない。その声を聞くたびに〈過ぎ去った過去のことを考えていた〉過去の自分を思い出す僧正は、作中でただ一度ではなく、何度も過去のことを考えている。その最中に〈語りがそのことを明かさないとしても〉〈本を読み〉〈書き物をし〉女乞食が〈窓の下で恋の歌を歌い、ギターを弾いていた〉外国生活のことも何度も思い出したと考える方が自然である。つまり、「毎日」起こったとは通常考えにくい出来事を「毎日」のことかのように、こういう言い方をするならば「括復化」するのは過去の事実ではなく、現在の僧正なのである。

実際、僧正の考えの中では現在と過去がたえず入り混じる。彼は過去を介して現在を見る（〈僧正は母の話を聞きながら、いつだったか、もう何十年も前に、母が彼と兄弟姉妹たちを、金持ちと目されていた親戚の家へ連れて行ったことを思い出した。当時母は、子供たちのことであくせくしていたものだった。それが今では孫たちのことになって、今日もこうしてカーチャを連れて来たわけだ〉［10: 191］〈彼は、いつだかずっと昔、彼がまだ子供だった頃に、母が今とそっくり同じ冗談まじりのうやうやしい口調で管長と話していたのを思い出した〉［10: 197］）。この点に、『僧正』と『退屈な話』との大きな違いがある。『退屈な話』の次のような場面に目を向けよう。

私は自分の妻の顔を見て、赤子が驚くように驚く。戸惑いながら自問自答する。はたしてこの年老いた、ぶくぶく太った、のろくさい女が〔……〕昔あれほどほっそりとかわいかったワーリャなのであろうか。〔……〕

私はこのでぶでぶしたのろまな老婆の顔をじっと見つめ、そこに我がワーリャの面影を探すけれど、過去の中から失われずに残ったのはただ、私の健康を案じる恐怖と、もうひとつ、私の給料を私たちの給料と呼び、私の帽子を私たちの帽子と呼ぶ癖だけである。 [7: 255]

老教授ニコライ・ステパーノヴィチは現在とは断絶されたものとして過去を想起するに過ぎない。そして彼は全体的には、現在から未来へ直線的に向かっている。

私はわれわれの妻たち、子供たち、友人たち教え子たちが、われわれの名前や称号やレッテルではなく、われわれの中の平凡な人間を愛してほしいと思う。それから？　よい助手と後継者を持てたらと思う。そのほかには？　百年後に目を覚まして、未来の科学がどうなっているか一目見たいと思う。もう十年ばかり生きられたらと思う。 [7: 307]

それと比べて僧正ピョートルには、もっと複雑に、過去の時点で思い描いていた未来とは違うものとしての現在を、過去を経由して見たのち、再び現在から過去を振り返るという例もある（〈あの頃は人生がかろやかで楽しかった。終わりの見えない長い長いものに思われた〉〈今ではもう副主教になっている。一切の過去が、夢を見ていたかのようにどこか遠く、霧のなかへと消えてしまった〉[10: 192-193]）。E・Б・グリシャーニナもまた、そのことを次のように指摘している。

作品の中で過去は現在の視点から表現される。思い出に現れる人々について、僧正は生き長らえてきた人生の高みから、自己の経験、自己の現在の感情から判断する。〔……〕現在もまた作品の中で

は過去の視点から展開される。〔……〕

チェーホフにとって本作の重要なテーマは主人公の意識における時間の連続性である。テクストの中で過去と現在は時に合一したり、時に反対したりして互いに混ざり合っている。作品の時間は、主人公の心に生じたことによって、短縮されたり、引き伸ばされたりして動いている。(40)

しかしながら、たとえ僧正が現在から過去を〈判断〉するとしても、ラエーフスキーらの逃避願望をめぐって「歴史のさかしま」に言及したように、彼が過去を書き変え、〈過去の現実ではないもの〉を〈実在していたもの〉にしているわけではない、ということを強調しておかなければならない。反対に、過去はまさしく豊かなものとして実在していたのである。そうであるとすれば、ソルジェニーツィンが〈無意味で不必要に思える細部〉と断じた、小学校の教室の壁に吊り下げられていた白樺のむちの束の下のラテン語のでたらめな文句や〈シンタクシス〉という犬の名前も不要なものではない［10: 189］。それらは〈大気が喜びで震えているような気がし〉〈帽子もかぶらず、はだしのままで、無邪気な信仰に心おどらせながら、無邪気なほほえみをたたえて〉［10: 189］いた頃の、〈パヴルーシャと呼ばれていた〉当時の、〈永遠に去ってしまった、二度と帰り来ぬ時〉［10: 188］の記憶の一部として、過去のことを、現在よりもはるかに詳細に描き出す。ジュネットが『失われた時を求めて』の、マルセルのコンブレーにおける就寝の情景について述べたことはこれと似ていよう。それは、これほど〈強烈なもの〉はないと同時に〈これほど明示的に**回想**として媒介され、証明されているものもまたない〉ようなものだ。そのような過去は、〈非常に昔のものであると同時にきわめて最近のものでもあり、何年もの間忘れ去られていたのち〔……〕再び感知されるに至ったもの〉として浮かび上がる。(41) スウェーデンの研究者N・A・ニルソンは『僧正』

について、〈芸術的節約と調和の傑作である。なぜなら作品は病身の僧正の最期の日々について語りながら、しかし同時に、思い出の閃光の中に存在している彼の全人生の物語を手にしている。作品は一歩一歩彼の人生、彼の痛み、彼の希望を明らかにしながら、過去と現在、僧正の記憶と彼の現在の地位との間で絶え間なくそしてダイナミックな相互関係を大きく展開する〉[42]と述べた。主人公の知覚を通した語りの時間的交錯が、僧正の全人生をこのような形で物語の中に開くことを可能にしているのである。

4　二つの「生」の流れ

だが、「僧正」の死を逃避のモチーフの完成、ないしある種の復活とする見方に立ち戻ろう。A・Д・ステパーノフは死の瞬間に僧正は〈自らを時間外の存在と感じる〉[43]と指摘している。なるほど、〈もう当たり前の素朴な人間に帰った自分が、杖をつきながらすばやく陽気に野原を歩いているような気がしていた。頭上には太陽の光に満ち満ちた空が広がっている。そして今や鳥のように自由な彼は、どこへでも行くことができるのだ！〉［10: 200］と言われるこの瞬間、僧正は〈野原〉や〈空〉の自然の時空間と溶け合い、〈当たり前の素朴な人間〉としてよみがえるかのようだ。しかし、この「脱出」が同時に彼の死、それも絶対的で破壊的な死でもあることを見逃すわけにはいかない。作品の末尾を引用する。

土曜日の早朝、客間のソファに寝ていた老婆のところへ待僧が近づいて、寝室へ来てもらいたいと言った。僧正が死んだのである。

翌日は復活祭だった。町には四十二の教会と六つの修道院があったので、大きな、嬉し気な鐘の音は、春の大気をゆさぶりながら、やむこともなく朝から晩まで町の上に響き渡っていた。鳥がさえずり、太陽があかるく輝いていた。大きな市場の広場はざわめき立ち、ブランコが揺れ、手風琴が鳴り、ハーモニカがぴいぴい言い、酔っ払いの声が聞こえていた。目抜き通りでは、午後から競馬が始まった。――ひと言で言って、去年とまったく同じように、おそらくはきっと将来もそうであるように、陽気で、何もかもうまくいっていたのである。

ひと月経つと、新しい副主教が任命され、僧正ピョートルのことは、もう誰ひとり思い出さなかった。それからすっかり忘れ去られた。〔10: 201〕

ここに見られる自然の時空間と人間の時空間の明らかな対立に注意しよう。また冬を経て、次の春が必ずめぐり来る。〈将来もそうであるように〉という一文からも分かるように、バフチンの言うフォークロア的な時間として、つまり〈孕み、実をむすび、産み落とし、ふたたび孕む時間〉として『僧正』の自然の時空間は描かれている。そして〈最大限に未来を志向する〉自然に対する人間の限界は、前者は永遠に未来から到達し続け、後者はすべてが過ぎ去り忘れ去られ行くという、時間的差異において厳密に示されているのだ（〈僧正が死んだ〉〈ひと月経つと〔……〕僧正ピョートルのことは、もう誰ひとり思い出さなかった。それからすっかり忘れ去られた〉）。間もなく、老母もこの世を去る頃には、僧正ピョートルについての一切が消えるに違いない。僧正は過去にも未来に到達し得ず、現在においてまったく死ぬのである。

チェーホフがすでに一八八四年の『墓地で』において、〈『忘れ得る友ムィシュキンに……』と私たちは読んだ。時の流れが、「忘れ得ざる」の「ざ」を消し去って、人間の虚偽を正していたのだ〉〔3: 76〕と書いたように、「生―死―忘却」という形で消滅する人間の生に対して、〈時の流れ〉、自然の流れは続いていく。本書第三章で見たような個体の限界性と、全体的な流れの継続性の対立がここにも見出される。そして、自然は人間の生き死に無関係で無関心である様が、祝祭のイメージを通していっそう強調されている。したがって、こう言わねばならない。「今・ここ」で進んで行くのは人物の人生（жизнь）ではなく、生（жизнь）そのものであると。

しかしそもそも、二つの異なる生の流れとは何なのだろうか。興味深いのは、人間を支えてくれるような「何か」が自然の内に垣間見えるような瞬間もまた、チェーホフにはしばしば見受けられることだ。そこでわれわれは最後に、チェーホフ的な「ノクターン（nocturne）」の問題を取り上げよう。ノクターンとはイギリスのロシア・グルジア文学研究者ドナルド・レイフィールドの用語で、彼は『イオーヌィチ』を例に、人物の思考能力を超えるような三和音（音楽用語から転じて、形容詞を三つ重ねること）や、全体の抒情詩的調子に彩られた墓地の月夜の場面をこのように呼びならわした。[44] ここではもう少し広い意味あいで、特に晩年のチェーホフの作品によく見られる、自然を前にした人物が日常から離れ、「永遠」や「本当の生活」といった現在とは異なる時空間に束の間触れるような、いわゆる「抒情的逸脱（лирическое отступление）」の場面一般を念頭に置いている。たとえば、すでに引用した『谷間』の夜空の場面に目を向けたい。

慰めるすべのない悲哀が、母と娘を襲おうとしていた。けれども彼女たちには、誰かがいま高い空の上から、星のまたたいている青い夜空から下界を見下ろしていて、ウクレーエヴォ村で起こっているすべてのことをじっと見守っているような気がしていた。たとえこの世の悪がどんなに大きかろうとも、夜は静かで美しく、神の世界にもやはり同じように静かで美しい真実があるのだし、これからもあるだろう。そして地上のすべては、月の光が夜と溶けあっているように、真実と溶け合う時をひたすら待ち望んでいるのだ。

そうして二人は落ち着き、互いに身を寄せ合うと、眠りに落ちた。

［10: 165-166］

リーパと母親は〈この世の悪〉と対照的な〈静かで美しい真実〉と〈神の世界〉の存在を夜空に見出し、安らかな気持ちになる。一方で、彼女たちは実際には〈真実と溶け合う〉ことはなくツィブーキン家の納屋という現実空間にとどまっている。さらにもう一つ、『小犬を連れた奥さん』の有名なオレアンダの場面を引用する。

ヤルタは朝もやを通してかすかに見え、山々の頂には動かぬ白い雲がかかっていた。木々の葉はそよともせず、蝉が鳴いていた。そして、下の方から聞こえてくる海の単調なにぶいざわめきが、われわれを待ち受けている安息、永遠の眠りを物語るのだった。そのざわめきはまだここにヤルタもオレアンダも無かった頃にも同じように鳴っていたのだし、今も鳴り、そしてわれわれのいなくなった後にも、やはり同じように無関心に鈍く鳴り続けるだろう。そしてこの変わりなさの中に、われわれ誰彼の生き死にへの完全なる無関心の中に、ひょっとしたらわれわれの永遠の救いのしるし、地上の生活の絶え間ない推移のしるし、完成への絶え間ない歩みのしるしが、ひそんでいるのかもしれない。

［10: 133］

〈われわれ〉の視点の帰属は判別し難いものの、清水道子は〈まず語り手が、自然の示す永遠の相、人間に対する無関心の中にこそ救いがあるという哲学的思考を述べるが、それはそれほど明瞭な言葉・意識ではないにしても、グーロフたちも感じていると解釈できる〉[45]と指摘している。そうであるとすれば、グーロフとアンナも周囲の〈海や山や雲やひろびろとした大空〉に〈永遠の救いのしるし〉といった慰めを見出していると言うことができる。そしてこの直後の、〈見張り人〉なる行きずりの人物が〈二人の様子をちらっと眺め、そのまま向こうに行ってしまった〉［10: 134］という細部は、グーロフらにはそれが〈神秘的で、やはり美しいものに思われた〉［10: 134］にせよ、やはりこの場面でグーロフとアンナ・セルゲーエヴナが日常的で現実的な場所にとどまっていることを示している。

再び清水によれば、この場面で語り手は〈主人公の知性・意識・言葉の範囲を越える思考内容〉を〈語り手の言葉〉で語っている。[46]しかし、〈誰かが〉〈気がしていた〉〈ひょっとしたら〉〈かもしれない〉という具合に、自然に垣間見られる「何か」は語り尽くされてはいないことは見逃せない。主導的であるにせよ語り手はここでも、人物の知覚の限界点に断片性を残しているのである。

注目すべきは、〈高い空の上〉〈青い夜空〉、あるいは〈神の世界〉に存在する〈静かで美しい真実〉はその到来を待ち望まれているのではなく、現在すでに実在し、継続が半ば約束されていることだ（〈神の世界にもやはり同じように静かで美しい真実があるのだし、これからもあるだろう〉）。それはあたかも時間の外に永遠に存在しているかのようである。オレアンダの海のざわめきについて語る部分もやはり未来に関わるのみならず、過去であると同時に現在でもあり、はっきりと時間を超越したものとして示されている（〈そのざわめきはまだここにヤルタもオレアンダも無かった頃にも同じように鳴っていたのだし、今も鳴り、そしてわれわれのいなくなった後にも、やはり同じように無関心に鈍く鳴り続けるだろう〉）。そしてこの〈ざわめき〉の中にあるはずの慰めのしるしもまた、今もう存在するものかのごとく言われている（〈ひそんでいるのかもしれない〉）。

ラエーフスキー、エレーナ、オリガは過去を書き変えることによって現在自分が抱く直近の未来に対する願望に保証を与えようとしていたことを思い起こしてほしい。そのような「さかしま」の他にも、〈なんらかの理想に実在性をあたえるために［……］幾千億土のかなた、大洋のかなたのどこかに、あるいは、地上でなければ地下、地下でなければ天上のどこかに、当の理想がいま現に実現されていると考えられる[47]〉場合もあるとバフチンは述べていた。

> しかも、たとえこの垂直軸上に建て増しされるものが、この世ならぬ理想的なもの・永遠にあるもの・時間の外にあるものだと宣言されたとしても、この時間の外にあり永遠にあるものは、今この瞬間つまり現在と時を同じくするものであり、同時代のもの・現にすでに実在しているものと考えられる。なぜなら、そのようなもののほうが、まだ実在もせず、またかつて実在したこともない未来にまさるからだ[48]。

リーパやグーロフは「今・ここ」には求められない救いや慰めを自然に見出していたことと、この指摘を考え併せるならば、「真実と美」「本当の生活」を、語り手が自らの権限において開示してみせるものとしてではなく、人物の期待が現在地点において描き出すものとして扱うこともできるはずだ。抒情的逸脱におけるこのような未来は、『三人姉妹』（一九〇〇）のヴェルシーニンなどチェーホフの夢想家的人物が口走る、〈二百年後、三百年後〉〈明るい未来〉といった〈空想的時間〉とは異なると江川卓は指摘している。江川によれば、それは〈神話的時間〉と呼ぶべきもの、〈人間の歴史的生の所産であった「真実と美」のうつわ〉であり、〈このうつわに口づけることで、人間は現在の自身の存在の意味を確認し、このうつわに照して、現在の自身の責任を認識することになる[49]〉のである。この考えにしたがうなら、〈神話的時間〉はそれ自体の内的充実を持ち、人間を導くようなものということになろう。だが、そうであっても、〈真実と美のうつわ〉に〈口づける〉主体の存在なくしては〈神話的時間〉は意味をなさないし、感知もされないと言えるのではないか。このように考えてくると、チェーホフの抒情的逸脱の実態は、奇妙なことに、まったく目的論的な自然観であることに気がつく。トルストイが憤慨したところの、〈美しい自然を見ていると神の偉大と人間の卑小についての想念が浮かんでくる〉、〈恋する者はいとしい女性を水の中に見出す〉〈山々は〔……〕木の葉は〔……〕語っていた[50]〉式の物言いそのものが、ここに見出されるようなのだ。

だがその一方で、自然の無情さ、人間との無関係さは抒情的逸脱の場面においても決して棄却されてはいなかったことを指摘しなければならない。谷間から見上げる夜空には〈今が春だろうと冬だろうと、人が生きていようと死んでいようと関わりのない月〉がかかっているのだし、オレアンダの海もまた〈われわれ誰彼の生き死にへの完全なる無関心〉さでざわめいているのだ。これを踏まえた上で、先に挙げた二つの自然の場面を書いたのとほぼ同じ頃、『三人姉妹』でチェーホフが書いた次のようなやりとりに目を向けよう。

トゥーゼンバフ　二百年、三百年どころか、たとえ百万年たったところで、人の生活はやはりかつてのままですよ。それは変化せず、その持って生まれた法則にしたがって、常に一定不変のはずですが、さてその法則が何かということは、われわれには関係がないのだし、少なくとも、決して知る時はないでしょう。渡り鳥――たとえば鶴は、空を飛ぶ、飛んで行きます。高尚な、あるいは低級な、どんな思想が彼らの頭にわいたにせよ、やっぱり彼らは飛んで行くでしょうし、何のために飛ぶのか、どこへ飛んで行くのかは、知り得ないでしょう。〔……〕

マーシャ それにだって意味が？

トゥーゼンバフ 意味がねえ……いま雪が降っている。なんの意味があります？ [13: 147]

人物がどれほど自然に意味となぐさめを見出そうとも、実のところ自然は、〈われわれには関係がない〉法則に従って進んでいるにすぎない。ワーズワースが有名な一節で〈いかにみごとに個人の精神が／（そしておそらく人間全体の進歩的な力も劣らず）外の世界に適応しているか〉〈そしてまた、いかにみごとに〔……〕外の世界も人間精神に適合しているか〉[51]と言った時のような、認識と把握を許してくれる「自然」（〈外の世界〉）とは真逆の、このような自然観は、われわれが第一章で考察したように、非目的論的な進化の流れをチェーホフが理解していたことから当然に出てくるものと考えられる。科学的なまなざしからすれば、自然とは〈人間のためになすべき計画も持ち合わせていない〉〈こうすべきだなどということを〔……〕語りかけることもない〉〈心などない〉[52]ものだからである。

中村唯史は「トルストイ『戦争と平和』における「崇高」の問題」の中で、自然現象に対する見方についてのポール・ド・マンの二つの区分にもとづいて、『戦争と平和』でアンドレイ公爵が見るアウステルリッツの空の特異性を分析した。すなわち、人間には意味づけできないままに、しかし確かにある領域としての〈崇高〉を自然に直観する〈建築術的な見方〉にアウステルリッツの空だけが属し、自然のなかに意味や自分との照応や神の摂理を見いだそうとする〈目的論的な見方〉にニコライ・ロストフが見るドナウの空を始め、作品内の空に関する他の叙述が属する。そして中村によれば、アウステルリッツの空にはトルストイ自身の自然に対する建築術的なまなざしが凝縮されている。[53] 同じくチェーホフ自身の自然観も自然をめぐる描写に反映されているに違いないとすれば、チェーホフの「夜空」や「海」は、ある部分ではトルストイの「空」に近いものであり、しかしやはり究極的には異なるものだと言わねばならない。第一に、チェーホフの抒情的逸脱には自然に対する人間の二つの見方の別ではなく、自然そのものと、自然に対する人間的なまなざしとが描かれているからである。いわばチェーホフの自然とは、それ自体の建築的条件にしたがって建てられた建築物であり、人間の目がその構造に現在的意味や有用性を見るのである。そして第二に、中村が言うように、『戦争と平和』でアンドレイ公爵の眼前に不意に開けてきた「空」は、〈人間にとっては絶対的に不可知〉であり、人物よりも優位にある語りの立場をもってしても〈否定辞や不定辞〉を通してその存在を示唆するよりないものではあっても、それにも関わらず「それが在る」とだけは確実に言えるものとして、〈歴史を動かす原理〉や〈生〉といった初源的で全一的なものとして在った。チェーホフの場合は、語り尽くせない「何か」を「ここ」という限界地点にいる人物が明らかにし説明することは、無論できない。そして一方で、語りは初源的なものを手つかずのまま残すが、それは初源的なものが不可知であるためではない。ダーウィニズムが明らかに示したように、すべてを説明してくれるような始まりはないか、あったとしたところで偶発性と非目的性にすぎず、それほどまでに追及すべきものでもないのだから。人間は〈その本質や目的がわれわれにとって謎であるような初源的なものの中で生き続ける〉［II. 6: 332］とトルストイが言ったことに対して、チェーホフもまたそのように述べていたのである。

僕にはそんな初源的なものや力なぞは形のはっきりしない、ゼリー状のかたまりのように思われる。僕の「私」も個性も、意識もこのゼリー状のものと溶け合ってしまう——そんな不死なら僕には必要ないし、理解もできない。 [II. 6: 332]

スヒフがチェーホフの時空間に関して、〈人物は自分のことを考えながら〔空間を〕眺めているだけで、理解してはいない。そのため、なによりもまず人物の知覚を通して形成されるところのチェーホフの時空間においては、作者／語り手は斯様に断片的に空間を語り、世界を描写する〉[54]と述べた理由もここにあるように思われる。したがって、冒頭に引いたバフチンの指摘は、チェーホフの時空間は〈平凡で通俗的な〔……〕日常の時間〉であり、〈前進する歴史の歩みを欠いている〉と言う時に、「жизнь＝人生」のレベルでは正しかった。しかし、〈時間は、ごくせまい範囲内で動く〉と言う時、「жизнь＝生」のレベルで正しくなかった。チェーホフの時空間にあっては、二つの異なる流れが存在する。そして、この二つの流れの交接点となるものこそ、〈形成されゆく人間の形象〉にほかならない。オレアンダの海を前にグーロフは最終的にこのように考えた。〈本質的に、考えてみれば、われわれが存在の高い目的や自己の人間的品位を忘れて考えたりしたりすることを除けば、この世界のすべてはなんと素晴らしいのだろう〉[10: 134]。雪が降っていることになんの意味があるのかとたずねた、トゥーゼンバフの言葉とこれをかけて、こんな風に言い換えてみることができるかもしれない。「われわれが居る。それがこの世界になんの意味が？」と。二つの流れを往還する問いが生まれるその時、チェーホフの目は、ダーウィニズムがそうであったように、〈人間であること〉と同時に〈どこでもないところからの眺め[55]〉に二重化しているのである。

結論　「孤独な宇宙」の中で

周知の通り、ドストエフスキーのようには、トルストイのようには、チェーホフは「自己」を出さなかった。そのために、「虚無」から「人間愛」まで、彼は様々な「色」をつけられてきた。ヴィリジル・タナズの『チェーホフ伝』（二〇一〇）は、〈金のこと〉がいつも頭を離れず、多くの〈彼女たち〉に加えて〈貞淑さに欠ける女たち〉とも付き合いを持っていたようなチェーホフ像を打ち出した点で新奇な伝記だったが、[1]同様の傾向が二〇一四年に露語訳が刊行されたドナルド・レイフィールドの『アントン・チェーホフの生涯』にも認められる。[2]われわれの関心は乱立し時に相反するチェーホフ像の正誤を判断することにはないが、本書第二章で見たように、チェーホフが一般に思われているよりはずっと通俗的流行に敏感であり、「八〇年代協同組合」を名乗って同僚たちと新しいメディアを舞台に「売れる作家」を目指したことは、こうした最近の動向と近いかもしれない。

それは単に彼の個人的事情によることではなく、大衆を導く「不朽の作家」が過ぎ去った時代の歴史的要請でもあったことを想起しよう。彼らは自身そうであるような「普通の人」をあるがままに描くことに活路を見出そうとした。チェーホフがひとり異なっていたのは、同時代の他の作家が文学によってすべてを描くことができると思ったことに対し、彼は文学は科学と同じく自らの無知と限界を認めるところに成り立つものと考え、すべてを描ききる欲望から身を離した点だった。

時代意識ということに関して言えば、もうひとつ別の問題が残されていた。それは、既存の思想が軒並み収束に向かっていた八〇年代における、いわゆる「共通理念」の欠如だった。〈身近な目的も遠い目的もない。胸の中は、球でも転がせるほどに空っぽ。政治もない、革命も信じない、神もない、幽霊も恐れやしない〉[II. 5: 133] 精神は、かつてのように堅固で一貫した何らかの主義主張と一体になることができない。若きチェーホフは〈孤立して書いている文士〉[II. 2: 223] たちが互いに結束し、助け合うことの必要性をしばしば周囲に訴えていたが、それは職業上の結束であって、彼は作家が思想的に団結し「空」をあがなうことができるとは考えていなかった。唯一の例外として、一八八〇年代後半の数年にわたって〈トルストイの哲学〉がチェーホフの心を占めたとされるが、それも最終的に終わった時、彼はこのように述べた。〈今や僕の心の中には彼がおらず、彼は僕の中から、『我汝の家を空のままにせん』と言い残して出て行った〉。〈客を出して自由になった〉時、彼は、〈純潔や肉の節制〉よりも〈電気や蒸気〉に、かねてより信頼していた、〈今驚くべきことをしつつあり、ママイのように人びとに進軍し、その大きさ、広大さで人びとを征服するかもしれない〉自然科学に価値を置いた [II. 5: 283-284]。ただし、チェーホフにとり科学は、新たな思想ないし信仰として欠如を埋めてくれるものだったのではない、ということを強調しなければならない。そこでわれわれは、序論で示した「観察するまなざし」とは何かという問題関心から、最後にもう一度、進化論とチェーホフの詩学の相関について論じよう。

言うまでもなく、科学は倫理ではない。しかし、科学は人の思考の枠組みや世界観と無縁のものでもあり得ない。わけてもダーウィンの進化論が、十九世紀の人びとの世界像に衝撃を与えた。それは学問の領域をはるかに超えて、神、道徳、愛などのあらゆる問題を懸けた論争を引き起こしたのである。今一度ふりかえれば、進化論のたがいに不可分にして不可欠な理論的基盤は、「進化のメカニズムを説明する」とともに「生命の歴史を物語る」ことにあった。そして、純粋に自然科学的なプロセスである自然淘汰が描く進化の道筋には、あらかじめ定められた計画や目標、神の意志などは存在しないし、必要もない。目撃も再現も不可能な現象である進化を対象とする限りにおいて、ダーウィニズムは生命の「歴史」を語ることを止めないが、その時、グールドが言う通り、〈歴史の中心原理〉に置かれているのはただ〈偶発性〉なのである(3)。

しかし学問としての進化論がそのようなものであれ、この方法を用いて歴史や自然を知り、それについて語ろうとする時、われわれはそこに人間的な感覚を差し挟まずにはいられない。生き残ってきたのは絶対的に優れたもの、選ばれたもので、消え去ったものには非があったはずだ。歴史とは、今あるような世界を目指して着実に進んできた歩みのことだ。そういう風に合目的的に考えるのが、通常の人間的な思考なのである。ラウプの言う〈地球に対してわれわれが抱いている好印象(4)〉、つまり、自然は人間のために働いてくれているし、究極的には慈悲深い結果をもたらす何がしかの目的が存在しているはずだという、人間の思考にほとんどすりこまれた考え方がここに加わる。こうした「感覚」は、進化論の革新的特徴である非人間性を真逆にしてしまう。したがって、ダーウィンの進化論の〈魅惑と混乱の源泉(5)〉とは、理論が本来的に持つ非目的論的性格と、理論が扱う対象が呼びこむ人間的な感覚との間に湧き上がるものであった。

そして、本書第一章で未完の学術論文の構想を通じて指摘したように、チェーホフは進化論が〈人間から遠ざかる〉ことを認めていた。自然科学者から作家に至るまで、ロシアのダーウィン受容（たいていは反発）は、理論の非人間的な面を取り除くか、せめてやわらげようとする努力だったことを考えれば、これは大きな違いである。われわれは、そのことの、創作におけるパラレルなあらわれについて具体的な分析を行った。第三章ではチェーホフの人物形象が個としての独特な資質を垣間見せた途端に行き止まること、第四章では、直前の出来事と次の出来事のしかるべき累積から物語が進むにも関わらず、シュジェート（プロット）とファーブラ（ストーリー）の構造によって、「ほかでもありえた」偶発性の結末が残されることを見た。それでいて同時に、あり得た無数の可能性を人物が再び手に入れる機会は否定されていたのだが、人物がこのように限界に直面することは、時空間の特徴とも通じていた。第五章で見たように、人物たちがそれぞれの論理をもち、相容れない言葉で語る「異言語性」を契機としてチェーホフに特徴的な「逃避」のテーマが展開し、理想的などこか別の空間、あるいは別の時間が形成されるが、すぐに解消され人物は「ここ」にとどめ置かれる。『僧正』に見られたように、僧正ピョートルが時間的にも空間的にも行き止まることが彼の人生を豊かに描き出すための可能的条件である場合にも、それは同時に彼の絶対的で破壊的な死であった。

　個体の「人生（жизнь）」は限界点に行き止まり、消失する。その一方で、続いていく大きな「生（жизнь）」の流れも存在していた。進化のプロセスについて〈個体はその一生のうちには進化しない。進化の過程には参加するが、それは世代を重ねることを通じてのみである〔……〕個体はこのように、媒体でもあるが、行きどまりでもある〉[6]とジリアン・ビアが言う時に感知されるような、「жизнь 生／人生」の二つの流れが、チェーホフの作品世界にも息づいている。そのことは、たとえば次のような「手帖」の書きつけにも認められよう。

千年後、この地上についての、別の惑星での会話。「あの白い木を覚えているかい」（白樺）。［17: 133］

僕は、あの世で、この人生についてこんな風に思いたいと思う。「あれは美しい幻だった……」と。［17: 102］

〈千年後〉にも〈あの白い木〉は立っている。大きな生の流れには永遠に近い未来がある。〈世代〉の一員としては個人もその未来に関与していないわけではない。しかし、〈僕〉の〈この人生〉は美しい幻として消え去るのみだ。

だが、「個」体の限界と自然の永続性を語るチェーホフが、束の間であれ、自然の内に安らぎと意味を人物に感じさせる貴重な瞬間があった。それが、彼の「ノクターン」、すなわち抒情的逸脱の場面である。チェーホフの抒情的逸脱は、従来〈小説の本筋から脱線して語り手がいわば註釈を加える技法〉(7)だと見なされてきた。だが本書の議論では、それは、現在地点にとどめられたままの作中人物が彼らの時間感覚、彼らの知覚として「今・ここ」にはないものを自然の内に見つけ出すことであった。チェーホフの妻オリガ・クニッペルが伝えているところによると、死の直前チェーホフには、〈彼を愛していないか、裏切っている女性を愛している学者〉を主人公にした戯曲の構想があったらしい。彼が思い描いていた戯曲の第三幕からも、このことが確かめられる。

船が氷に閉じ込められて停まっている。オーロラ。学者は一人で甲板に立っている。静けさ。夜の穏やかさ、雄大さ。と、オーロラのバックに彼は見る、愛する女の影がよぎるのを[8]……

この一場面で、オーロラに〈愛する女の影〉を描き出すのは語り手ではなく、オーロラを見つめている〈学者〉である。こういう言い方をするならば、チェーホフは人物にはこのように見ることをゆるしているのだ。その一方で、進化論がそれを明らかにしたように、チェーホフが描く抒情的逸脱の自然には目的も意志もなく、人間に無関心に存在している。自然＝大きな生の流れは、何らかの法則性を内部に有しているのかもしれないが、それは人物が見たいと思うようなものではないかもしれず、いずれにせよ人物にはあずかり知れないものとして描かれる。しかも、人物が自然に向ける目的論的な目と、語りが自然を描く際の非目的論的な目、このようなまなざしの交換は、場面の中で一連のものとして示されていた。つまり、チェーホフのまなざしとは、「人間」から見ていると同時に「どこでもないところ」から全体を眺めている、二重化したまなざしなのである。

二重化したまなざしの中で、問いが生まれる。先に述べたように、〈すべては起こるべくして起こっている〉と同時に、結果は目指されてきた完成ではなくつねに偶然そのようになったもの、〈まるで予想もしていなかった〉ようなもの、〈ほかでもありえた[9]〉ものとして生じる、偶発性の物語りをチェーホフは語っていた。〈どうしてこうなったのだろう?〉[9: 30]という疑問が止まないのは、それが〈歴史の中心原理〉に〈偶発性〉しかないことへの、人間的な落胆に発するからだ。実際、どれほど多くの「どうしたらいいのか(よかったのか)」という問いが、チェーホフの人物たちの口から発せられたことだろう。これらの問いには、答えなどありそうもない。答えがない、ということは人々の気持ちを損なうだろうが(実際彼自身そのことで責められ、彼の多くの人物がそのことで他の人物から責められたのである)、だからといってそれは、チェーホフはその全創作を通じて解決不能の問題をひたすら積み重ねたのにすぎない、と言うことにはならない。「人間」から遠ざかることこそ、科学と文学の「良心」であったことを想起してほしい。思えばダーウィンも、自伝でこのように述べていた。〈自然の計画《デザイン》についての古い議論は、以前には決定的なもののように私には思われたが、自然選択の法則が発見されたので、もうだめである。われわれはもはや、たとえば二枚貝の美しい**ちょうつがい**が、ドアのちょうつがいが人間によって作られるのと同様に、ある知的な存在によって作られたに違いないという風に論じることはできない[10]〉。もし、自然の中心は「空」であるというのが実際ならば、それは認めるよりほかはない。知識に倫理があるとすれば、それはこのような形でしかあり得ないだろう。科学はチェーホフにとり欠如を埋めるためのものではなかった、と述べた理由はここにある。科学は逆に、「空」を「空」のままにするものだったのである。

あずかり知れない「何か」をそのままに残しておく、というところに、チェーホフの詩学の大きな特徴が存在している。これは判断停止とも、まして、時折言われるようなチェーホフの「諦観」とも違うものだと思われる。われわれの考えに近いのは、『三人姉妹』を〈諦めと忍耐〉の劇だと言ったJ・L・スタイアンに反論して、チェーホフは〈一般科学者〉と同じように〈人間の力のそとにあり、人間の上に働いている自然法則〉を〈すすんで認めていた〉、〈**真実の直視**こそ、チェーホフの真骨頂ではないのか[11]〉と佐藤清郎が述べたようなことだ。〈生物の変異性の中には、また、自然選択の作用の中には〔……〕計画など存在しない[12]〉と言い切ることで、人間から遠ざかるまなざしを身に着けた時から、進化論は包括的に使用可能な巨大な知の総体としてわれわれに多くを与え、そして同時に多くを奪いもした。〈あらゆる宗教と、ほとんどあらゆる哲学と、科学の一部までもが、自分自身の偶然性を死にもの狂いで否認しようとする人類の疲れを知らぬ英雄的な努力の現われを示している[13]〉とフランスの生物学者J・モノーは言った。進化論はその努力を捨てたところに、人間を〈孤独な宇宙[14]〉の中に放り出したのである。そしてチェーホフもまた、この〈英雄的な努力〉の大きな部分を占めていたであろう文学の領域で、「この世のことは何一つわからない」と宣言した。この宇宙の中では、われわれにとって世界はどのような意味があるのか、と問うだけでは足りない。世界にとってわれわれはどのような意味があるのかもまた必然的に問われることになるだろう。こうした問いがくり返される動きの中に、二つの流れの交錯する瞬間に、〈この世界の中の特定の場所、特異な自分だけの場所を占めつつ〔……〕世界とその内部の対象に〔……〕関わる者[15]〉として作中の人物が浮かび上がる。その時、彼の人生とそれを取り巻くすべての生とを、あるがままのその厚みをもって、チェーホフは描き出すのである。それが〈王国〉であれ、〈暗黒の奈落〉であれ[16]。

註

序論　「万能酸」のそのあとに

（1）　池田健太郎「チェーホフの生活」チェーホフ（神西清ほか訳）『チェーホフ全集』第十六巻所収、中央公論社、一九七七年、三九九―四〇〇頁。

（2）　この言葉はイワン・ブーニンが往時のチェーホフの一般的イメージについて述べたことに拠る。イワン・ブーニン（佐々木千世訳）「アントン・チェーホフ」『チェーホフの思い出』所収、中央公論社、一九六九年、一四八頁。

（3）　広津和郎「チェエホフの強み」『広津和郎全集』第八巻所収、中央公論社、一九七四年、七二頁。ただし、注2にしてもそうだが、特定の発言者の言というよりは、一般に普及しているチェーホフ像の典型を示すために挙げている。

（4）　神西清「チェーホフ序説――一つの反措定として」『カシタンカ・ねむい　他七編』所収、岩波書店、二〇〇八年、二三三頁。

（5）　神西清「チェーホフ序説」、二二六、二三〇頁。

（6）　神西清「チェーホフ序説」、二七〇―二七二頁。

（7）　神西清「チェーホフ序説」、二七四頁。

（8）　ペーター・ウルバン編（谷川道子訳）『チェーホフの風景』文藝春秋、一九九五年、三四頁。

（9）　マックス・プランク（河辺六男訳）「物理学的世界像の統一」湯川秀樹・井上健編『世界の名著80　現代の科学II』

所収、中央公論新社、一九七八年、一二七―二八頁。

(10) 吉川浩満『理不尽な進化――遺伝子と運のあいだ』朝日新聞出版社、二〇一五年、三六五頁。

(11) リン・バーバー（高山宏訳）『博物学の黄金時代』国書刊行会、一九九五年、三三頁。

(12) ピーター・J・ボウラー（松永俊男訳）『ダーウィン革命の神話』朝日新聞社、一九九二年参照。

(13) よって、今後本書ではダーウィンの唱えた本来の理論を単に「進化論」と呼ぶか、文脈に応じて「ダーウィニズム」と呼ぶ。他の進化学説については「ラマルクの進化論」といった風に学者の名をつける。本来の進化論と、理論が他の領域に持ち込まれて生じた「発展的進化論」や「社会ダーウィニズム」などの派生物を、本書は峻別する。

(14) 吉川浩満『理不尽な進化』、三六七頁。

(15) 吉川浩満『理不尽な進化』、一七九頁。たとえば相対性理論と比較してほしい。相対性理論は進化論のように人間の世界観や思考の枠組みを刺激したことはない。

(16) *Катаев В. Б.* Чехов плюс... Предшественники, современники, преемники. М., 2004. С. 157-166.

(17) ミハイル・バフチン（北岡誠司訳）「小説における時間と時空間の諸形式」バフチン『ミハイル・バフチン全著作第五巻』所収、水声社、二〇〇一年、一四四頁。

(18) ダニエル・デネット（山口康司訳）『ダーウィンの危険な思想――生命の意味と進化』青土社、二〇〇〇年、七〇五頁。

第一章　進化論、その特徴と受容

(1) アダム・フィリップス（渡辺政隆訳）『ダーウィンのミミズ、フロイトの悪夢』みすず書房、二〇〇六年、一三八頁。

(2) *Мандельштам О.* Собрание сочинений в 4 томах. М., Т. 3 и 4. 1991. С. 133.

(3) Энциклопедический словарь Брокгауза и Ефрона (в 86 томах). Т. 10. 1893. С. 134.

(4) Beer, Gillian. *Darwin's Plots: Evolutionary Narrative in Darwin, George Eliot and Nineteenth-Century Fiction*. *Third edition*. (Cambridge: Cambridge University Press, 2009), p. 2. 本書からの引用は、次の翻訳を参考に筆者が行った。以後の引用についても同様である。ジリアン・ビア（渡辺ちあき・松井優子訳）『ダーウィンの衝撃――文学における進化論』工作舎、一九九九

八年。
（5） Huxley, Thomas H. *Science and Hebrew Tradition: Essays.* (New York: D. Appleton and company, 1896), p. 73.
（6） ラマルク（小泉丹ほか訳）『動物哲学』岩波書店、一九八三年、二二三頁。
（7） 十七世紀頃まで支配的だった、人を頂点として無生物に至るまで、単純な構造のものから複雑なものへと単一の系列で並べる考え方。各々の生物種が系列内に占める位置は神がその生物を創造した時に決定されており、決して変わることはないとされた。
（8） 河田雅圭『はじめての進化論』、二六―二七頁。「図2」についても同上。「図1」は同書二二頁より引用した。
（9） スティーヴン・グールド（櫻町翠軒訳）『パンダの親指――進化論再考 上』早川書房、一九九六年、三六―三七頁。
（10） Darwin, Francis. ed., *The life and letters of Charles Darwin, including an autobiographical chapter.* vol.2. (London: John Murray, 1887), pp. 263-264.
（11） 自然淘汰のメカニズムは次のようである。
・生物がもつ性質は、同種であっても個体間に違いがあり、そのうちの一部は親から子に伝えられたものである。
・環境収容力は常に生物の繁殖力よりも小さい。そのため、生まれた子のすべてが生存・繁殖することはなく、有利な形質を持ったものがより多くの子を残す。
・それが保存され蓄積されることによって進化が起こる。

尚、「自然淘汰（natural selection）」は人間の目的にかなう変異が意図的に選択されて子孫に伝えられる人為的な動植物の品種改良のあり方のアナロジーとして、自然界では環境に適応した変異が選ばれることを意味するダーウィンの造語・用語である。「自然選択」と訳されることも多いが、本書では一般的な「自然淘汰」の訳語を取った。ただし、進化論に関する引用・参考文献の中で「自然選択」の訳が用いられている場合はそれにしたがい、筆者の手で統一を図ることはしなかった。
（12） 吉川浩満『理不尽な進化』、一六〇―一六一頁。
（13） 吉川浩満『理不尽な進化』、一六四―一六五頁。
（14） 小川眞里子『甦るダーウィン――進化論という物語り』岩波書店、二〇〇三年、六六頁。
（15） アダム・フィリップス『ダーウィンのミミズ、フロイトの悪夢』、二三―二四頁。

(16) エリオット・ソーバー（松本俊吉ほか訳）『進化論の射程——生物学の哲学入門』春秋社、二〇〇九年、二五頁。
(17) ユヴァル・ノア・ハラリ（柴田裕之訳）『ホモ・デウス——テクノロジーとサピエンスの未来　上』河出書房新社、二〇一八年、一三一頁。
(18) ベ・イェ・ライコフ（亀井健三訳）『ロシヤ　ダーウィニズムの先駆者たち』たたら書房、一九六九年、三頁。
(19) ダニエル・P・トーデス（垂水雄二訳）『ロシアの博物学者たち——ダーウィン進化論と相互扶助論』工作舎、一九九二年、五〇頁。
(20) ロシア科学の創始者が「ロシア学芸の巨人」ロモノーソフであるという事実が端的に示しているように、もとよりロシアでは、思想家もまた、知識人である限りにおいて科学の専門的知識を備えている場合が少なくない。たとえばゲルツェンは自然科学のテーマで優れた論考を多く書き残している。同様にまた、科学者もまた思想的立場と無縁ではあり得ない。以上の点から、本章では社会思想家と科学者をある程度まで同一線上に置いて論じている。
(21) トーデス『ロシアの博物学者たち』、四九頁。
(22) Kolchinsky, Eduard I. "Darwin's' jubilees in Russia", in Thomas F. Glick and Elinor Shaffer, eds., *The Literary and Cultural Reception of Charles Darwin in Europe*, vol. 3 and 4 (London, New Delhi, New York and Sydney: Bloomsbury, 2014), p. 288.
(23) См. *Михновец Н. Г.* А. П. Чехов в контексте полемики о Чарльзе Дарвине 1860-1890-х гг // Чехов и время: Сб. статей / Под ред. Е. Г. Новикова. Томск. 2011. С. 133-149.
(24) トーデス『ロシアの博物学者たち』、一二頁。
(25) マルサスがその著作の中で主張した議論を一瞥しておこう。①人口は、あるきわめて強力かつ明白な妨げによって阻止されなければ、生存資料が増加するところではつねに増加する。②人口の指数関数的な増加率は食糧の算術級数的な増加率を上回るため、人口過剰となり、その結果貧困が発生する。
(26) ノラ・バーロウ編（八杉龍一ほか訳）『ダーウィン自伝』筑摩書房、一九七二年、一〇八—一〇九頁。
(27) トーデス『ロシアの博物学者たち』、三四頁。
(28) トマ・ピケティ（山形浩生ほか訳）『二十一世紀の資本』みすず書房、二〇一四年、五頁。
(29) トーデス『ロシアの博物学者たち』、三四頁。

（30）　トーデス『ロシアの博物学者たち』、三三二頁。

（31）　Muireann, Maguire. “Darwin’s Reception in Twentieth-Century Russian Prose and Science Fiction”, in Thomas F. Glick and Elinor Shaffer, eds., *The Literary and Cultural Reception of Charles Darwin in Europe*, vol. 3 and 4 (London, New Delhi, New York and Sydney: Bloomsbury, 2014), pp. 268-269.

（32）　*Тимирязев К. А.* Сочинения в 10 томах. Т. 5. М., 1938. С. 162.

（33）　*Тимирязев К. А.* Краткий очерк теории Дарвина. М., 1939. С. 61.

（34）　トーデス『ロシアの博物学者たち』、三一六―三二四頁参照。

（35）　トーデス『ロシアの博物学者たち』、九〇頁。

（36）　Kuhn, Thomas S. *The Structure of Scientific Revolution 2nd ed.* (Chicago: The University of Chicago Press, 1970), pp. 52-53.

（37）　ジャック・モノーは「今日までのところ淘汰理論は、提出されたすべての理論のうち、客観性の原理と両立しうる唯一のものである」とした上で、物活論について次のように定義している。「普遍的合目的的原理にもとづく一群の考え方があって、それによると、この原理は生物圏の進化ばかりか宇宙の進化を支配しており、生物圏の内部ではたんにより精密かつ強烈な仕方で現れているにすぎない、と考えているのである。これらの理論は生物のなかに、普遍的に方向づけられた進化から生じた、もっとも洗練され、もっとも完璧な産物を見ているのである。そして、その進化の到達点が人間および人類であり、そこまで到達したのはそう**なるべき定め**にあったからである。これらの見方――私はこれを《物活説》と呼ぶことにする」。ジャック・モノー（渡辺格ほか訳）『偶然と必然』みすず書房、一九七二年、二六―二八頁。モノーの考えではテイヤールは「科学的進歩主義者」である。

（38）　*Михновец Н. Г.* Учение Дарвина и его культурный феномен в осмыслении Толстого // Яснополянский сборник 2010. Тула, 2010. С. 235.

（39）　グールド『パンダの親指』、一〇―一一頁。

（40）　Cf. Beer, Gillian. “Darwin’s Reading and the Fictions of Development”, in D. Kohn ed., *The Darwinism Heritage* (Princeton: Princeton University Press, 1985), pp. 543-588.

（41）　ミシェル・セール（寺田光徳訳）『火、そして霧の中の信号――ゾラ』法政大学出版局、一九八八年、二六一―二六二頁。
(42) *Достоевский Ф. М.* Полное собрание сочинений.: В 30-томах. Т. 29. / 2. Л., 1986. С. 85.
(43) アダム・フィリップス『ダーウィンのミミズ、フロイトの悪夢』、四三―七八頁参照。
(44) *Михайловский Н. К.* Сочинения. Т. 1. СПб., 1896. С. 412.
(45) ドストエフスキー（江川卓訳）『地下室の手記』新潮文庫、二一頁。
(46) *Михновец Н. Г.* «Дарвиновский» дискурс в *Зимних заметках о летних впечатлениях и Записках из подполья* Ф. М. Достевского // Su Fëdor Dostoevskij Visione filosofica e sguardo di scrittore a cura di Stefano Aloe. Napoli. 2012. C. 138.
(47) Kolchinsky, “Darwin’s’ jubilees in Russia”, p. 288.：*Михновец.* Учение Дарвина и его культурный феномен в осмыслении Толстого. С. 239.
(48) *Толстой Л. Н.* Полное собрание сочинений в 90 томах. Т. 25. М., 1937. С. 182-411.
(49) *Толстой.* Полное собрание сочинений. Т. 25. С. 338.
(50) ダーウィンの進化論のトートロジー的性格をめぐっては、「進化論は科学足り得るのか」という長きに渡る論争があった。カール・ポパーはトルストイ同様、反証不可能性に注目し進化論の科学的正当性を批判した。しかしながら、科学の専門領域においては、リチャード・ドーキンスらが主張するように、適応主義を自然界のアルゴリズムのリサーチ・プログラムとして検証可能なものと捉える立場が主流派となり、問題は終結したと言える。このことについては、カール・ポパー（久野収ほか訳）『歴史主義の貧困――社会科学の方法と実践』中央公論新社、一九六一年。ダニエル・デネット（山口恭司監訳）『ダーウィンの危険な思想――生命の意味と進化』青土社、二〇〇〇年、等を参照されたい。
(51) 三浦俊彦『ゼロからの論証』青土社、二〇〇六年、一〇八―一〇九頁。
(52) *Толстой.* Полное собрание сочинений. Т. 25. С. 338-339.
(53) *Толстой.* Полное собрание сочинений. Т. 12. М., 1940. С. 338.
(54) 中村唯史「トルストイ『戦争と平和』における「崇高」の問題」『山形大学人文学部研究年報』（山形大学人文学部）第八号、二〇一一年、一三七―一四二頁。
(55) *Толстой.* Полное собрание сочинений. Т. 12. С. 66.

（56）　ハンス＝ゲオルグ・ガダマー（轡田収ほか訳）『真理と方法Ⅰ　哲学的解釈の要綱』法政大学出版局、二〇一二年、xxix頁。

（57）　*Толстой*. Полное собрание сочинений. Т. 82. М., 1956. С. 223.

（58）　ここで「私」がその「父」から受け継いだのが「才能」という目に見えないものに設定されていること、さらにそれが「ダーウィンの理論」であると言明されていることは面白い。ダーウィンが「忠誠心」や「同胞愛」といった人間の精神的・倫理的性質もまた遺伝するという考え方を表したのは『種の起源』第一版の刊行からようやく十二年後の『人間の由来』においてである。この点からして、八三年の時点でチェーホフは『人間の由来』にも目を通していた可能性が高い。ちなみに『人間の由来』は一八七一年、先述の『ビーグル号航海記』の第二版が出版されたその同じ年にロシアで出版された。

（59）　*Гроссман Л. П.* Собрание сочинений в 5 томах. Т. 4. М., 1928. С. 211-212.

（60）　川島静「チェーホフの論文構想「性の権威の歴史」におけるジェンダー観――帝政末期の女性教育問題と関連して」『むうざ　研究と資料』第二十七号、二〇一一年、五五―五六頁。

（61）　骨相学や人相学を用いた「実証」の仕方の潮流の大元になったのは、犯罪人類学の創始者チェーザレ・ロンブローゾである。ロンブローゾはまさにダーウィンの進化理論、特に「隔世遺伝」（先祖返り）の概念に着想を得ていたのだが、〈隔世遺伝によって血を好む性癖をもつ退化した人間〉の一種として生物学的〈犯罪人〉を特定できるとした彼の説の科学的正当性は、同時代からすでに疑いの目を免れないほどであった。井上真理「見ること、見えること、見せること――『台風』四部作とロンブローゾ＝ノルダウの枠組み」『学習院大学人文科学論集』第十七号、二〇〇八年、一六九―一七一頁など参照されたい。

（62）　長谷川眞理子、矢原徹一、三中信宏『ダーウィン著作集（別巻一）現代によみがえるダーウィン』文一総合出版、一九九九年、二一六頁。

（63）　チャールズ・ダーウィン（長谷川眞理子訳）『人間の進化と性淘汰Ⅱ』文一総合出版社、二〇〇〇年、四七頁。

（64）　事実、男女を問わず新進の作家の作品にチェーホフはいつも丹念に目を通していたし、リジヤ・アヴィーロワに一八九五年二月十五日に送ったのと同じ助言――「郡会長」のような俗的人物像を避け、描写は簡潔であるように努めることなど――をゴーリキーへも一八九九年一月三日に書き送っている。

（65）　川島静「チェーホフの論文構想「性の権威の歴史」におけるジェンダー観」、五九頁。
（66）　河田雅圭『はじめての進化論』、二七頁。
（67）　Darwin, Francis. ed., *The life and letters of Charles Darwin, including an autobiographical chapter*. vol.2, 263-264.
（68）　Beer, Gillian. *Darwin's Plots*. p. 36.
（69）　ノラ・バーロウ編『ダーウィン自伝』、七六頁。
（70）　ノラ・バーロウ編『ダーウィン自伝』、七四頁。
（71）　Cf. Beer, Gillian. *Darwin's Plots*. pp. 25-43.
（72）　Энциклопедический словарь Брокгауза и Ефрона в 86 томах. Т. 5-а. 1892. С. 570-573. Т. 12-а. 1894. С. 938.

第二章　可視・可知・不可知

（1）　См. *Романенко В. Т.* Чехов и наука. Харьков. 1962. 神西清『チェーホフ序説』二二五―二二六頁。
（2）　巽由樹子「近代サンクトペテルブルグの出版人たち――一八六〇年代と一八七〇年代の比較を通して」『れにくさ』第二号、一九三頁。
（3）　*Громов М. П.* Чехов (Жизнь замечательных людей). М., 1993. С.120.
（4）　巽由樹子「近代サンクトペテルブルグの出版人たち」、一九四―一九五頁。
（5）　巽由樹子「近代サンクトペテルブルグの出版人たち」、一九八―二〇〇頁。
（6）　高田和夫『近代ロシア社会史研究　「科学と文化」の時代における労働者』山川出版社、二〇〇四年、八一頁。
（7）　*Катаев В. Б.* (ред.) А. П. Чехов Энциклопедия. М., 2011. С. 419.
（8）　ロシアにおける出版メディアと読者の関係をすぐれたジャーナリズム史に表したアブラム・レイトブラトにしたがえば、十九世紀のロシア大衆文学は、厚い雑誌、薄い雑誌、新聞、ルボーク、「大衆のため」の読み物、子供向けの読み物といった出版形式に応じて分類できる。これらの出版物はそれぞれが〈固有の詩学、作者、テクストが掲載されるまでの運び、読者〉を持っていたからである。ここでレイトブラトは「薄い雑誌」と「新聞」を個別に分類しているが、二つは旧来メディアに対して同じ文脈で生じてきた以上、かなりの程度共通した性格を指摘することもできるはずだ。出版の頻度や文学的な「地位」の低さということも考えあわせると、新聞・雑誌を「小さな刊行物」として同等に扱うことは尚妥当であろう。いずれにせよ、本章の目的はジャンル論、あるいはジャンルの正確な分類ではなく、「小さな刊行物」というこの形式が条件づけるテクストの性質を検討することにある。*Рейтблат А. И.* От Бовы к Бальмонту и другие работы по исторической социологии русской литературы. М., 2009. С. 25-26.

（9） *Эйхенбаум Б. М.* О прозе. Л., 1969. С. 358.

（10） *Сухих И. Н.* Проблемы поэтики Чехова. СПб., 2007. С. 71-72.

（11） *Степанов А. Д.* Проблемы коммуникации у Чехова: Автореф. дис. ... канд. филол. наук. М., 2005. С. 48.

（12） *И. Грэк <Билибин В. В.>* Причины железнодорожных катастроф и мнения к устранению их // Стрекоза. 1884. № 12. С. 3. 引用は *Овчарскя О. В.* Ранняя А. П. Чехова в контексте малой прессы в 1880-х годов: Автореф, дис...канд. филол. наук. СПб., 2016. С. 143. による。

（13） ロシアの医学の発展については、たとえば以下の論考や書籍に詳しい。左近幸村「ゼムストヴォ医師としてのアントン・チェーホフ」『パブリック・ヒストリー』創刊号、二〇〇四年、一一三―一二九頁。富田満夫『医師チェーホフ』創風社、二〇一三年、総二三九頁。

（14） 浦雅春は「メディアの興亡」の中で〈ロシアの鉄道建設は一八三七年にはじまり、五〇年代以降に本格化した。一八六五年からの一〇年間と一八九一年からの約一〇年間には大きな鉄道建設ブーム〉があったと指摘している。浦によれば、鉄路の伸びは〈マスメディアの形態の変化をも促した〉。浦雅春「メディアの興亡」『文学』季刊第四巻第二号、岩波書店、一九九三年、九八頁。チェーホフの作品にも鉄道はしばしば登場し、初期の作品には鉄道事故を扱ったものも多い。

（15） 清水邦生「ルージンについて」、『人文學』第九九号、一一五頁。

（16） 浦雅春「メディアの興亡」、九八頁。

（17） 高田和夫『近代ロシア社会史研究』、八〇―八四頁。

（18） См. *Рейтблат.* От Бовы к Бальмонту и другие работы по исторической социологии русской литературы. С. 38-53.

（19） 原語は「まったく何も（得られない、与えられない）」という意味の慣用表現 «кукиш с маслом» となっている。チェーホフ含めユーモア雑誌の書き手がしばしば原稿料の払いを受けられなかったことを念頭に置いていると思われるが、意味が通りにくいため意訳した。

(20) 渡邊裕之「〈あとがきのあとがき〉「ナボコフから読者への挑戦状」貝澤哉さんに聞く」。[https://www.kotensinyaku.jp/column/2011/10/005139/]

(21) *Катаев В. Б.* (ред.) А. П. Чехов Энциклопедия. М., С. 419.

(22) *Чудаков А. П.* Антон Павлович Чехов. М., 2013. С. 106.

(23) 巽由樹子「近代サンクトペテルブルグの出版人たち」、二〇一頁。

(24) 巽由紀子「近代ロシア都市のメディアと科学――サンクトペテルブルグの事例から」『ロシア史研究』第八十六号、二〇一〇年、二二一―二三三頁。

(25) *Цейтлин А. Г.* Становление реализма в русской литературе. М., 1965. С. 33.

(26) 高田和夫『近代ロシア社会史研究』、一三三頁。

(27) *Цейтлин.* Становление реализма в русской литературе. С. 90-91.

(28) 乗松亨平「ツルゲーネフ『猟人日記』と生理学的スケッチ」『ロシア語ロシア文学研究』第三十四号、二〇〇二年、五二頁。

(29) *Цейтлин.* Становление реализма в русской литературе. С. 216.

(30) ジュディス・ウェクスラー（高山宏訳）『人間喜劇――十九世紀パリの観相術とカリカチュア』ありな書房、一九八七年、二一一―二二頁。

(31) *Цейтлин.* Становление реализма в русской литературе. С. 33.

(32) 近藤昌夫『ペテルブルグ・ロシア――文学都市の神話学』未知谷、二〇一四年、六九頁。

(33) *Манн Ю. В.* Философия и поэтика «натуральной школы» // Проблемы типологии русского реализма / Под ред. Н. Л. Степанова. и У. Р. Фохта. М., 1969. С. 273.

(34) ヴァルター・ベンヤミン（久保哲司訳）『ベンヤミン・コレクション（四）批評の瞬間』ちくま学芸文庫、二〇〇七年、二一五―二一六頁。

(35) Cf. Bowlt, John E. "Nineteenth-century Russian caricature" in *Art and Culture in Nineteenth-century Russia* (Bloomington:

Indiana University Press, 1983), pp. 221-232.

(36) 乗松亨平『リアリズムの条件――ロシア近代文学の成立と植民地表象』水声社、二〇〇九年、二三〇頁。

(37) バーバラ・M・スタフォード（高山宏訳）『ボディ・クリティシズム――啓蒙時代のアートと医学における見えざるもののイメージ化』国書刊行会、二〇〇六年、一二一―一二二頁。

(38) *Белинский В. Г.* Полное собрание сочинений в 13 томах. Т. 8. М., 1955. С. 383.

(39) 乗松亨平『リアリズムの条件』、二二八頁。

(40) 乗松亨平『リアリズムの条件』、二三二―二三六頁。

(41) 浦雅春「メディアの興亡」、九九頁。

(42) 乗松亨平「ツルゲーネフ『猟人日記』と生理学的スケッチ」、五三頁。

(43) *Майков В. Н.* Литературная критика. Л., 1985. С. 107-108.

(44) 乗松亨平「ツルゲーネフ『猟人日記』と生理学的スケッチ」、五三頁。

(45) 巽由紀子『ツァーリと大衆』東京大学出版会、二〇一九年、七二―七七頁。

(46) 巽由樹子「近代サンクトペテルブルグの出版人たち」、二〇〇頁。

(47) *Лейкин Н. А.* Мученики охоты. Юмористические рассказы. СПб. 1880. С. 238-241.

(48) *Овчарская.* Ранняя А. П. Чехова в контексте малой прессы в 1880-х годов. С. 177-178.

(49) 浦雅春『チェーホフ』岩波新書、二〇〇四年、八八頁。

(50) 梶雅範『メンデレーエフの周期率発見』北海道大学図書刊行会、一九九七年、四二頁。

(51) 巽由紀子「近代ロシア都市のメディアと科学」、一八頁。

(52) 高田和夫『近代ロシア社会史研究』、三九頁。

(53) 巽由樹子「近代ロシア都市のメディアと科学」、二〇頁。

(54) ゾラ（古賀照一ほか訳）「実験小説論」ゾラ『新潮世界文学』第二十一巻所収、新潮社、一九七〇年、七九一頁。

(55) アラン・パジェス（足立和彦訳）『フランス自然主義文学』白水社、二〇一三年、四八頁。

(56) バルザック（中島健蔵訳）「『人間喜劇』序」バルザック『筑摩世界文学大系』第二十八巻所収、筑摩書房、一九七二年、三八二―三八九頁。

(57) アラン・パジェス『フランス自然主義文学』、四〇頁。

(58) アラン・パジェス『フランス自然主義文学』、四一頁。

(59) 佐久間隆「バルザック『結婚の生理学』における文学的コミュニケーション」『フランス語フランス文学研究』第八十五―八十六号、二三二―二四二頁参照。

(60) *Белинский*. Полное собрание сочинений. Т. 3. М., 1953. С. 52.

(61) 乗松亨平『リアリズムの条件』、二二六頁。

(62) *Белинский*. Полное собрание сочинений. Т. 4. М., 1954. С. 488.

(63) 乗松亨平『リアリズムの条件』、二二九頁。

(64) バーバラ・M・スタフォード『ボディ・クリティシズム』、一三五頁。

(65) *Горький М. М.* Собрание сочинений в 30 томах. Т. 26. М., 1953. С. 424.

(66) См. *Тургенев И. С.* Собрание сочинений в 12 томах. Т. 5. М., 1954. С. 184-186.

(67) 清水邦生「ルーヂンについて」、一一六―七頁。

(68) アラン・パジェス『フランス自然主義文学』、一〇八頁。

(69) *Тюпа В. И.* Художественность чеховского рассказа. М., 1989. С. 33.

(70) *Громов М. П.* Портрет, образ, тип // В творческой лаборатории Чехова / Под ред. Л. Д. Громова-Опульской. М., 1974. С. 144.

(71) ヴォルテール（植田祐次訳）『カンディード 他五編』岩波文庫、二〇〇五年、二六四頁。

(72) *Назиров Р. Г.* Пародии Чехова и французская литература // Русская классическая литература: сравнительно-исторический подход. Исследования разных лет: Сборник статей. Уфа. 2005. С. 150.

(73) ユヴァル・ノア・ハラリ（柴田裕之訳）『サピエンス全史（下）――文明の構造と人類の幸福』河出書房新社、二〇一九年、五八―五九頁。

第三章　人物の「型」と「個」

（1）*Сухих*. Проблемы поэтики Чехова. С. 57-95.

（2）*Тынянов Ю. Н*. Поэтика. История литературы. Кино. М., 1977. С. 201.

（3）神西清「チェーホフの短編に就いて」、『カシタンカ・ねむい　他七編』所収、岩波書店、二〇〇八年、二一一頁。

（4）ユーモア雑誌への寄稿に際しチェーホフはたくさんのペンネームを用いたが、中でも使われることが多かったのが「А・チェホンテー」であった。このことから、初期のチェーホフを「チェホンテー」ないし「チェホンテー時代」と呼ぶことがある。

（5）*Сухих*. Проблемы поэтики Чехова. С. 96, 101-102.

（6）『チェーホフ全集第二巻』中央公論社、一九七六年、四七七頁。

（7）*Назиров*. Пародии Чехова и французская литература. С. 152. ちなみに、『海で』冒頭は当初〈海に働く人々の、ばかでかい、酔っぱらった笑い声（громкий, пьяный смех тружеников моря）〉［2: 441］と、『海に働く人々』のロシア語題《Труженики моря》と同じ言葉で書かれていた。しかしのちに〈仲間たちの、ばかでかい、酔っぱらった笑い声（громкий, пьяный смех нашей братии）〉［2: 268］と書き変えられた。このことも、『海で』とユーゴーの関係を気づきにくくさせた一因であると考えられる。

（8）*Назиров Р. Г*. Достоевский и Чехов: Преемственность и пародия // Русская классическая литература: сравнительно-исторический подход. Исследования разных лет: Сборник статей. Уфа. 2005. С. 159-161.

（9）*Назиров*. Пародии Чехова и французская литература. С. 154, 158.

（10）フェドシューク（鈴木淳一、飯島由大訳）「古典作家の難解なところあるいは十九世紀ロシアの生活百科その7」、『文化と言語――札幌大学外国語学部紀要』第六十六号、二〇〇七年、八六―八八頁。

（11）*Михновец Н. Г*. А. П. Чехов в контексте полемики о Чарльзе Дарвине 1860-1890-х гг. С. 142.

（12）*Гольцев В*. А. П. Чехов. Опыт литературной характеристики // Русская мысль. 1894, № 5, С. 49-50. 引用は全集による。［3: 573］

（13）*Линков В. Я*. Художественный мир прозы А. П. Чехова. М., 1982. С. 53.

(14) 山田吉二郎「都市の誕生とリアリズムの成立——ペテルブルグの「ティピスト」たち」筑和正格編『モダン都市と文学』所収、洋泉社、一九九四年、二八頁。
(15) *Белинский*. Полное собрание сочинений. Т. 4. С. 483-488.
(16) *Козубовская Г. П.* и *Илюшникова О. А.* Проза А. П. Чехова: костюм и поэтика повтора // А. П. Чехов: варианты интерпретации: сборник научной статей. Вып. 1. / Под ред. Г. П. Козубовской и В. Ф. Стениной. Барнул. 2007. С. 68-69.
(17) Apollonio, Carol. *Scenic Storytelling in Chekhov's "Grasshopper"* in Conference Announcement of The Bulltein of the North American Chekhov Society, vol.14, No. 1. (Columbus, Ohio: Ohio State University, 2008), pp. 13-14.
(18) Apollonio, Carol. *Scenic Storytelling in Chekhov's "Grasshopper"* p. 14.
(19) 乗松亨平『リアリズムの条件』、一九九頁。
(20) 山田吉二郎「都市の誕生とリアリズムの成立」、三一頁。
(21) Terras, Victor. *Belinskij and Russian Literare Criticism: The Heritage of Organic Aesthetics* (Madison: University of Wisconsin Press., 1974), p. 147.
(22) *Левкович О. В.* Особенности создания портретно-психологической характеристики в прозе А. П. Чехова // Ученные записки казанского университета. Т. 154. кн. 2. 2012. С. 64-65.
(23) *Шестов Л. Н.* Апофеоз беспочвенности. Л., 1991. С.100.
(24) *Левкович*. Особенности создания портретно-психологической характеристики в прозе А. П. Чехова. С. 66.
(25) 大西郁夫「『オブローモフ』における事物イメージについて——コーヒーとウォトカ」『北海道大學文學部紀要』第四十八—三号、二〇〇〇年、五九頁。
(26) *Семенова М. Л.* Чехов-художник. М., 1976. С. 81.
(27) 浦雅春「パロディとしてのチェーホフの『決闘』」『ヨーロッパ文学研究』第二十三号、一九七五年、四六—四七頁。
(28) 乗松亨平『リアリズムの条件』、二九九頁。
(29) *Гурвич И. А.* Проза Чехова: человек и действительность. М., 1970. С. 34.
(30) 中村唯史「線としての境界——現代ロシアのコーカサス表象」『山形大学紀要（人文科学）』第十四巻第四号、二〇〇一年、一四一—一四二頁。
（31）Kramer, Karl D. *The Chameleon and the Dream: the image of Reality in Čhexov's Stories* (Hague-Paris. 1970), pp. 40-41.
（32）浦雅春「パロディとしてのチェーホフの『決闘』」、四八頁。
（33）*Стивен Ле Флемминг*. Господа критики и господин Чехов. Антология. СПб. : М., 2006. С. 241.
（34）ユーリー・ミハイロヴィチ・ロートマン（桑野隆、望月哲男他訳）『ロシア貴族』筑摩書房、一九九七年、二三六—二三九頁。
（35）*Герцен А. И.* Собрание сочинений в 30 томах. М., Т. 7, 1956. С. 206.
（36）ロートマン『ロシア貴族』、二四〇—二四三頁。
（37）ロートマン『ロシア貴族』、二四三頁。
（38）浦雅春「パロディとしてのチェーホフの『決闘』」、四八頁。
（39）カターエフは「『決闘』の中でチェーホフが、作中人物の議論に介入して甲乙の主人公の（あるいは両方の）思想的立場を論駁し、議論のテーマとされている問題に関する主人公たちの見解に対抗して、自分自身の見解を提出している」という見方が『決闘』論にしばしば共通する特徴であることを指摘している。*Катаев В. Б.* Повесть Чехова «Дуэль». К проблеме образа автора // Известия АН СССР. Серия литературы и языка. Т. 26. № 6. 1967. С. 532.
（40）*Бердников Г. П.* А. П. Чехов. Идейные и творческие искания. М., 1984. С. 256.
（41）渡辺聡子「『決闘』試論——エピゴーネンの時代」『むうざ——研究と資料』第五号、一九八七年、七五—七九頁。
（42）渡辺聡子「『決闘』試論——エピゴーネンの時代」、八一頁。
（43）*Степанов*. Проблемы коммуникацы у Чехова. С. 134.
（44）*Линков*. Художественный мир А. П. Чехова. С. 40.
（45）レオ・シェストフ（河上徹太郎訳）「虚無よりの創造（チェホフ論）」『チェーホフ研究』所収、中央公論社、一九六九年、三七—四〇頁。
（46）引用は全集による［7: 704］。
（47）*Линков*. Художественный мир А. П. Чехова. С. 49-50.

（48）　ミシェル・フーコー（渡辺一民、佐々木明訳）『言葉と物――人文科学の考古学』新潮社、一九七四年、二八七頁。
（49）　*Камянов В.* В строке и за строкой // Новый мир. 1985. № 2. С. 243-244. 引用は *Тюпа*. Художественность чеховского рассказа. С. 8. による。
（50）　*Горнфельд А. Г.* Чеховские финалы // А. П. Чехов: pro et contra. Т. 2. / Под ред. И. Н. Сухих. СПб., 2010. С. 473.
（51）　*Чудаков А. П.* Мир Чехова. М., 1986. С. 307.
（52）　*Горнфельд*. Чеховские финалы. С.473-474.
（53）　*Горнфельд*. Чеховские финалы. С.474-475.
（54）　*Сухих*. Проблемы поэтики Чехова. С. 309-312.
（55）　Beer, Gillian. *Darwin's Plots*. p.118.

第四章　出来事とその結果

（1）　*Горнфельд*. Чеховские финалы. С. 473.
（2）　Cf. Stahl, E. L.: Die religiöse und die humanitätsphilosophische Bildungsidee und die Entstehung des deutschen Bildungsromans im 18. Jahrhundert. Berne. 1934. S. 11, 116.
（3）　登張正実『ドイツ教養小説の成立』弘文堂、一九六四年、五頁。
（4）　*Дерман А.* О мастерстве Чехова. М., 1959. С. 80.
（5）　ジェラール・ジュネット（花輪光ほか訳）『物語のディスクール――方法論の試み』水声社、二〇〇四年、九―一三頁参照。
（6）　ちなみにここで言うシュジェートという用語は、「事件の自然な、年代記的、因果的秩序に従って首尾一貫して述べ得るもの」、つまり物語の中で「起こったこと」（ファーブラ）に対して、「事件の叙述の仕方、作品の中で事件が伝えられる順序」、つまり「起こったこと」についての「語られ方」がシュジェートであるとするロシア・ソ連の文芸学者トマシェフスキーの定義に拠る。ファーブラはストーリーに、シュジェートはプロットにそれぞれ該当する概念であると言える。См. *Томашевский Б. В.* Теория литературы: поэтика. М., 1996. С. 179-190.

（7）*Петровский М. С.* Морфология новеллы // Ars poeticca: сб. ст. / Под ред. М. А. Петровского. М., 1927. С. 96.

（8）*Полоцкая Э. А.* А. П. Чехов. Движение художественной мысли. М., 1979. С. 232.

（9）*Кожевникова Н. А.* Повтор как способ изображения персонажей в прозе А. П. Чехова // Литературный текст: проблемы и методы исследования: Сб. науч. тр. Тверь, 1998. № 4. С. 50.

（10）ジュネット『物語のディスクール』、一二九頁。

（11）*Кожевникова.* Повтор как способ изображения персонажей в прозе А. П. Чехова. С. 57.

（12）*Козубовская.* Проза А. П. Чехова: костюм и поэтика повтора. С. 68-69.

（13）*Сухих.* Проблемы поэтики Чехова. С. 94-95. スヒフによるプロップの引用は『昔話と現実』（一九七六年）からのもの。

（14）プロップは「この二種類の境界線は固定したものではない。同一の話型であっても語り手が異なればいずれの方法でも語られる」と断ったうえで、なお「話型によっていずれかの方法に傾く傾向はたしかにある」と述べている。ウラジーミル・プロップ（斎藤君子訳）『ロシア昔話』せりか書房、一九八六年、二九四―二九七頁。

（15）清水道子「チェーホフの短編小説におけるプロットと創作方法の発展――『魔女』（初期）・『女の王国』（中期）・『生まれ故郷で』（後期）の比較分析」『東京大学露文研究室年報』第九号、一九九二年、一四一頁。

（16）ジュネット『物語のディスクール』、一三三頁。

（17）*Чудаков А. П.* Поэтика Чехова. М., 1971. С. 207.

（18）ウラジーミル・ナボコフ（小笠原豊樹訳）『ナボコフのロシア文学講義　下』河出書房新社、二〇一三年、二六七頁。

（19）*Сухих.* Проблемы поэтики Чехова. С. 91-92.

（20）清水道子「チェーホフの短編小説におけるプロットと創作方法の発展」、一五一頁。

（21）清水道子「チェーホフの短編小説におけるプロットと創作方法の発展」、一四八頁。

（22）*Чудаков.* Мир Чехова. С. 305.

（23）*Паперный З. С.* Записные Книжки Чехова. М., 1976. С. 68-69.

（24）村手義治「『イオーヌィチ』を読む（1）」『創価大学外国語学科紀要』第十五号、二〇〇五年、七二頁。

（25）*Радулова Н.* Триединственные в мире. [https://www.kommersant.ru/doc/2649600]

（26）*Чудаков*. Мир Чехов. С. 305-306.
（27）渡辺聡子『チェーホフの世界　自由と共苦』人文書院、二〇〇四年、一三八―一六三頁参照。
（28）池田健太郎『チェーホフの仕事部屋』新潮社、一九八〇年、一一一頁。
（29）村手義治「『イオーヌィチ』を読む（3）」『創価大学外国語学科紀要』第十七号、二〇〇七年、四九頁。
（30）中村唯史「チェーホフ『イオーヌィチ』」『東京大学露文研究室年報』第九号、一九九二年、八三―八四頁。
（31）*Кожевникова*. Повтор как способ изображения персонажей в прозе А. П. Чехова. С. 53.
（32）中村唯史「チェーホフ『イオーヌィチ』」、八〇―八一頁。
（33）*Чудаков*. Мир Чехова. С. 306.
（34）*Чудаков*. Поэтика Чехова. С. 233.
（35）中村唯史「チェーホフ『イオーヌィチ』」、八一頁。
（36）См. *Чудаков*. Поэтика Чехова.
（37）ジュネット『物語のディスクール』、二二二―二二六頁。
（38）ロラン・バルト（花輪光訳）『物語の構造分析』みすず書房、一九七九年、三六―四二頁参照。
（39）長野俊一「後期チェーホフの語りの構造――『イオーヌィチ』を中心に」『東洋と西洋の短編小説の系譜に関する研究』、一九九一年、七七―七八頁。
（40）ジュネット『物語のディスクール』、二二四―二二五頁。
（41）ミハイル・バフチン（桑野隆訳）『マルクス主義と言語哲学――言語学における社会学的方法の基本的問題』未来社、一九八九年、二四八―二五一頁。
（42）バフチン『マルクス主義と言語哲学』、二二七頁。
（43）郡伸哉「ドストエフスキーの世界感覚と言語（1）」『類型言語学研究』第二号、二〇〇八年、一八五―二三七頁参照。
（44）*Чудаков*. Поэтика Чехова. С. 220.
（45）『チェーホフ全集　第十一巻』、一九七六年、四七一頁。
（46）中村唯史「チェーホフ『イオーヌィチ』」、八一頁。

（47） См. *Левитан Л. С.* и *Цилевич Л. М.* Сюжет в художественной системе литературного произведения. Рига. 1990. С. 256-263.
（48） *Паперный*. Записные Книжки Чехова. С. 227-228.
（49） 村手義治「『イオーヌィチ』を読む（３）」、三九頁。
（50） *Чудаков*. Поэтика Чехова. С. 230.
（51） *Чудаков*. Поэтика Чехова. С. 228.
（52） *Бицили П. М.* Трагедия русской культуры: исследования, статьи, рецензи. М., 2000. С. 205.
（53） *Чудаков*. Поэтика Чехова. С. 224.
（54） *Степанов А.Д.* Исток случайного у Чехов // Чеховиана: соб. статей. Из века XX в XXI: итоги и ожидания / Под ред. А. П. Чудакова. М., 2007. С. 269-270.
（55） リチャード・ドーキンス（日高敏隆監修・中島康裕ほか訳）『盲目の時計職人——自然淘汰は偶然か？』早川書房、二〇〇四年、二四頁。
（56） 吉川浩満『理不尽な進化』、三二六—三二七頁。
（57） См. Под ред. Р. Г. Назирова. Поэтика прозы А. П. Чехова в ее развитии. Уфа. 2002. С. 11.

第五章　生のヴォリュームとしての時間と空間

（１） バフチン「小説における時間と時空間の諸形式」、一四四頁。
（２） バフチン「小説における時間と時空間の諸形式」、三九四—三九五頁。
（３） バフチン（佐々木寛訳）「教養小説とそのリアリズム史上の意義」『ミハイル・バフチン全著作　第五巻』所収、八一—八三頁。
（４） *Эртнер Е. Н.* Феноменология провинции в русской прозе конца XIX - начала XX века: Автореф. дисс. ...д-ра филол. наук. Екатеринбург, 2005. С. 15.
（５） *Гарячева М. О.* Проблема пространство в художественном мире А. П. Чехова: Автреф. дис. ...канд. филол. наук. М., 1992.

С. 127, 133.

（６）　*Абрамова В. С.* Проблема соотношения провинциального и столичиного топосов в прозе А. П. Чехова 1890-1900-х гг. // Вестник Нижегородского университета им. Н. И. Лобачевского. 2012. № 3(1), С. 382.

（７）　*Горький.* Собрание сочинений. Т. 24. М., 1953. С. 240.

（８）　*Паперный.* Записные Книжки Чехова. С. 198.

（９）　*Горячева.* Проблема пространства в художественном мире А. П. Чехова. С. 45.

（10）　*Сухих.* Проблемы поэтики Чехова. С. 286-290.

（11）　*Сухих.* Проблемы поэтики Чехова. С. 291-292.

（12）　郡伸哉「チェーホフにおける世界偏在志向と空間——『黒衣の僧』と『かもめ』の〈自己空間〉」『中京大学教養論叢』第三十一号、一九九〇年、一六五頁。

（13）　*Гордович К.Д.* Мотив бегства из привычного пространства в произведениях А. П. Чехова // Чеховские чтения в Ялте. Вып. 15. Мир Чехова: пространство и время. Симферополь, 2010. С. 210-216.

（14）　池田健太郎『チェーホフの仕事部屋』、八三—九三頁参照。

（15）　См. *Степанов А.Д.* Чеховская «абсолютнейшая свобода» и хронотоп тюрьмы // Canadian American Slavic Studies, 42, Nos. 1-2 (Spring-Summer 2008). pp. 83-94.

（16）　*Сухих.* Проблемы поэтики Чехова. С. 293.

（17）　ゴーゴリ（平井肇訳）『外套・鼻』岩波書店、二〇〇六年、六三—六七頁。

（18）　この会話の原型が「手帖」に見られる。「旦那が百姓に言う。「もしお前が飲むのをやめないなら、私はお前を軽蔑するだろう」。家で、女ども「旦那は何て言ったかね？」。「面倒を見てくれるとさ」。女どもは喜ぶ」。（Барин мужику: «если ты не бросишь пить, то я буду тебя презирать». Дома бабы: «что барин сказал?» — «Говорит: буду призирать». Бабы рады）［17: 56］。この書きつけは農民側が実際に言われたことと正反対の解釈をして喜ぶ滑稽味を主眼とするものと考えられる。中央公論版およびちくま文庫版全集でこの箇所は『新しい別荘』・「手帖」とも農民側が「軽蔑する」と言われたことを理解する訳になっているが、原意からして農民側が誤解して受け取ると訳した方が適当であると筆者は考える。

(19) *Сухих*. Проблемы поэтики Чехова. С. 293.

(20) *Белкин* А. А. Художественное мастерство Чехова-новеллиста // А. П .Чехов: pro et contra / Под ред. И. Н. Сухих. СПб. 2010. С. 927.

(21) バフチン「小説における時間と時空間の諸形式」、二四〇―二四一頁。

(22) *Жеребцова Е. Е.* Хронотоп прозы А. П. Чехова и этико-философские представления писателя // Вестиник Челябинского государственного университета. №1. Т. 2. 2003. С. 24.

(23) バフチン「小説における時間と時空間の諸形式」、三三一―三三三頁。

(24) *Сухих*. Проблемы поэтики Чехова. С. 326.

(25) *Бабореко* А. К. Чехов и Бунин // Литературное наследство. Т. 68. / Под ред. В. В. Виноградова. СССР. С. 406.

(26) *Солженицын* А. *И*. Окунаясь в Чехова. Из «Литаратурной колекции» // Новый мир. 1998. № 10. [https://magazines.gorky.media/novyi_mi/1998/10/okunayas-v-chehova.html]

(27) *Ишков* С. Между Петром и Павлом. [http://www.topos.ru/article/literaturnaya-kritika/mezhdu-petrom-i-pavlom-k-160-letinyu-antona-pavlovicha]

(28) *Катаев В. Б*. Чехов и мифология нового времени. [http://md-eksperiment.org/post/20151028-chehov-i-mifologiya-novogo-vremeni]

(29) 福間加容・望月哲男「ソローキンと絵画――小説『ロマン』と十九世紀ロシア美術」、「スラブ・ユーラシア学の構築」研究報告集第九号、二〇〇五年、五〇―五四頁参照。

(30) *Солженицын*. Окунаясь в Чехова.

(31) 清水道子「チェーホフの短編小説の創作方法の発展――伝統的リアリズムから「象徴的リアリズム」へ」『スラブ研究』第三十七号、一九九〇年、九〇頁。

(32) *Солженицын*. Окунаясь в Чехова.

(33) *Шалюгин Г*. Рассказ А. П. Чехова Архиерей. [https://www.proza.ru/2010/02/22/1474]

(34) *Степанов*. Проблемы коммуникацы у Чехова. С. 248.

(35) *Куприн А. П*. Памяти Чехова // А. П. Чехов в воспоминаниях современников / Под ред. С. Н. Голубова и др. М., 1960. С. 559.
(36) *Шалюгин*. Рассказ А. П. Чехова Архиерей.
(37) *Степанов*. Проблемы коммуникацы у Чехова. С. 252-253.
(38) *Баландина А*. Комплексный анализ рассказа А. П. Чехова «Архиерей». [https://proshkolu.ru/user/Haitonov1970/file/6516632/]
(39) ジュネット『物語のディスクール』、一六一頁。
(40) *Гришанина Е. Б*. Языковые средства создания центрального образа в рассказе А. П. Чехова «Архиерей». [http://apchekhov.ru/books/item/f00/s00/z0000026/st006.shtml]
(41) ジュネット『物語のディスクール』、一九五頁。
(42) Nilson N. Å. Studies in Cechov's Narrative Technique. "The Steppe" and "The Bishop", in: *Acta Universitatis Stockholmiensis. Stokholm Slavic Studies, vol. 2*. (Stockholm: Universitetet, Almqvist & Wiksell, 1968), pp. 105-106.
(43) *Степанов*. Проблемы коммуникацы у Чехова. С. 252.
(44) Rayfield, Donald. *CEKHOV The Evolution of his Art*. (London: Paul Elek, 1975), pp. 196-197.
(45) 清水道子「『犬を連れた奥さん』の語りの視点――グーロフの内面描写の視点の変化を中心に」『Rusistika: 東京大学文学部露文研究室年報』第六号、一九八九年、六四―六五頁。
(46) 清水道子「『犬を連れた奥さん』の語りの視点」、六五頁。
(47) バフチン「小説における時間と時空間の諸形式」、二四一頁。
(48) バフチン「小説における時間と時空間の諸形式」、二四一―二四二頁。
(49) 江川卓「「この空の下のどこかに……」チェーホフの時間と空間」『ユリイカ』第十巻第六号所収、一九七八年、九〇頁。
(50) *Толстой*. Полное собрание сочинений. Т. 46. М., 1937. С. 81.
(51) Wordsworth, William. *The Poetical Works of William Wordsworth*. vol. 5. (Oxford: Clarendon Press, 1949), p. 5.
(52) アダム・フィリップス『ダーウィンのミミズ、フロイトの悪夢』、二四頁。

(53) 中村唯史「トルストイ『戦争と平和』における「崇高」の問題」、一一三―一四三頁参照。
(54) *Сухих.* Проблемы поэтики Чехова. С. 296.
(55) トマス・ネーゲル（中村昇ほか訳）『どこでもないところからの眺め』春秋社、二〇〇九年、総四四二頁参照。

結論 「孤独な宇宙」の中で

(1) ヴィリジル・タナズ（谷口きみ子・清水珠代訳）『ガリマール新評伝シリーズ五 チェーホフ』祥伝社、二〇一〇年、総三八八頁参照。
(2) См. *Дональд Рейфилд.* (Передовочик: Макарова О.) Жизнь Антон Чехова. М., 2014.
(3) スティーヴン・J・グールド（渡辺政隆訳）『ワンダフル・ライフ――バージェス頁岩と生物進化の物語』早川書房、二〇〇〇年、四九〇頁。
(4) ディヴィッド・M・ラウプ（渡辺政隆訳）『大絶滅――遺伝子が悪いのか運が悪いのか』平河出版社、一九九六年、一八―一九頁参照。
(5) 吉川浩満『理不尽な進化』、二七四頁。
(6) Beer, Gillian. *Darwin's Plots*, p. 38.
(7) 川崎浹「チェーホフへの四つの序章」『ユリイカ 詩と批評』第十巻六号所収、一〇〇頁。
(8) *Книппер-Чехова О. Л.* О А. П. Чехове // А. П. Чехов в воспоминаниях современников / Под ред. С. Н. Голубова. и др. М., 1960. С. 701.
(9) 吉川浩満『理不尽な進化』、三二六―三二七頁。
(10) ノラ・バーロウ編『ダーウィン自伝』、七四頁。
(11) 佐藤清郎『チェーホフ劇の世界』筑摩書房、一九八〇年、一二八―一三〇頁。もっとも、佐藤がチェーホフの世界像にあって自然科学より重視しているのはストア哲学やマルクス・アウレリウスの影響である。また、オレアンダの場面の解釈などについても、本書の立場とは大きく異なる。あくまでも、普及した一般的チェーホフ観――ここでは「諦観」や「忍耐」――に対する反論の少ない例を挙げる目的で引用したことを述べておきたい。

(12) ノラ・バーロウ編『ダーウィン自伝』、七四頁。
(13) J・モノー(渡辺格・村上光彦訳)『偶然と必然——現代生物学の思想的問いかけ』みすず書房、一九七二年、五一頁。
(14) モノー『偶然と必然』、二〇〇頁。
(15) 小林康夫・大澤真幸「世界と出会うための読書案内」『文藝』第五十三巻第二号所収、河出書房新社、二〇一四年、一一八頁。
(16) モノー『偶然と必然』、二一四頁。

あとがき

〈チェーホフは未だに本当の姿を知られていない〉とブーニンは書いている。そうかもしれない。幼稚なことを書くのは気が咎めるが、初めて読んだ時、チェーホフは難しかった。面白いものもあればよく分からないものもあり、分からないものの方がずっと多かった。それでは済まないという気がしてくり返し読むうちに、チェーホフは何か別のこと——登場人物の恋や、犯罪や、希望や失望についてだけではない、別のことを書いているように思えてきた。

もっとも、こうしたこともすでに指摘されて久しい。早くも一九〇一年の時点で、ゴーリキイは〈チェーホフには世界観より大きな何かがある。彼は〔……〕人生より高いところに立っている〉と述べていた。だからと言って、チェーホフの「高さ」を了解済みのものとすることは筆者にはできなかった。「高さ」であれ、「愛」であれ「非情」であれ、これら一切を感じ取らせるところのテクストの仕掛けとは何であるのかを明らかにすることが必要だった。そのための視座として、科学はうってつけのものに思われた。断っておかなければならないが、「チェーホフと科学」という観点自体は、必ずしも新奇なものではない。チェーホフの科学者としての資質や客観性は従来指摘されてきたし、彼の創作と科学の関係に踏み込んで論じることは長らく求められてきた。だが、実行された例は少ない。

筆者について言えば、チェーホフの〈魅惑と混乱の源泉〉をダーウィンの進化論との類縁によって記述するという選択は、今日までの研究の過程で生じた必然でもあった。本文でくり返し述べたように、チェーホフと進化論というテーマで奇をてらったつもりは毛頭ない。ただ、チェーホフの創作と進化論を短絡的に結びつけることなく、後者が前者の「起源」だというような過てる結論に走ることなく、あくまでも並行性を保ったままテクストを分析する試みは、簡単な作業ではなかった。それゆえ、どこまで当初の目的を達成できたか、いくらか心許ない。その点については読者の批判を乞いたい。

＊

本書は、二〇一八年に京都大学大学院文学研究科に提出された博士論文「世界の瞬間――チェーホフの詩学と進化論」に大幅な加筆修正を施したものである。既発論文・研究ノート等の改稿をふくむ章もあるため、初出を以下の通り示しておく。

第一章……「チェーホフの創作とダーウィンの進化論の関係」、『SLAVISTIKA XXXII』、東京大学大学院人文社会系研究科スラヴ語スラヴ文学研究室出版、三十二号、二〇一七年、二五九―二八〇頁。

第五章……「チェーホフの「農民三部作」について考える――〈異言語性〉と時空間の問題を中心に」、『ロシア語ロシア文学研究』、日本ロシア文学会出版、四十七号、二〇一五年、六三―八〇頁。／

Хронотоп повести «В овраге» и вопросы экологии. // Чеховская карта мира материалы международной научной конференции. Мелихово 3-7 июля 2014 г. / Под ред. А. А. Журавлевой и В. Б. Катаева, Мелихово, 2016, С. 516-526.

また、本書の出版に際しては、京都大学総長裁量経費・若手研究者出版助成事業、ならびに京都大学大学院文学研究科の『卓越した課程博士論文出版助成制度』による助成を受けた。

論文の執筆や本書の刊行にあたり大変多くの方のお世話をこうむった。研究の美しさと楽しさを、身をもって教えてくださった愛知県立芸術大学の中敬夫先生、いつも貴重なご助言で筆者の盲を開いてくださる東京大学大学院人文社会系研究科の楯岡求美先生、そして、迷走しがちな議論の道筋の修正に根気よくお付き合いくださり、厚いご指導をいただいた京都大学文学研究科の中村唯史先生、三名の先生方にはお礼の申し上げようもない。また、スラヴ言語学専攻の小椋雄策君にはロシア語の翻訳や翻音に関して何くれとなく助けていただいた。筆者が受けた学恩のすべてをここに挙げつくすことはとてもかなわないが、この場を借りて皆様に深い感謝の意を表したい。

本書の出版を引き受けていただいた水声社社主の鈴木宏氏、編集の労を執っていただいた板垣賢太氏にも感謝を申し上げる。板垣氏とは共著『ロシアの物語空間』（二〇一七年、水声社）以来二度目のご縁となったが、この度も的確な指摘を多々いただき、実に有難い限りであった。

長きに亘る執筆は、周囲の支えなくしては成り立たなかった。父、母、姉、光音くん、佳奈ちゃん、ムーシュカ、皆に心から感謝している。

稚拙な感想を抱いた時からかなりの月日が経ち、ようやく何がしかの形を示せたわけだが、まだ先は長いと感じている。本書の内容に少なくも創造的なところがあり、わずかでもチェーホフ研究に資するものとなっていることを願ってやまない。

二〇二〇年一月

高田映介

Eisuke Takada

The World's Moments

Anton Chekhov's Poetics
and the Theory of Evolution

This study aims to illustrate literary objectivity, one of the major characteristics of Anton Chekhov's poetics, in a new and fresh way by focusing on modern science as a perspective, which has not been previously examined. Chekhov, in asserting the objectivity of literature against the modern Russian cultural milieu that sought ethics and ideologies in literature, used a rhetoric based on modern science apart from human sense perceptions or subjectivity. Chekhov paid particular attention to Charles Darwin's theory of evolution among various scientific theories that existed at that time. The theory of evolution, which views the origin of life as part of an unadulterated natural scientific process, has shaken the privileged position of humanity as God's preeminent creation. It brought about a major paradigm shift in the 19th century, with a consequence reaching far beyond the realm of science. This study treats the theory of evolution as a parallel discourse to fictional writing, examines how Chekhov's characters, narrative structure, and time-and-space representation are tied to the theory, and thereby attempts to describe his literary objectivity in a systematic manner.

Chapter 1 touches on the purposelessness and non-anthropocentric nature of the universe as depicted by Darwin's theory of evolution, and discusses how this view was perceived in Russia at the time. Darwinism was met with resistance in Russia, both in the scientific and literary communities. However, Chekhov's plan for a research thesis "History of Sexual Authority" has certain similarities with Darwin's *On the Origin of Species* and *The Descent of Man* in its idea and structure, and it accurately describes the working of natural selection. Thus, this chapter argues that Chekhov shared Darwin's view of the universe as being

purposeless and non-anthropocentric.

Chapter 2 delves into the uniqueness of Chekhov's position with respect to changes in the world of media, as literary journals declined and gave way to general-interest newspapers and magazines, and how science played a part in the process. Here, the focus is on the "physiological sketch" genre, which was regarded as a means of fostering nationalism in a premature Russian society of the 1840s and 1850s, and which made a comeback in the 1980s as instant reading, as the media became more visually oriented. The French physiology literature, which led to the emergence of physiological sketches in the subsequent time periods in Russia, was different from the latter in its expressions and objectives. Also, Russian physiological sketch of the 80s was different from that of the 40s. Nevertheless, they all shared a view that literature would be able to explicate and depict the world with the power of science. This chapter, however, points out that Chekhov was different, in that he recognized a lack of knowledge and the limitations of science and literature.

Based on the above two chapters, the aim of Chapter 3 and onward is to illustrate in an integrated manner the actual structure of the text, which enables the general features of Chekhov's poetics that have been pointed out in the past, in parallel with the theory of evolution. Chekhov's poetics, for instance, is characterized by its parodies, characters who change in the middle of the story, fragmentation where causal relations are lacking among various elements, and the incompleteness of its ending.

Chapter 3 focuses on the characteristics of Chekhov's parodies and explains that there is a sense in which his characters voluntarily conform to the perceived characteristics of different social classes. The chapter analyzes the novella *The Duel* and shows that characters' individuality would emerge as they break out of their social molds, but the story ends without a closure. Chekhov's description resembles the constraints of individual organisms as seen in the theory of evolution, in that the development and growth of individual characters are not depicted.

Chapter 4 once again examines the changes in the characters based on the story structure and narrative characteristics. In particular, it analyzes *Ionych* and points out that the story lacks causal relationships even as it describes a process in which a young physician turns into an obese miser. In Chekhov, as in

evolution, the story is about contingency, dealing with situations that could take place anywhere, rather than foreknown or predetermined events that inevitably occur.

Chapter 5 discusses Chekhov's handling of time and space in relation to his characters as they come to a dead end and as their changes fail to produce any tangible results. The chapter analyzes the motif of "escape" that characterizes his work, in which the characters dream of migrating to a different space-time continuum. However, the characters cannot escape "the here and now" as their escape occurs only through their language and sense of time. The chapter cites *The Bishop* and shows that the time pointing toward the future continues to exist even as a person's life comes to a standstill.

Finally, it is worth noting the significance of "lyrical escape," a phenomenon in which a person finds "true life" or "truth" in nature, in Chekhov's poetics. Previously, lyrical escape was regarded as an expression of the loftiness of nature that the characters could experience by temporarily leaving the vulgarity of their daily lives. This study takes a different approach and argues that Chekhov's lyrical escape is not a paean to the beauty of nature. The characters find subjective meanings in nature, such as beauty and truth, while the narrative, instead of complementing them, leaves the purposelessness and randomness of nature intact, as in the case of Darwin's theory of evolution.

Thus, this study concludes that the basic structure of Chekhov's literary objectivity lies in a dual perspective that looks into an unfillable chasm between the finite existence of human beings and the continual existence of nature unfathomable by humans, of which any laws or objectives cannot seem to be ascertained.

著者について――

高田映介（たかだえいすけ）　一九八五年、愛知県に生まれる。愛知県立芸術大学美術学部を卒業後、京都大学大学院文学研究科博士後期課程研究指導認定退学。博士（文学）。現在、京都大学、関西大学非常勤講師。専攻は、ロシア文学。おもな著書に、『ロシアの物語空間』（共著、水声社、二〇一七）などがある。

装幀――齋藤久美子

世界の瞬間——チェーホフの詩学と進化論

二〇二〇年二月二五日第一版第一刷印刷　二〇二〇年三月一〇日第一版第一刷発行

著者——髙田映介

発行者——鈴木宏

発行所——株式会社水声社
東京都文京区小石川二—七—五　郵便番号一一二—〇〇〇二
電話〇三—三八一八—六〇四〇　ＦＡＸ〇三—三八一八—二四三七
［編集部］横浜市港北区新吉田東一—七七—一七　郵便番号二二三—〇〇五八
電話〇四五—七一七—五三五六　ＦＡＸ〇四五—七一七—五三五七
郵便振替〇〇一八〇—四—六五四一〇〇
URL : http://www.suiseisha.net

印刷・製本——精興社

ISBN978-4-8010-0469-6